十五歳の課外授業

白河三兎

集英社文庫

十五歳の課外授業

【5月25日（月）】

今朝の教室はいつもと違う。男子たちが通常の二割増しで喧《やかま》しい。教育実習生が来るから、待ちきれなくてうずうずしている。そんな男子を女子が冷ややかな目で見ているのは、教育実習生が女だからだ。男だったら立場は逆になっていただろう。

「どんな実習生だろ？」

「カワイイといいな」

「彼氏いなかったら立候補しようっと」

「俺《おれ》はいてもいいぜ。大人の付き合い方を教えてくれるなら気にしねー」

「過剰に期待しても、ガッカリするだけだぞ」

「そうそう。デブでブスかもしんない」

「ブスか賭けるか？」

「いいぜ。ジュース一本な」

朝のホームルームの始まりを報《しら》せるチャイムが鳴るまで、あと四分。男子のボルテージは高まっていく。『現役女子大生』という響きは中学三年生の耳に刺激的だ。邪《よこしま》な想像が渦巻かずにはいられない。

俺も頭に非現実的な実習生を描いている。目が釘付《くぎづ》けになるほどの美しい顔。セクシーさ漂うウェーブヘア。日本人離れしたメリハリのある体形。胸元が開いたシャツ。タイトなミニスカート。艶《なま》めかしい声。そして綺麗《きれい》な歯並び。

もちろん妄想とリアルの一致する確率が限りなくゼロであることは知っている。単なる条件反射だ。転入生や教育実習生の登場の前には、男子は甘い夢に思いを馳《は》せる。絶世の美女が現れて自分に惚《ほ》れるかも、と絵空事を描いてしまう年頃なのだ。

チャイムが鳴る。間延びした鐘の音が校内に響き渡り、耳障りな余韻を残して消えていった。今か今かと待ち望むこと数分、ついに教室のドアが開かれた。担任の小早川《こばやかわ》に続いて実習生が入室する。みんな一斉に現役女子大生の顔に食い入った。

普通だ。美人でもブスでもない。これと言った特徴のない顔立ち。どのパーツも控え目で行儀よく纏《まと》まっている。顔も薄いが化粧も薄い。ほとんどスッピンに近かった。髪型も大人しい。黒髪のロングを首の後ろで結んでいる。服装はなんの変哲もない紺色のスーツ。体形も平均的。チビでもデブでもない。

頭の天辺《てっぺん》から足の爪先《つまさき》まで人並みだ。何も面白みがない。でもどんよりとした雰囲気を醸《かも》し出しているから、平均点以下の印象を受ける。中の下だ。教室内では、顔が整っていても、暗いだけで明るいブスよりもランキングが下がる。

男子はリアクションに困った。妄想通りならテンションが上がるし、妄想から掛け離れていたら落胆する。だけど可も不可もない実習生にはビミョーな反応しかできない。これぞ現実、と言ったところか。

劇的なことはそうそう起こらない。退屈な毎日が延々と続く。そういう人生を多くの人は送る。そしてイレギュラーが起こった時になって初めて、『あの頃は平和だったな』と平凡な人生が眩《まぶ》しく見える。最近、読んだ本にそんなことが書いてあったな。

「なんだ、今日はやけに静かだな。女子大生が来たから緊張してんのか？」と教壇の中央に立った小早川は的外れなことを言う。

うちのクラスの担任は教師歴二十年のくせに、教室の空気を読めない。しばしばズレたことを口にする。男子の曇った顔が見えないのか？　どこに目をつけているんだ？　どう見ても緊張しているのは実習生だ。彼女は小早川の脇でガチガチに固まっている。

「これから二週間、うちのクラスで教育実習生を預かることになった。みんな、迷惑をかけんなよ」

「はーい」

ノリのいい生徒数人が揃《そろ》って返事した。

「じゃ、自己紹介して」と小早川は促して自分は教壇を下りる。

実習生が小早川と入れ替わって教卓の前に立った。見るからに頼りなさげ。畏縮しているのが丸見えだ。俯《うつむ》き過ぎている。少しは無理して胸を張らないと生徒に舐《な》められちゃうぞ。

「えー。初めまして」と声を震わせて話し始める。「今日から二週間お世話になる、辻《つじ》……」

「あー、ダメダメ」と小早川が遮った。「先生の自己紹介は黒板を使わなくちゃ」

うちの担任にはワンマンなところがある。生徒を統率するには多少の強引さは必要だけれど、自分の主義を押しつけるのはどうかと思う。

「すみません」

実習生は益々《ますます》小さくなる。

「字の方が覚えてもらえる。書きながら何かインパクトを与えるネタを一つ入れられたら、尚《なお》いい。あと、しっかり前を向くこと」

自分はしょうもない自己紹介をしてスベったくせに。一ケ月半ほど前、黒板に『小早川大助』と書いてから『名前に小と大があるからって陰でトイレって呼ぶなよ』と言って教室をシーンとさせた。

「はい」と実習生はおっかなびっくりチョークを摘《つま》む。

生徒へ背を向け、覚束《おぼつか》ない指先で歪《いびつ》な字を黒板に書く。

『辻薫子』

こちらを向いて顎を上げる。今にも泣き出しそうな顔をしている。

「辻薫子《かおるこ》です。風薫る五月に生まれた子なので、『薫子』と名付けられました。よろしくお願いします」

ぎこちなく頭を深く下げる。

「よろしくお願いしまーす」と生徒みんなで挨拶する。

クラスのお調子者たちが「辻ちゃんは彼氏いるの？」「タイプは？」「スリーサイズはいくつ？」とからかう。威厳が微塵《みじん》も感じられないから、早速『ちゃん』付けだ。学校では弱みを見せた人は、生徒でも教師でも付け込まれる。一度軽んじられたらお終《しま》いだ。辻ちゃんははにかむだけで何も言えない。また下を向く。初日からそんな体《てい》たらくじゃ先が思いやられる。これから二週間ずっと弄《いじ》られ続けてしまうぞ。耐えられるのか？

実習生の弱々しい反応が悪ふざけを助長させた。クラス一の目立ちたがり屋のオンダが「ひょっとしてバージンなんですか？」と訊《き》く。教室のあちこちから失笑が漏れる。女子は引いているけれど。

小早川が注意するかと思ったが他人事のような顔をしている。一人で切り抜けろ、というスパルタ教育か？

「男子って本当に民度が低い」と学級委員のユーカが声を大にして庇《かば》った。「辻ちゃん、馬鹿な男子たちの言うことなんて無視していいんだよ」

辻ちゃんは小さく会釈する。肯定も否定もできない立場だから、どっちつかずの相槌《あいづち》だ。

「峰岸《みねぎし》、いい恰好《かっこう》してんじゃねーぞ」とオンダが荒々しく文句を言う。

威勢よく吼《ほ》えているけれど、戯れだ。ユーカと絡みたいだけ。峰岸結香《ゆうか》は人気者だ。目鼻立ちがはっきりした愛され顔。裏表のない快活な性格。その二つが合わされば自《おの》ずとみんなの中心的な存在になる。

気分屋なところがあるので学級委員には不向きに思えたが、溢《あふ》れんばかりのカリスマ性でクラスを上手に束ねている。チャラい見かけによらず正義感が強く、クラスで揉《も》め事が起こった時に頼もしさを発揮する。

クラスにはもう一人学級委員がいる。男女で一組。片割れの俺は傍観しているだけだった。辻ちゃんの顔に見覚えがあったからだ。どこかで見たことがあるような？　テレビか雑誌か何かか……。うーん……。思い出せない。記憶違いか？『辻薫子』という名前に馴染《なじ》みはない。『辻』にも『薫子』にも。

いくら凝視しても記憶とリンクしない。もうタイムオーバーだ。これ以上記憶を探っている時間はない。そろそろユーカに加勢しないと、あとでどやされる。ユーカとオンダは言い争いを続けていた。

「恰好つけているのは、オンダの方でしょ」

「俺が？　俺のどこが恰好つけてんだよ？」

「辻ちゃんに自分をアピールしたいのがバレバレ」

「ちげーよ」とオンダが向きになって反論する。

「痴話喧嘩《ちわげんか》はそれくらいにしとけよ」と俺は割り込んでからクラスメイトへ呼びかける。

「そんなことよりも、俺たちも自己紹介をした方がいいと思う。だから帰りのホームルームでやろうぜ。みんな十五分くらい残ってくれないか？」

クラスメイトは「いいぜ」「賛成」「いいよ」「文句なし」と返す。概《おおむ》ね好意的に受け止めてくれたみたいだ。

「小早川先生、いいですか？」と俺は担任に許可を求める。

「よし、いいだろう」

辻ちゃんは顔を伏せたまま。生徒に助けられて恥ずかしいのか？　礼を言われたくて提案したわけじゃないけれど、感謝のアイコンタクトくらい送ってくれてもいいんじゃないか？

「おまえら、ふざけた自己紹介はするなよ」と小早川は釘を刺しつつ辻ちゃんに近付く。教卓を奪うようにして彼女を押し退《の》け、「来週の体育祭のことだけど」と連絡事項を伝え始める。脇に追いやられた辻ちゃんはより一層体を縮こまらせた。

この人は大丈夫だろうか？　教師に向いてないんじゃ？　小早川の指導が手厚くないせいもあるが、そんな弱腰じゃ教師は務まらない気がする。ちょっとはハッタリをかませばいいのに。

朝のホームルームが終わり、辻ちゃんは小早川のあとにおどおどとくっついて教室から出て行く。きっと職員室で小早川に平謝りする。ペコペコ頭を下げている彼女の姿が容易に浮かぶ。

辻ちゃんは誰に対しても『なんか幸《さち》が薄そう』という印象を抱かせる。ずっと日陰を歩いてきたような、そんなイメージ。でも何をやってもヘマをしそうだから、『危なっかしくて見ちゃいられない』と手を差し伸べる親切な人が少しはいるだろう。

現に、さっきユーカは辻ちゃんを助けた。捨てる神あれば拾う神あり。うまいことみんなから同情心を引き出せれば、どうにか二週間やり過ごせるかもしれない。と自然に考えている俺はすでに実習生の味方になっているようだ。

「タッくん、ちょっと」と俺に声がかかる。

ユーカだ。『教室の外で話そう』といった具合に顎をしゃくって先にドアへ向かう。なんか怒らせるようなことをしたか？　まるで心当たりがないが、俺はきびきびと立ち上がり、彼女のあとを追う。

何を言われるかわからない恐怖に怯《おび》えながら教室を出た。これじゃ、辻ちゃんと変わらないな。ユーカはずんずん廊下を進み、屋上へ続く階段を上る。屋上へのドアは施錠されているけれど、ドアの前の踊り場はたむろするのに適した場所だ。程よいスペースがあり、死角になっている。

その踊り場に女子が三人いた。隣のクラスの子たちだ。でもユーカが「ごめん。譲ってくれる?」と親しみのある声で言って追い払った。学年で一、二を争う人気者だから、大抵の女子はユーカの言葉に素直に従う。

二人きりになった途端に、ユーカは一転して「さっきのあれ、何?」と刺々《とげとげ》しい声で訊く。相当お冠みたいだ。なんで? ちゃんと仲裁に入ったじゃん。

「あれって?」

「『痴話喧嘩』ってどういうつもり?」

凄《すご》まれてたじたじになる。逃げ出したくなるほど怖気《おじけ》づいたが、踏ん張って平静を装う。

「場を和ませるために言ったんだけど、気に障った?」

「『痴話』って恋人同士がすることなのよ」

「へー。そうなんだ。さすが読書家」

ユーカは週に二、三冊のペースで小説を読んでいる。心を激しく揺さぶられた本に出会うと、一方的に『これ、読んでみて』と俺に薦める。だから小説を手にする習慣がなかった俺も週に一冊は読書をするようになった。

「『そうなんだ』じゃない」と語気を強めた。「恋人は私たちでしょ。それなのになんでオンダなんかと恋人に括《くく》られなくちゃならないの？　それも彼氏の口から」

「誰もユーカとオンダが恋人だと思わないよ」

俺とユーカが学級委員になったのをきっかけに付き合いだしたことは、学校中に知れ渡っている。第一、みんながみんな『痴話』の正確な意味を知っているとは限らない。

「周りは関係ないの。私が嫌なの」

いじらしい声と共に涙がポロポロと体外へ出た。もうこれで何度目だ？　ユーカはよく泣く。付き合って一ヶ月半、その間に四十回は泣かれた。ほぼ毎日。一日に五回泣いたことも。嬉《うれ》し泣きもするし、本人でも理由がわからない涙もあるから、お手上げだ。

こんなふうに学校で泣かれることは日常茶飯事になっている。初めはあたふたと取り乱したが、今では対処法を心得ている。俺は「ごめん」と殊勝な声を出してユーカの背中を擦《さす》る。これが手っ取り早い。

本来ならきちんと弁解したい。お互いが納得するまで話し合うべきところだけれど、いかんせん時間がない。授業が始まるまであと五分もない。一刻も早く泣き止《や》ませなければならない。

涙を乾かす時間が要る。でないと、俺がユーカを哀しませたことがみんなにバレてしまう。女の子を泣かせた男の子は無条件に悪者になる。どんな言い訳も通じない。反対に俺がユーカに泣かされても誰も俺を可哀想《かわいそう》と思わない。『情けない男だな』の一言で片付けられる。どこのクラスでも黙認されている男女不平等だ。

男って損だな、という不満を心に留《とど》めてユーカの背中を撫《な》で続ける。そして頃合いを見計らってから「ユーカの気持ちを考えられなくて、ごめんな」とシリアスな声を作った。

彼女が顔を上げる。髪の毛が涙で頬に張りついていた。

「私もごめん。神経質になり過ぎてた」

ドキッとする。可愛《かわい》い子が大きな目を潤ませてしおらしく謝ったら、男は許す他ない。涙が似合う女と、汗がむさ苦しくない男は無敵だ。狡《ずる》いな、と思いながらも「いや、俺が悪いんだ」と罪を丸被《まるかぶ》りした。

ユーカはブレザーの左ポケットからハンドタオルを出して、頬を拭き始める。なんとか収まったようだ。俺は彼女のブレザーの右ポケットに手を入れてコンパクトミラーを取り出し、鏡にユーカの顔を映す。

「ありがとう」

鏡を瞬きせずに見つめ、涙の痕跡を消し、乱れた髪を整える。それから何度も顔の角度を変えて鏡の中の自分を睨《にら》みつける。彼女が念入りにチェックするのは、泣いたことを周囲に知られたくないからじゃない。いつでも可憐《かれん》でありたいんだ。ユーカは自分の容姿が人より秀でていることをきっちり自覚しているタイプの可愛い子だ。

ナルシストになるのも無理はない。パッチリとした目。シャープな鼻筋。厚すぎず薄すぎない丁度いい塩梅《あんばい》の唇。理想的なラインの眉。綺麗な形の耳。透き通るような白い肌。遠近感を乱すほどの小顔。細くて黒光りする長い髪。華奢《きゃしゃ》な体形。可愛い子の条件が理不尽なくらいに揃っている。いくら粗探しをしても『胸が小さい』と『八重歯』くらいしか出てこない。

ユーカは鏡に向かって吸血鬼のような犬歯を見せてニッコリした。チェック終了の合図だ。俺は鏡を折り畳み、彼女のポケットへ返す。一連の流れがすっかり体に染みついている。ユーカは手にしていたハンドタオルをポケットにしまってから、目を閉じて顎を上げる。

ここで俺の体が硬直することも、いつも通りだ。何回繰り返してもスムーズにキスできない。躊躇《ためら》いが生じる。ユーカが焦《じ》れったそうにちょこんと背伸びし、彼女の顔が目と鼻の先に近付いた。

動悸《どうき》が激しくなり、眩暈《めまい》がする。もしユーカが薄目で見ていたら、俺のしかめっ面に『私のこと、嫌いなの？』と大騒ぎするだろう。いつまでもキスを渋っていても、彼女は不機嫌になって騒ぎだす。早く唇を重ねなくちゃ。

覚悟を決めた瞬間、チャイムが鳴り始める。俺は咄嗟《とっさ》にユーカの手を取って「ヤバッ！　一時間目は西邑《にしむら》ティーチャーだ。あいつ、時間に厳しいんだよな」と急いで言った。英語の西邑は気難しくて細かいことに口うるさい。

目を開けて「ちょっ……」と言いかけた彼女の手を強く引っ張り、階段を下りる。俺の後頭部に溜息《ためいき》交じりの「もう」が浴びせられる。だけど、苛立《いらだ》ちの中にも『もう、照れ屋なんだから』と大目に見る寛容さも感じられた。

俺とユーカは恋愛の経験値に雑魚《ざこ》キャラとラスボスほどの差がある。不慣れな俺はユーカにリードされっ放しなのだが、彼女は拙《つたな》い彼氏を微笑《ほほえ》ましく思ってくれている。今回も『まだまだ初心者だからしょうがないか』と許容してくれたようだ。

ユーカは初めての恋人だ。特別に優れたものを持っていない俺はそれまで誰とも付き合ったことがなかった。客観的に自分の五段階評価を付けるなら、勉強『3』、スポーツ『4』、容姿『3』、ユーモア『2』となる。平均『3』の男子だ。

一方のユーカは、オール『5』だ。学年でトップクラスの成績。帰宅部でありながら運動神経が抜群で体育や球技大会で運動部員顔負けの活躍。芸能事務所からスカウトされるほどの美貌。口が達者なのでユーモアのセンスも上々。全てを兼ね備えた無敵の女子中学生だ。

みんなは凡庸な男子と我が校きっての人気者が交際していることに、思いっ切り首を捻《ひね》っている。彼女がその気にさえなれば、どんな男でも振り向かせることができる。選《よ》り取り見取りだし、何もしなくても男子は寄ってくる。

ユーカは生まれてこのかた、モテモテ人生を驀進《ばくしん》中だ。小学三年生の頃から恋人がいたそうだ。しかも取っ替え引っ替え。言い寄ってくる男子は一時も途絶えない。小六の時にピアノを習っていた音大生から告白されたこともある。担任の先生からストーキングされたことも。

中学でも目まぐるしく彼氏を替えた。毎月、数人の男子から告白され、これまで二十人以上と交際してきた。正確な数は本人も把握していない。試しに一回だけデートしてから『やっぱり合わないみたい』とユーカがふることはざらだ。

彼女に弄《もてあそ》ばれた男子は数知れず。それなのに男子からも女子からも悪評が立たないのは、圧倒的な魅力があるからだ。みんな『峰岸結香と釣り合いがとれる生徒はうちの中学にはいない』『あれだけ可愛いなら自由奔放に振る舞うのも許される』とひれ伏しているのだ。

人を惹《ひ》きつけ、従える力をユーカは有している。俺と付き合ってからも、彼女に魅了される男はあとを絶たない。彼氏がいようがいまいが関係なく、果敢にアプローチする。

むしろユーカが俺を彼氏にしたことで、『あんなパッとしない男が峰岸結香の彼氏になれるんだから、俺も』と夢を見る男が増えた。

勝算があると踏む男たちの気持ちは理解できる。俺自身が『いつユーカに捨てられてもおかしくない』と思っているから。なんで彼女は俺を選んだんだ？　一番不可解に感じているのは俺だった。

三年生になって最初のロングホームルームの時間に、クラスの係や委員を決めることになった。

「先《ま》ずは学級委員だな。やりたい人はいるか？」と小早川は訊く。

初めに学級委員を決めてあとの進行を任せようとしたのだ。でも進級したばかりで、まだ教室内のヒエラルキーが定まっていない。この状況で手を挙げたら、『クラスのリーダーになろうとしていやがる』と反感を買うおそれがある。小早川は出しゃばる人間が叩《たた》かれることを知らないのだろうか？

「立候補する人がいないなら、推薦でもいいぞ」

本当に小早川はなんにもわかってない。何年教師をやってるんだ。みんなが手探りで自分のポジションを確保しようとしている時期に、学級委員なんて面倒な役割を人に押しつけられるわけがない。推薦された人は不快に思うし、他の人たちも『強引な奴《やつ》だな』と推薦した人に悪い印象を持つ。

小早川は横着しないで他の委員や係から決めていけばいいんだ。そうすれば、残った人が学級委員をやらざるを得なくなる。と思っていたら、突然オンダが「タクローがやれよ」と俺を推した。

「俺が？」

「タクローはバスケ部でも部長兼キャプテンなんだから、ボスになるのは慣れているだろ」

棘《とげ》のある物言いだった。オンダもバスケ部だ。試合中にコートとベンチにいる時間が半々の俺に対して、オンダは不動のレギュラーだ。二年の頃から絶対的なエースとして君臨している。彼が試合に出ないとチームの攻撃力が半減するし、オンダには得点力だけではなく、一試合通して走り回れるスタミナがある。

チームを牽引《けんいん》している自負があるオンダは『顧問は自分をボスに任命する』と思っていた。ところが、顧問はチーム内で実力が六番目か七番目の俺に白羽の矢を立てた。

「別に慣れちゃいないよ」と俺は回避しようとする。

渋々部長兼キャプテンをやっているのだが、オンダは面白くないようだ。でもバスケ部内の小さないざこざを知らない人にとっては、部員同士がふざけ合っているようにしか見えないだろう。いい迷惑だ。

「どうしても嫌なら嫌って言えよ。断っても誰もタクローのことを『わがままな奴だ』って思わないぜ」

そんな言い方をされたら、拒否し辛《づら》いじゃないか。逆にクラスメイトに『わがままな奴だな』というイメージを与えてしまう。

「どうしてもってほどじゃないよ」

「じゃ、学級委員はタクローで決まりだな」

「いいけどさ」と引き受けるしかなかった。

気は進まない。だけど生まれつき押しに弱い性格なので、オンダの言いなりになるのはさほど苦じゃなかった。

「東山《ひがしやま》」と小早川が俺を呼んだ。「前に出て、進行しろ」

「はーい」と俺は黒板の前へ移動し、小早川の代わりを務める。「えー、女子の学級委員になりたい人か、推薦したい人がいたら挙手してください」

きっと誰の手も挙がらないと思う。しばらく待ってから、『それでは、先に他の委員と係を決めましょう』と後回しにしよう。しかしスッと一本の腕が天井に向かって伸びる。

「はい」とユーカは俺を真っ直《ます》ぐに見て言う。

彼女の円《つぶ》らな瞳に見つめられて胸が高鳴った。でも一瞬だけ。はなから『凡人の俺とは縁がない女子だ』と割り切っていたから、気負わずに「どうぞ」と言えた。

たぶん推薦だ。ユーカは人の上に立つことを宿命づけられているけれど、クラスを引っ張ったり、みんなのために雑用をこなしたりするキャラじゃない。自由気ままに振舞って学級委員を困らせる。それが彼女の立ち位置だ。

女子たちは『私の名前を言わないで』と念じていることだろう。特にユーカと仲のいい子たちは冷や冷やしているに違いない。彼女たちに拒否権はない。

「私が学級委員になるよ」

彼女の発言に教室中が『えっ？』となる。なんで進んで何かと雑務の多い学級委員に？　みんなが戸惑っているのを尻目に、ユーカは席を立って俺の横へやって来た。そして「私たちを承認してくれるなら拍手を」と要求する。みんな急《せ》かされるように慌てて手を叩いた。反対できるはずもない。

その後、彼女が主導権を握って委員と係をテキパキと決めていった。誰もやりたがらない委員や係があっても、ユーカに名指しされて『やってみない？』と言われたら、その人は首を縦に振るしかない。

なんの気紛《きまぐ》れかわからないが、彼女が学級委員になってくれたおかげで助かった。でもこれから一年間ユーカとコンビを組むのはちょっぴり憂鬱だ。緊張するし、気を遣わなくちゃならない。可愛い子と絡めるのは悪い気はしない。だけど、気軽に話せる普通の女子がよかった。

次の日、朝イチで小早川から「東山、帰りのホームルームの前に職員室へ来い。プリントを運んでほしいんだ。先生は腰痛持ちだから」と頼まれる。ユーカは免除された。大人たちもユーカに一目置いているので、どの先生も彼女を丁重に扱う。小早川が俺だけを扱《こ》き使うことは覚悟していた。学級委員の煩わしい仕事は俺が一手に受け持つことになるだろう、と。

五時間目が終わると、言われた通り職員室へ向かった。教室を出てすぐにユーカが俺の隣に並ぶ。

「私も行くよ」

思い掛けない申し出に狼狽《ろうばい》する。

「いや、いいよ、大丈夫。一人で運べるよ」

「駄目。私も学級委員なんだから」

「でもプリント運びは力仕事だし」

「腕力にも自信があるの。私の運動神経がいいことは知っているでしょ?」と譲らなかった。

ユーカは小早川の前でも積極性を表に出して、「学級委員の仕事を東山くんにだけ言いつけないでください。男女差別ですよ」と主張する。小早川は笑って誤魔化すことしかできなかった。

俺は神奈川県内の高校の偏差値や卒業生の進学先の統計などが載っている『進路だより』のプリント、ユーカは親が希望日時を記入する『三者面談のお知らせ』のプリントの束を持って職員室を出る。

プリントは大した量じゃなかった。週刊少年ジャンプ三冊分くらいの厚さだ。

「次からはさ、最初に小早川に『プリントはどのくらいの量ですか？』って訊いて、今日くらいの量だったら俺一人で取りに行くよ」

「私も行く」

意外と責任感が強いようだ。

「じゃ、一人で間に合う時はジャンケンで決めようか？」

「嫌ッ！」と強い拒絶。

「どうして？」

「わからないの？」と訊き返される。

「ごめん。わかんない」

「想像力を働かせて。私が学級委員に立候補した理由をよく考えてみて」

俺は『想像力』というものすらきちんと理解していない。頭の中にあるのか？　心の中にあるのか？　だけどすぐに『やっぱ、わかんない』と答えたらいけないことには思い至れた。俺は一分ほど考え込む。ほとんどポーズだ。

廊下で擦れ違う生徒の大半はユーカに視線を走らせる。俺のこともチラリとだけ見る。誰もが『不釣り合いな男だから彼氏のわけがないな』と思っているのだろう。

「学級委員になると内申点が上がるんだっけ？」

「推薦入試を受ける気はない。あったとしても成績上位の私がちまちま内申点を稼ぐ必要はない。ちゃんと想像力を使ってる？」

「そっか。ごめん。全然わかんないや」

「もう」と溜息をついた。「仕方ないな。大ヒントを出してあげる」

「悪いな」

ユーカは少し間《ま》を置き、深呼吸してから「みんなから拍手を受けた時、私たちが祝福されているように感じたの」と気恥ずかしそうに言った。

ポカンとする。何がヒントなのかさっぱり。俺は間抜けヅラをしているようだ。俺の顔を見たユーカが険しい表情を浮かべたから。

「まだわからないの？」とやきもきした声を出す。

「ごめん」

「鈍いなぁー。私は東山くんと付き合いたくて学級委員になったの」

「へー」

そういうことか、と小さく二度頷《うなず》いたあと、足がピタリと止まる。えっ？　今、なんて言った？　ユーカは歩を緩めずに先を行く。

「ちょ、ちょっと」とたどたどしく呼び止めた。「今、『付き合いたくて』って言った？」

彼女も足を止め、半身になって振り向く。

「言ったよ」

嘘《うそ》だろ？　何かの間違いだ。おちょくっただけだ。でなければ、夢を見ているんだ。

「それってどういう意味の……」

質問している途中で、ユーカが「東山くん、私を彼女にして！」と腹から声を出した。廊下に愛の告白が轟《とどろ》く。彼女の言葉は『だるまさんが転んだ』みたいに周囲にいた人たちを石化させた。みんな一斉に静止した。動かせるのは目だけ。たくさんの視線が俺とユーカに向けられている。

なんだ、これ？　現実か？　やっぱり夢なんじゃ？　学校。休み時間。廊下。学級委員の雑用。廊下に溢れる生徒たち。何もかもが見慣れた光景だ。でもありふれた日常の中で、非日常的なことが起こった。完全に頭がパニック！　思考も停止した。

「私じゃ、駄目？」

無意識に「駄目じゃない」と言う。俺の口を動かしたのは下心以外の何ものでもない。こんなチャンスは滅多に巡ってこない。何かの気の迷いだとしても、すぐにふられることになったとしても、美味《おい》しい誘いだ。可愛い子の告白を断る男がどこにいる？

他に気になる女子がいたけれど、まだ気持ちを伝えていない。その子との距離を縮めている最中でもなかった。どこにでもある仄《ほの》かな片想い。なら、何も問題ない。思考がストップしているにも拘《かか》わらず、異常な速さで打算が働いた。きっと下心は『心』という字がついているくらいだから、頭の中ではなく心の中にあるのだろう。

「音田翔《おとだしよう》でーす。音楽の『音』と田んぼの『田』なんだけど、みんな『オンダ』って呼んでいまーす。将来はNBAで大ブレイクするつもりなんで、今のうちからサインを貰《もら》っておくことをお勧めしまーす」

オンダの自己紹介に辻ちゃんは苦笑いで応じる。口角を僅かに上げただけ。半日が経《た》っても辻ちゃんの表情は硬いままで、陰気臭さが漂う。頑張って笑顔を作ればいいのに。ニコッとすれば印象はずっと良くなる。

廊下側の一番前の席の生徒から自己紹介をしていった。起立して名乗り、長所や短所、趣味、部活、将来の夢などを言う。

「峰岸結香です。学級委員をやっているので、何か困ったことがあったらいつでも声をかけてください。趣味は読書で、太宰《だざい》が好きです。心から尊敬しています。あと、彼氏のタッくんを愛しています」

教室が「おおー!」というどよめきで揺れる。そして「ヒューヒュー」「妬《や》けるね」「ご馳走《ちそう》様」と囃《はや》し立てる。ユーカは恥ずかしい素振りを全く見せなかったが、俺は穴があったら入りたい心境だった。

俺への冷やかしの言葉が飛んでくる。「愛されてんなー」「ラブラブじゃん」「この、幸せ者」などなど。なんであんなことを言ったんだ? 注目を浴びたかった? 盛り上げるため? 自分の愛の大きさを証明したくて? 彼女のすることはよくわからない。そこがチャームポイントでもあるのだけれど。

ふと、教卓の前にいる辻ちゃんの笑顔が目に入った。口をいっぱいに開け、歯を見せて笑っている。ユーカの若気の至りがツボに入ったようだ。よかった、ちゃんと笑えるじゃん。

それにとても美しい歯を持っている。透明感のある白い歯が一糸乱れず整列する軍隊みたいに綺麗に並んでいる。歯だけならとんでもない美人だ。ほぼ百点をつけられる。

彼女の朗らかな笑みと稀有《けう》な歯を見ていたら、俺も愉快な気分になってきた。もうクラスメイトの弄りが気にならない。快く受け流せる。心の中から恥じらいが抜けて代わりに余裕が入ってくると、『辻ちゃんの歯、どこかで見たことがあるような』とぼんやり思った。頭の奥の奥に眠っていた記憶がもぞもぞする。あとちょっとなのに掻《か》けない。指が届かない。手が届かない背中の痒みに似ている。むず痒《がゆ》くてもどかしい。印象深い歯を持った女性の口元を手当たり次第に思い浮かべてみるが、辻ちゃんに該当しない。

駄目か。『辻薫子』の名前にも覚えはないしな。イニシャルは『T・K』。あるいは『K・T』。ローマ字は『TSUJI・KAORUKO』になるけれど……ん？　何かが引っかかった。KAORU……かおる？

「かおるお姉ちゃん！」と俺は叫ぶ。

我を忘れて立ち上がっていた。教室中の視線が集まる。だから誰も辻ちゃんが怖い顔をしていることに気がつかない。彼女は目を見開き、鋭利な視線を俺に突き刺している。向こうはまだ思い出していない様子だ。

「東山卓郎《たくろう》です。東山歯科クリニックの息子の」

そう言ってそっと着席する。

「あー」と目つきが柔らかくなる。「タクちゃん」

六年の歳月を経て過去と現在が繋《つな》がった。俺が物心ついた時には、月に一度うちで夕食を摂《と》るお姉さんがいた。どういうわけか、診療時間外に歯の治療をし、そのあとに俺の家族とテーブルを囲んだ。俺と二つ上の姉は『かおるお姉ちゃん』と、父と母は『後《ご》藤《とう》さん』と呼んでいた。

夕食の前後にかおるお姉ちゃんは俺と姉の遊び相手になってくれた。優しい姉ができたみたいで嬉しかったので、彼女の訪問は毎月の楽しみになっていた。

でも俺が小学三年生に上がった頃から、姿を見せなくなった。父か母に『かおるお姉ちゃんはどうしたの?』と訊いたら、『遠くへ引っ越したから、もう来られなくなった』と答えた。

たぶん俺はひどく残念がったと思うが、その時の喪失感をほとんど覚えていない。子供は薄情だ。新しい楽しみを見つけたり、つまらないことに悩んだりしているうちに、記憶の底に埋もれてしまったようだ。そして彼女の下の名前を『かおる』と思い込んでいたから、本名を『後藤かおる』と記憶していた。

「知り合いなのか?」と小早川が俺に訊く。

「はい。俺がガキの頃に……」

説明しかけた矢先に、かおるお姉ちゃんが慌ただしく「私が中学生の頃に」と被せてきた。

「東山くんのうちの歯医者に通っていて、その時に東山くんと何度か顔を合わせていたんです」

言葉に余所余所《よそよそ》しさを感じた。予期せぬ再会に歓喜している様子は少しもない。なんとなくプライベートの付き合いをしていたことを隠したがっているような気がした。何かかおるお姉ちゃんに不都合な事情があって『通院していただけ』と強調したのか？

そっか、と思い当たる。名字が『後藤』から『辻』に変わっている。両親が離婚したのだろう。そのことをみんなに知られたくないんだ。俺が『あれ？　なんで後藤じゃないんだ？』と言い出したら、変な空気になる。そうなることをかおるお姉ちゃんは心配しているのかもしれない。

「そうなんですよ」と俺は話を合わせた。「俺、ガキの頃によく待合室で漫画を読んでいたから、それで顔見知りになったんです」

「これって運命の再会じゃね？」

すかさずオンダが茶化した。

「テレビドラマの観《み》すぎだ。俺が辻ちゃんの歯を治療していたわけじゃないんだぜ。挨拶くらいしか交わしていなかった」

俺としてもかおるお姉ちゃんとの接点は公にしない方が良い。嫉妬《しっと》深いユーカが知ったら、込み入ったことになる。

「本当かよ？」とオンダが疑う。

「親しい付き合いをしていたら、もっと早く気がついていたはずじゃないか？　今になるまでどっちも思い出せなかったんだから、その程度の知り合いってことだ。辻ちゃんの反応は薄かっただろ？」

「確かにそうだけど」

オンダがトーンダウンするのを狙っていたかのように、かおるお姉ちゃんが絶妙なタイミングで「ごめんなさい。気づけなくて。私、人の顔を覚えるのが不得意で」と俺に謝った。

「いいですよ。お互い様なんで。それよりも、言い出しっぺの俺がみんなの自己紹介を邪魔してすみません。続けましょう」

小早川が「じゃ、次の宮本《みやもと》、続けろ」と指示して自己紹介を再開させる。宮本は席を立って「宮本愛《あい》です。美術部に所属しています。将来は保母さんになりたいです」と言った。

へー。宮本の夢は保母さんか。クラス替えをした直後にも一人ずつ自己紹介をしたが、その時には宮本は夢に関しては何も触れなかった。宮本以外にも今回の自己紹介で自分の夢を発表した人が何人かいた。前回と同じ自己紹介をするのを避けたのだ。

俺は他人の夢に興味がある。自分には夢がないから。生まれた時から家業を継ぐことが運命づけられている。祖父の代から続く東山歯科クリニック。祖父や父から『長男の卓郎が三代目だ』と言われたことはないけれど、三代目の自覚は自然と芽生えていた。俺の中に流れる東山家の血が『おまえには選択権はないぞ』と教えてくれるのだろう。

　俺が夢を抱いてはいけない家の子であることを、みんなは『歯医者ならいいじゃん』と羨ましがったり、『不自由で可哀想だね』と同情したりする。でも俺自身に特別な感情はない。反抗心も使命感もない。

　男に生まれてきたことや、日本人であることに何も疑問を抱かないように、俺は自分が歯医者になることを当たり前だと思っている。疑問を挟む余地は全くない。

　ただ、人が夢を語っている姿は眩しい。キラキラと輝いて見える。自分が行ったことのない場所、見たことのない生き物の話を聞かされている時のように心が躍る。みんなの将来は光り輝いている。たとえ、『アイドルと結婚』『世界征服』『億万長者』などの軽薄な夢を宣言したとしても、俺は興味深く聞ける。

　嬉々《きき》としてクラスメイトの夢に耳を傾けているうちに、自分の番が回ってきた。俺は起立する。

「さっきも名乗ったけど、東山卓郎です。クラスでは学級委員、バスケ部では部長をやっています。えーと、東山歯科クリニックはまだ潰れていないので、歯が痛くなったら来てください」

　言い終わって着席しかけると、オンダが「峰岸のことには触れないのか？」と野次っられなかった。

「あー、俺もユーカのことを愛しています」

またしても冷やかしの声がいくつか上がったが、今回はかおるお姉ちゃんの笑顔は見た。

「ただいま」とリビングダイニングのドアを開けるや否や、カレーの匂いを感じた。

「おかえり」

キッチンにいた母は俺に背を向けたままオーブンレンジを操作している。

「またカレー？　三日前もカレーだったじゃん」

「そうだっけ？　ハヤシライスじゃなかったっけ？」

「よーく思い出してよ」

母はうっかり者だ。度々、記憶違いや覚え間違いをして家族を呆《あき》れさせる。つい最近、スーパーへ自転車で買い物に行って、他人の自転車で帰ってきた。母のママチャリに似ていた自転車がたまたま無施錠だったのだ。

俺の指摘で乗り間違えたことに気がついた母は『おかしいと思っていたのよ。自転車の鍵を閉めてからスーパーに入ったはずなのに、戻った時には鍵がかかっていなかったの』と、まるで怪奇現象に遭遇したかのように不思議がった。

「カレーだったような気がしてきた。でも、まっ、いっか。みんな好きなんだから」

「そういうのって自分で言っちゃ駄目じゃね？」

「どうして？　タクちゃんもカレー、好きでしょ？」

マイペースに加えてちょこっと天然が入っているから、話が通じないことがある。

「好きだけど」

「それならいいじゃない。さあ、食べましょう。手洗いしたの？」

「まだ」と言って洗面所へ向かった。

蛇口を捻って手を洗っている最中に、母がキッチンから何かを言った。だが、水の音に掻き消された。俺は「なんて？　聞こえなーい！」と叫んで蛇口を締める。

「時間があったからマフィンも作ったんだけど、食べる？」

「食べる」

「そういえば、今日は帰りが遅くなーい？」

部活の練習は十八時に終わる。もたもた着替えてのんびり下校しても、十九時前には帰宅できる。でもハンドソープの隣に置いてある防水時計の時刻は、二十時五十二分だ。

俺はタオルで手を拭いてから、玄関に通学バッグと一緒に置いたゆるキャラのぬいぐるみを持ってリビングダイニングへ戻った。

「これを捕まえるのに手間取ったんだ」

「すごいじゃない！」と母は五十センチのビッグサイズのぬいぐるみに驚嘆した。

駅前のイトーヨーカドーのゲームコーナーにあるUFOキャッチャーでゲットした。

「けど、いくら使ったの？　タクちゃんはあんまり得意じゃないでしょ」

「千円」と小さな嘘をつく。

「あら、千円ならお得ね」

UFOキャッチャーが苦手な俺は一緒に下校した部員四人に持ちかけた。『うちのお母さんがあのぬいぐるみを取れたら千円で買うって言ってたんだけど、誰か挑戦してみないか？』と。二百円で三回プレイできるから、千円で十五回のチャンスがある。ある部員が『十回あれば楽勝だろ。うまくいけば六百円で済む』と名乗りを上げた。でもそいつは千二百円を突っ込んでも成功しなかった。五十センチの大物だ。そう簡単には取れないのだ。

やっぱり駄目か、と俺は諦めて帰ろうとした。ところが千二百円をパーにした仲間のために、残りの三人が敵討ちに乗り出した。代わる代わるゲーム機に百円硬貨を二枚入れてクレーンを操作する。

仲間の無念を晴らしてやる。これは絶対に負けられない戦いだ。ここで引き下がったら俺たちはお金では買えない大事なものを失ってしまうんだ。男子特有の少年漫画的なノリで一致団結した。

奇妙な連帯感は俺にも伝播《でんぱ》する。三人が立て続けに失敗すると、俺も財布から小銭を出してチャレンジした。言い出したのは俺だ。自分の手で落とし前をつけてやる。しかし気合が空回りしてあえなくクレーンは空を摑《つか》んだ。

結局、成功するまでにトータルで三十九回プレイし、二千六百円を費やした。四百円でぬいぐるみを獲得した奴は俺から千円を受け取って六百円の利益を得た。あとの奴らは、千二百円、四百円、四百円のマイナスだ。俺は二百円しか使わなかったが、ぬいぐるみを買い取ったから事実上は千二百円の出費だ。

客観的に見れば、馬鹿馬鹿しい戦いだったのだろう。だけど俺たちは偉業を成し遂げたかのような充足感に満たされた。気分は地球の危機を救ったヒーロー。誰の心にも後悔はなかった。

ただ、あの場にいなかった人に話しても『くだらないことをしたな』と笑われるに違いない。そんな気がしたから母に詳しく話さなかった。

「ユーカちゃんにあげるの？」と母は物欲しそうな顔つきで訊《たず》ねる。

「ああ」

ユーカはこの梨の妖精をイメージしたゆるキャラに嵌《は》まっている。でも下校仲間に『ユーカが欲しがっているんだ』と言ったら、『人を頼るな。自分の力でゲットしろ！』と相手にされなかったはずだ。素直に協力してくれることは期待できなかった。

「ラブラブね。ちょっと嫉妬しちゃう」

「欲しかったらお父さんに取ってもらいなよ」と俺は母のジェラシーをかわして食卓に着いた。

そして隣の姉用の椅子の背もたれにぬいぐるみを立てかけた。姉は家族と一緒に夕食の席に着くことがほとんどない。バイトに明け暮れているからだ。

「今夜は賑《にぎ》やかな夕食ね」

母が何を思って言ったのかはわからない。ゆるキャラと向き合って食事することを楽しんでいるようにも、寂しさを感じているようにも受け取れた。どっちなんだ？　すでにテーブルには俺と母の分のカレーライスとサラダが置かれている。夕食は二人きりで摂ることが多い。姉が帰ってくるのは二十二時半頃。父は下で仕事をしている。

俺の家は東山歯科クリニックの上にある。一階が歯科医院で、二階と三階が居住スペースだ。母は歯科衛生士としてクリニックで働いている。平日は十八時半、土曜日は十八時まで勤務し、それから一時間ほどかけてご飯の支度をする。

父は診療時間が終わってからも、スタッフミーティングや書類の作成や治療計画の立案などが片付くまでは、二階に上がってこない。今日も俺が帰宅した際には東山歯科クリニックの看板の明かりは落ちていたけれど、院内は煌々《こうこう》と明るかった。

二杯目のおかわりを母に頼んだ時に、ユーカから与えられた指令を思い出した。

「今日さ、教育実習生が来たんだけど、かおるお姉ちゃんだったんだよ」

「かおるお姉ちゃん？」

母はおたまを持った手を宙で止めて首を斜めにした。

「後藤薫子だよ。俺がガキの頃に、月に一度うちに来ていたお姉さんがいただろ？」

「背伸びしちゃって。タクちゃんはまだまだガキよ」と話の腰を折ってから声を上げる。

「あー！　後藤さん！　懐かしいわねー！」

「昔はなんも疑問に思わなかったんだけど、なんでかおるお姉ちゃんはうちでメシを食べていたんだ？」

「お父さんが歯のモデルを後藤さんに頼んでいたの。綺麗な歯並びをしていたから」

母が食卓に戻ってきて俺にカレーライスの皿を手渡す。

「モデル？」

「治療前と治療後の写真を撮ってホームページに載せていたの。そのお礼にうちでご馳走していたのよ。後藤さんのお母さんは働きに出ていて帰りが遅いこともあって」

「かおるお姉ちゃんって何年くらいうちに通っていたんだ？」

「うーん、十年くらいかな」

十年間も通院？

「長くない？」

母の顔がカチカチに。すぐに表情を取り戻して「お父さんが入れ込んだ歯だから丁寧に治療したのよ。完治後も歯石を取ったり、クリーニングしたりしていたしね」と説明したけれど、取って付けたような感じがした。何か隠しているんじゃ？

「なんだ、今日は食べるのが遅くないか？」と父が入ってきた。

「タクちゃんが寄り道してゲームであれを」と母は姉の席のぬいぐるみを指差す。「取るのに四苦八苦していたからよ」

「彼女へのプレゼントか？」と楽しそうに訊きながら席に着いた。

母は立ち上がって父の食事の用意をする。

「まあね」

「贈り物は渡すタイミングがキーポイントだぞ。サプライズ感を出したいなら、裸のまま持っていくなよ」

サプライズ好きで自称愛妻家の父は、母へ凝ったプレゼントをすることがよくある。傍《はた》からは自己満足にしか見えないが、母はいつも芸人並みのいいリアクションをする。

「わかってるよ」と邪険にした。「今日さ、かおるお姉ちゃんが教育実習に来たんだ」

父の顔も一瞬だけ強張《こわば》った。大人が『子供は知らなくていいことだ』と除《の》け者《もの》にする時の顔色だ。

「後藤さん、教師になるのか」と父は感慨深げに言ったけれど、演技にしか見えない。

「真面目《まじめ》な子だったから、教師がぴったりよね。なんか嬉しくなっちゃうわ」

母は言葉を弾ませて父の前にカレーライスの皿を置いた。母のことも『猿芝居なんじゃ？』と思えてくる。

「かおるお姉ちゃんに伝えることはある？」と俺は二人に問いかけてみる。

「またうちに遊びに来て……」

「今は迷惑になるからやめた方がいい」と父が母の言葉を遮った。「教育実習に集中させてあげよう」

「そうね」と同意した母は残念そうだ。

「卓郎、用もなく話しかけるなよ。再会を懐かしむ場にしたら、周りから白い目で見られるからな。教師と生徒という関係で接するんだ」

真っ当な意見だ。せっかくの教育実習だから、色んな生徒と触れ合って経験を積んだ方がいい。特定の生徒とだけ親しくなるのはマイナスだ。でも俺をかおるお姉ちゃんに近付けさせないための牽制なんじゃ？

「わかったよ」と言って残っていたカレーを掻き込んだ。「ご馳走様」

俺は席を立つ。

「マフィンは食べないの？」

「お腹《なか》がいっぱいになっちゃったから、明日の朝にする」

「もう、焼きたてが一番なのに」と母は口を尖《とが》らせる。

父はかおるお姉ちゃんに関して話したくないみたいだ。『なんで名字が変わったのか知ってる？』と訊いても本当のことを答えてくれなさそう。親を当てにするのはやめた。大人には大人の事情がある。

だから姉に訊くことにした。姉との仲はそんなには良くない。だけど普段はつんけんしていても、泣きつけば優しくしてくれる。その上、俺と違って記憶力がいいし、小さい頃からどこか達観しているところがあったから、かおるお姉ちゃんについて何か知っていると思う。

姉は家族と距離を置きたがる。嫌っているわけではないようだが、好いてもいない感じがする。一緒に外出したり、食事したりしても楽しまないし、自分からは会話しない。でも話しかければ、ちゃんと返ってくる。無視や喧嘩口調で応じることはない。

両親は『自分の世界を持った子なんだろう』と捉え、不必要に干渉しない。姉の好きなようにやらせている。俺も姉の意思を尊重している。だいぶ変わっているところがあるけれど、それも個性なんだ。一定の距離感も、いつも気難しい顔をしているのも、病的な男嫌いも、『姉貴らしさなんだ』と受け止めている。

姉は二十二時十七分に帰ってきた。いつものように母が食事を温め直して、一方的に喋《しゃべ》りまくる。姉は適当な相槌を打って早食いし、サッとシャワーを浴びて三階の自室へ入った。俺はリビングでテレビを観ながら姉の様子を窺《うかが》っていた。

姉の部屋のドアの閉まる音がすると、テレビを消して階段を上った。小さくノックして「俺だけど」と言う。

「何？」

「ちょっと教えてほしいことが」と俺は二階にいる両親に聞こえないよう声を潜める。

「長い？」

「うん」

「入って」と許可する。

俺はドアを開けて入室する。姉の部屋は殺風景だ。女子らしい色が何もない。カーテンはクリーム色。ベッドシーツなどの寝具は青系。天然木の学習机の上にあるノートパソコンは黒色。姉は女っぽくするのが嫌いなのだ。

男みたいなベリーショートをお気に入りの髪型にし、スカートを穿《は》くのが嫌で高校からは制服のない私立校へ進学した。メイクやお洒落《しゃれ》に興味がなく、暗い色の服を好む。今、着ているパジャマもくすんだ茶色だ。勿体《もったい》ない。父親譲りの端整な顔立ちをしているし、スタイルも悪くないから、普通にしていればモテるだろうに。

姉はベッドの上で壁に寄りかかって座り、片手で英語の教科書を開いていた。

「ごめん。勉強中だった？」

「くだらない話は自動的に聞き流せるから、平気。卓郎は好きに話せばいい」

ドライなだけで悪気はない。わかっているのだけれど、気圧《けお》されてしまう。姉には空気をひりひりさせる凄みがある。

「かおるお姉ちゃんのことを覚えてる？」と俺は立ったまま何も前置きをしないで質問する。

「続けて」

「うちのクラスに教育実習で来たんだ」

「で？」と先を促しつつ教科書のページを捲《めく》った。

「放課後に、俺の彼女が顔見知りだったことに妬いて『どういう人なの？』って興味を持った。俺は『よく覚えてないから、親に訊いてみるよ』って言った。それで……」

「もういい」と話をストップさせた。「お父さんたちが口を閉ざしたのは、卓郎を子供扱いしているから。知らない方がいい、と判断した」

姉の聡明さにびっくりした。即座に話の根幹を抜き取るなんて！

「俺は知りたい。家族の中で俺だけが知らないなんて嫌だ」

「ただの不幸話よ。それもスケールが小さな。知っても中途半端な同情をするか、人に広めるか、その二択のみ。知らなくても損はない。お父さんたちは世の中の汚いものを卓郎に見せたくなくて秘密にした。その親心を汲《く》んだら？」

姉の頭の中がどうなっているのかまるでわからないが、俺は姉のことを信頼している。姉は常に中立だ。嘘をついたり、人を騙《だま》したり、自分に都合の悪いことを隠したりはしない。だからユーカの言われるがままにかおるお姉ちゃんの情報を集めていることを伏せなかった。

「俺の彼女、『なんもわからなかった』って報告したら、気を悪くしちゃうかもしれないんだ」と正直に話す。「彼女に『使えねー』って思われたくもないし」

「峰岸結香なんかと付き合うからよ。卓郎の手に負える女じゃない」

ユーカは一年生の頃からその名を学校中に轟かせていたので、当時三年だった姉の耳にも入っていた。

「わかっているけど、別れたくねーんだ」

「降って湧いた幸運を大事にしたい気持ちはわかる。親よりも恋人が大事っていう気持ちも。中学生男子なら当然ね。その気持ちを汲めないこともない」

「じゃ、教えてよ」

「いいけど、何も考えちゃ駄目。勉強の暗記と同じ。情報を頭に記録するだけ。それが下手な同情をしないコツ。わかった？」

「うん」と俺は返事して姉の優しさを汲んだ。

「それと、これから私が話すことは、あくまでも私の主観に基づいているから事実とは違うかもしれない。お父さんたちから聞いた話や盗み聞きした話、それと大人たちの噂話から私が推察しただけなんだから」

そう念を押してから、姉はかおるお姉ちゃんの過去を語り始めた。

東山家とかおるお姉ちゃんの接点は、十七年前、姉が生まれたばかりの頃にできた。父は定期的に地域の保育園や幼稚園を回って無料で歯科検診や歯の磨き方の指導を行っていた。遠回しに「虫歯がある人は東山歯科クリニックに来てね」と宣伝活動をするのが目的だ。

父はかおるお姉ちゃんの検診をした際に、虫歯だらけであることに驚愕《きようがく》した。統計的に四、五歳の幼児で虫歯があるのは三十パーセントほどで、あっても数本だ。大部分の歯が虫歯である原因は育児放棄の他に考えられない。親が子供の歯の手入れを怠り、出鱈目《でたらめ》な食事を与えているのだ。

父がそれとなく保育士にかおるお姉ちゃんの親について訊ねてみると、「二年ほど前に離婚して母親と二人暮らし」「母親は大手の製薬会社の研究職に就いていて、比較的裕福な家庭」「徹夜で仕事をすることが度々あり、『帰れないから、家まで送り届けて。その分のお金を払うから』と電話がかかってくる」などの情報が入手できた。

保育士に面倒をかけることが多々あったが、「女手一つで大変」「世の中に役立つ薬の研究に没頭しているんだから立派」と一定の理解を得ていた。母親は手間賃を多めに払っていたので、保育士にはいいお得意様だったようだ。母親からの無茶な頼みごとは保育士たちを「やったー！　臨時収入だ！」と喜ばせていた。

　心配になった父は保育士から家の電話番号を訊き出した。「あの子は虫歯がたくさんある。たぶんお母さんが『乳歯だからいいや』って思っているんだろうね。でも虫歯のままにしておくと、生え替わった永久歯も虫歯になり易《やす》く、正しい位置に生えないことで歯並びが悪くなるんだ。そのことをお母さんに詳しく説明したいから、連絡先を教えてくれないかな？」と理由をつけて。

　そして日曜の昼前に電話をかけた。女の人が出たけれど、母親ではなかった。母親は朝早く出勤し、雇ったベビーシッターに子守りをさせていた。そのベビーシッターの話では、「土日も出勤していて家にいません」「子供が熱を出して保育園に通えない時も、ベビーシッターの派遣会社へ『鍵を開けておくから看病して』と依頼して普段通りに出勤なさいます」「食事、洗濯、掃除は家事代行業者へ任せているようです」ということだった。

　父が歯磨きについて問うと、「歯磨きのオプションはご利用いただいておりません。基本的に、お客様に依頼されていないことは行わないことになっています」と責任逃れをした。

売り込みだと思われることを懸念しながらも、父はベビーシッターに母親への伝言をお願いした。「お子さんは虫歯が多いので一刻も早く治療することをお勧めします。その際は東山歯科クリニックに通院していただけると幸いです」と。

数日後、かおるお姉ちゃんはベビーシッターに連れられて東山歯科クリニックを訪れた。父が思っていた通り、かおるお姉ちゃんは母親から歯磨きの仕方を教わっていなかった。父は「食事のあとは歯を磨くんだよ。そうすれば歯が痛くなることはないんだよ」と、優しく歯ブラシの持ち方から手取り足取り教えた。

しかし父にできることは治療とデンタルケアの指導までだ。母親は暴力を振るっているわけでも、満足な食事を与えていないわけでもない。毎日お風呂に入れているし、清潔な衣服に着替えさせている。髪が伸びれば美容院へ、具合が悪くなれば病院へ連れて行く。お金は惜しまない。

ベビーシッターや家事代行に依存し過ぎてはいるが、かおるお姉ちゃんの衣食住は過不足ない。ただ親の愛がないだけ。赤の他人が『子供が可哀想だろ。しっかり愛してやれよ』と他所《よそ》の家のことに口出しするのは憚《はばか》られる。

半年ほどで歯の治療は終わり、接点は失われた。そこで父は母親へ電話をかけた。

「薫子ちゃんは生まれながらにとても綺麗な歯並びをしています。非常に珍しい歯なので、乳歯から永久歯へ生え替わっていく過程のデータを取らせていただけないでしょうか？ そのデータは新たな治療法や矯正法に活《い》かされるのです。月に一度、写真を撮らせてもらえませんか？ 検診や歯石の除去も行いますし、僅かですが謝礼もお支払いしますので」

母親は二つ返事で了承した。研究者だから向上心を持って挑戦する人に対して好意的だったのかもしれない。あるいは『毎月、虫歯をチェックしてくれるなら、悪くない話だ』と思ったのか。

かおるお姉ちゃんは五歳から十五歳までの十年間、一ヶ月に一回東山歯科クリニックで検診を受けた。最初のうちはベビーシッターに付き添ってもらっていたけれど、保育園を卒園してからは一人で通った。

母親は娘が小学校へ通うようになると、ベビーシッターを雇うのと家事代行に料理を頼むのをやめ、娘に食事代を渡して放置した。かおるお姉ちゃんの口からそのことを知った父は「うちで夕食を食べていきなさい」と招いた。

両親、二歳の姉と一緒にテーブルに着いたかおるお姉ちゃんは甚だしく当惑した。家族で食卓を囲んだ覚えがなかったからだ。彼女が家庭の温かさを初めて知った時だった。

当初、かおるお姉ちゃんは表情の乏しい子供だったが、俺の父や母の優しさに触れて感情を表に出すようになったそうだ。俺の記憶の中の彼女が『優しいお姉さん』であるのは、俺の両親の影響を多分に受けていたからだった。

かおるお姉ちゃんは十四歳で永久歯が生え揃った。もうデータを収集する必要がなくなり、東山歯科クリニックへ通う理由が失われた。でも父は「君の綺麗な歯をメンテナンスするのは歯科医師の義務だから、引き続き通院しなさい」と言って接点を繋ぎ止めた。

東山家とかおるお姉ちゃんの繋がりを絶ったのは、母親の再婚だった。中学を卒業するのを機に姓を『後藤』から『辻』へ変え、神奈川から東京へ移り住んだ。そして音信不通になる。その後のかおるお姉ちゃんのことは誰も知らない。風の便りもないまま六年の歳月が流れた。


【5月26日（火）】

「タッくんのお父さんは連絡を取らなかったの？」とユーカが不審に思う。「辻ちゃんが二番目の父親とうまくやっているか心配にならなかったのかな？」

「姉貴の話だと、『早く新しい環境に馴染んでほしくて、そっとしておいたんじゃないか』って」

「ないよ」

「一つでいいから言って」

「本当にないんだ」

すでに頭に浮かんでいた。八重歯。でも口が裂けても言えない。ユーカは八重歯がチラッと見える小悪魔的な笑顔をチャームポイントにしている。

「言ってよ。怒らないから」

その手には引っかからない。馬鹿正直に言ったら間違いなく激怒する。

「本当にない。全部愛してる」と言ったそばから彼女の顔が緩んだ。

「嬉しい！」

ユーカは体で喜びを表現する。両腕を大きく広げて俺に抱きつき、胸元に顔を埋《うず》める。忽《たちま》ち体が硬直し、胸の奥がキュウと締めつけられて苦しくなる。うまく呼吸ができない。

俺たちはフローリングに敷かれたサーモンピンクのラグマットに座っていた。彼女の部屋には淡い色の物が多い。ピンク、黄色、白。ベッドの枕元にはぬいぐるみが数個置いてあり、壁には女性誌の専属モデルのポスターが貼ってある。

俺はユーカの両肩を摑んで体を引き離す。そして荒れた呼吸のまま「俺のどこが好きなんだ？」と訊いた。

「頼もしいところ」

即答だったけれど、自分のことを言われたような気がしなかった。

「俺ってそんなに頼もしいか？ あんまり男らしくないじゃん。ユーカの方が運動神経はいいし、成績もいいし、物知りだし、度胸も人望もある」

「じゃ、なんで部長を任されているのよ？」

「当たり障りないからじゃないかな。上に立つ人って大なり小なり下から嫌われるだろ？ うちの顧問はチームワークを重視するから、我《が》が強くない俺を選んだだけだよ」

オンダが部長になったら強烈なリーダーシップを発揮すると思うが、その分反発する輩《やから》が出てくる。オンダは『自分にできることはみんなもできる』と思っている。だから自分についてこられない人に『なんでできないんだよ！』とカッとなる嫌いがある。顧問が部長に求めているのは協調性だ。

「タッくんって本当に自分のことがわかってないのね」と年下を諭すみたいに言う。

「私がタッくんを『いいな』って思ったきっかけは、元カレの引退試合だったのよ」

「引退試合？」

ユーカには元カレが多すぎて特定するのが難しい。およその見当はついていたけれど、もし違ったら決まりの悪い空気になるから惚《とぼ》けてみた。

「去年のバスケ部の引退試合よ」

その頃、ユーカは一つ上のバスケ部の先輩と付き合っていた。顔もプレイも華やかで人気者の先輩だった。

「そういや、応援に来ていたな」

「点差が開いて敗色濃厚になった時に、元カレはタッくんと交代してベンチへ引っ込んだ」

「よく覚えてないけど、先輩は孤軍奮闘してへばっていた。ほぼ勝敗は決していたから、顧問は来年を見据えて俺に経験を積ませようとしたんだよ」

俺はレギュラーメンバーではなく、ギリギリでベンチに入れた補欠のまた補欠みたいな位置づけだった。

「違うよ。元カレはもう勝負を投げていたから代えられた」

「諦めても不思議じゃない点差がついていたからな。他の先輩たちも心が折れていた」

「けど、タッくんはギブアップしていなかったでしょ？」

「勝てる気はしなかったけど、やれるだけのことはやろうって思った。試合に出させてもらったんだし、終了のホイッスルが鳴るまでは何が起こるかわからないからさ」

「そういうポジティブな気持ちがチームを蘇《よみがえ》らせたの。タッくんは『まだ時間はある。二点ずつ返していこう』って呼びかけ、ゆっくりボールを回してみんなを落ち着かせた。負ければ先輩たちの引退が決まる試合で、誰よりも冷静だった」

先輩たちは『早く追いつかなくちゃ』という焦りから、攻め急いでスリーポイントシュートを多投していた。でも慌ててシュートを撃つと、フォームが乱れて入る確率が低くなる。ことごとく外れて相手ボールになり、相手は手堅く二点ずつ得点を重ねてどんどん点差が開いていった。

「プレッシャーは感じていたよ。だけど『まっ、負けても死ぬわけじゃないし』って開き直っていた。それで普段通りのプレイができたんだ。俺って元々そんなにうまくないから、気張ってもしょうがないんだよ」

「私はタッくんのそんなところに頼もしさを感じたの」

ユーカは目を細めてうっとりとした顔を見せたが、過大評価だ。俺は図太くない。人並みに緊張する。あの時だって『先輩たちの最後の試合になりそう。ミスばっかして引退試合に泥を塗りたくないな』とびくつきながらコートに入った。

「でも、結局は負けちゃったじゃん」

「あともうちょっとまで追い上げたのはタッくんの功績よ。おかげで元カレの引退試合は思い出したくない惨敗から、思い出深い惜敗へ変わった」

ユーカの中では、俺がチームの危機を救った英雄になっているようだ。いいふうに解釈し過ぎだ。高い下駄《げた》を履かされても、後々歩き難《にく》くなるだけ。なんとかして彼女が思い描いているヒーロー像を壊したい。だけどユーカは弁が立つことに加えて自分の意見を曲げないので、俺では太刀打ちできない。

熱い眼差《まなざ》しが俺に向けられる。ベタ褒めしているうちに興奮が高まったのだろう。ヤバいな。次は熱い口づけか、と察して腰を浮かそうとした。でも遅かった。再び抱きつかれた。体重を乗せて体を預けてくる。

ユーカはピタッと密着し、長い睫毛《まつげ》を震わせて俺を見上げた。そっと目を閉じ、唇を窄《すぼ》める。仕方なく唇を重ねた。彼女の舌が俺の唇を抉《こ》じ開けて入ってくる。

心臓がのたうち回り、背中から腰にかけて粟立《あわだ》つ。また胸が苦しい。息が止まりそうだ。堪《たま》らず力尽くでくっついていた体を分ける。

「ごめん。これ以上は……おかしなことになっちゃうから」

「こういうことをしていると、男子の体がどうなるかくらい知ってる。我慢しなくていいよ。私、タッくんならいいの」

「俺たち、まだ中学生だ」

「もう体は子供じゃないよ。ほら」と言って俺の手を取り、自分の胸に当てた。

小振りだけれど確かな膨らみを感じる。体中の表面をゾワゾワした何かが駆け巡る。全身の毛が逆立つような感覚が生じると共に、胸に込み上げてくるものがある。

「そろそろ帰らなくちゃ。親が……」と俺は彼女の手を振り払って立ち上がる。

素早くバンズのスニーカーを持って部屋を飛び出した。後方でユーカが「待って！」

と叫んだが、構わずにドタバタと階段を駆け下り、裸足のまま外へ。彼女の親が急に帰宅する最悪の事態を想定し、靴を持って二階の彼女の部屋へ上がっていた。もし帰ってきたらバルコニーに隠れる段取りだ。また、自転車を家の前に停《と》めておくのも来客の証拠になるので、家から少し離れた公園に置いている。

自転車のあるところまで走ってから、スウェットパンツのポケットに入れていたコンビニのレジ袋を取り出し、その中に嘔吐《おうと》した。毎度のことだ。何故だかわからないけれど、キスや性的なスキンシップをする度に、胸がむかむかして吐き気を催し、頭の中に臭いにおいが漂ってくる。そしてある限度を過ぎると吐いてしまう。胃袋にあったものを戻している最中は、頭が割れそうに思えるくらいの痛みが起こる。後頭部にかけてズキンズキンする。原因ははっきりしていない。もしかしたら歯医者の息子だからなのかもしれない。人の口の中には三百から四百種類の細菌が生息していて、歯を丁寧に磨く人でも千億個以上の細菌が棲《す》みついているそうだ。

父から教わったことだが、特に『うわっ！　汚ねー！』と思うことはなく、雑学として頭の片隅に留めていた。だけど潜在意識の中に『口の中は黴菌《ばいきん》がうじゃうじゃ』が刷り込まれていて、それで拒絶反応を起こすんじゃないか？

でなかったら、精神的に潔癖なのか？　『中学生が大人の真似事をしちゃいけない』や『彼女の親に申し訳ない』などの罪悪感が胸を押し潰すのかも。ただ、自分が堅物な人間だとは思えない。どちらかと言えば、軽率で『まっ、いいか』『向こうが積極的でラッキー』と流れに乗っかるタイプだ。

それに確かに罪の意識のようなものを感じるけれど、『大人が決めたルールを破る』という種類の後ろめたさじゃない気もする。ルールやモラルを無視することよりも、もっと罪深いこと。絶対に触れてはならないタブー。破ったら世界を滅ぼしてしまう怪物が目覚める。そんな絶望的な恐ろしさに襲われるのだ。

でも単にビビッているだけ、という可能性もある。セックスに対して欲望の限りを尽くした幻想を抱いている。途轍《とてつ》もない快楽を味わえるに違いない。そう期待に胸を膨らませている反対側で、セックスを知ったらそれまでの自分ではいられなくなる恐怖を感じてもいる。

経験したら後戻りできないんじゃ？　世界が引っ繰り返って景色が様変わりしてしまうかも？　俺はどうなっちゃうんだ？　家族や友達との関係が壊れるのか？　嫌だ。別に今の生活に不満はない。面白おかしくやってきた。何が起こるかわからないことにトライして、全てを台無しにする必要はない。

きっと俺は大人になる覚悟ができていないのだろう。要は、子供のままでいたいのだ。とんだ甘えん坊だ。自分のヘタレ加減にがっくりする。恥ずかしくて誰にも相談していない。

あらかた吐き終わると、俺はスニーカーを履き、ポケットからスマホを出して、ユーカにLINEのメッセージを送る。

〈いきなり帰ってごめん。置き忘れた俺のリュックを開けてみて〉

故意に置いてきたアウトドアプロダクツのリュックの中には、ユーカが愛してやまないゆるキャラのぬいぐるみが入っている。少々きつかったけれど、ぬいぐるみを圧縮して無理やり押し込んだ。

訪問直後、ユーカは『なんでリュックを背負ってきたの?』と怪しんだ。でも俺は『うちの親に深夜の外出が見つかった時に、友達んちへ借りていた漫画を返しに行ってたんだって言い訳するため』と言って乗り切った。

ぬいぐるみは保険だ。ピンチになったら、『今日のところはこれで』と勘弁してもらうためにリュックに忍ばせていた。ユーカが一線を越えようとしなければ、プレゼントせずに温存するつもりだった。

〈ありがとう！　タッくんだと思って大切にするね！〉と返事が届く。

上機嫌だ。貢ぎ物作戦が功を奏したようだ。俺は安堵《あんど》して〈喜んでくれてよかった〉と送信する。

〈すっごく喜んでるよ！　だけど直接渡してくれたらもっと嬉しかったんだよね～〉

〈ごめん。どんな顔していいかわからなくて……〉

〈本当に恥ずかしがり屋なんだから。ちょっとは彼氏らしくしてよ。でも、そこが可愛いんだけどね〉

〈次は頑張るよ〉

〈もう何もいらないよ。気持ちだけで充分〉

〈わかった。それじゃ、また明日。おやすみ〉

〈おやすみ。チュッ！〉

〈チュッ！〉とキスの擬音を返す。

スマホをポケットにしまい、自転車に跨《またが》って漕ぎだす。参ったな。次は何を贈ろうか？　何もあげないで逃げ出すわけにはいかない。ユーカの怒りを鎮める方法を用意しておかないと、収拾がつかなくなる。お供《そな》え物はマストアイテムだ。

でもどっちにしろジリ貧だ。今は『奥手なのね』や『私のことを大事にしているんだ』とユーカは捉えているが、遅かれ早かれ『私のことが嫌いなの？』へシフトするだろう。

そう遠くない日に言い逃れできない状況に陥る。カウントダウンは始まっている。俺の潔癖症、あるいは恐怖症が劇的に治る見込みはない。全財産を貢ぎ物作戦に注《つ》ぎ込んでも、最終的には『私のこと好きじゃないなら別れよう』とふられるのが明白だ。

それがわかっていても作戦を続行するのは、ユーカの虜《とりこ》になっているからだ。彼女は歯科医院で唾液などを吸い込む腔外《こうがい》バキュームばりに、ものすごい吸引力で俺の心を引き寄せる。すっかり首ったけだ。

寝不足の頭を抱えてふらふらと教室へ入ると、オンダが自慢げに「辻ちゃんって昔は『後藤』だったんだぜ」と話していた。彼が自分の母親に『辻薫子って知ってるか？俺より七つくらい上なんだけど』と訊いたら、母親は『後藤薫子なら近所に住んでいたわね』と思い出し、『名字が変わったのはお母さんが再婚したのかも』へ及んだ。

俺はオンダの話に耳をそばだてながら『かおるお姉ちゃんがうちでご飯を食べていたことまで知っているんじゃ？』と慄《おのの》いていた。そのことを言い出したら、ユーカが『そんな話、聞いてない！』と熱《いき》り立ってしまう。

幸いなことに、オンダの母親はかおるお姉ちゃんと東山家の繋がりに無知だった。育児放棄に関しても知らなかったようで、俺が姉から得た情報と比べたらスカスカの内容だ。場合によっては、俺の親と同じで『子供は知らないでいいことだ』と口を噤《つぐ》んだのかもしれないけれど。

オンダは鬼の首を取ったような勢いで、かおるお姉ちゃんの名字が二回変わったことを熱弁した。父親の姓から母親の旧姓へ。そして再婚相手の姓へ。みんなに聞かせたいらしく教室中に聞こえる大声を出す。

かおるお姉ちゃんの過去は瞬く間に学校の隅々まで広まった。俺にも当て嵌まることだが、大半の中学生は友達に『知ってるか？』と言いたくて堪らない。相手の知らない情報を持っていることで得意になれるし、自分の話を有り難がられると自尊心が満たされる。だから今回もみんな伝言ゲームに精を出した。

でも育児放棄のことは拡散されていないから、丁度よい塩梅の同情で留まりそうだ。物心がつく前に両親が離婚し、母親が女手一つで育て、高校進学と同時に母親が再婚して東京へ引っ越した。その程度なら軽い不幸話だ。みんなに知られても『環境がころころ変化して大変だったね』くらいで済む。不都合なことはそんなにはないだろう。

むしろ、かおるお姉ちゃんへ向けられる視線を優しくさせる。多少は窮屈な思いをするものの、学校中の生徒から『不幸な生い立ちにめげずに頑張っている』と好感を抱かれるのは悪いことじゃない。

もし育児放棄の件を知られたらかおるお姉ちゃんは生徒たちに一歩引かれ、好奇の視線に晒《さら》されてしまう。『母親に愛されなかったんだ』という不幸は、重すぎる。親なしでは生きていけない中学生には処理しきれない。

オンダの話に神妙な顔をして「へー」と頷いていたクラスメイトたちは、かおるお姉ちゃんへの接し方を柔らかくした。元気に挨拶し、目に余る拙さを温かい目で見守り、後先考えずに弄るのをやめた。

結果的には、オンダの浅ましい目立とう精神がかおるお姉ちゃんを援護したことになったようだ、と俺は胸を撫で下ろした。中学生は単純だ。弱者を見つけたら問答無用でからかい、手頃な不幸話に簡単に憐れみを感じる。

ところが、俺が思っていたよりも中学生はずっと飽きっぽかった。弄りは執拗《しつよう》に繰り返すくせに、同情は長続きしない。面白いこと以外に持続力を使えないのだ。午前中にたっぷり蓄えた『辻ちゃんって可哀想だな』という気持ちは夕暮れには消えていた。

下校時にかおるお姉ちゃんの話題が上がり、口々に「頼りなくて、とてもじゃねーけど『先生』とは呼べねーな」「気が小さ過ぎてウケる」「教育実習を途中で逃げ出すんじゃね？」と言って笑い物にした。

水曜日以外は部活がある。練習後は帰る方向が同じ部員たち五人で下校している。ガヤガヤと喚《わめ》くように話し、ダラダラと広がって歩き、コンビニで買い食いする。日本中どこにでもいる部活帰りの中学生だ。

今日も俺たちは肉まんやアイスやアメリカンドッグを片手に好き勝手に喋りながら帰った。かおるお姉ちゃんの臆病ぶりを笑い合ったり、「ユーカとどこまで進んだんだ？」「もうヤッたんだろ？」「ケチらないで教えろよ」と俺を質問攻めにしたり、生意気な一年生の文句を言ったり。

十五分ほど歩くと、一人二人と「また、明日な」と手を挙げてグループから離脱していく。俺も「じゃあな」と言って背中を向けた。数歩進んでから振り返ってみた。二人になった下校仲間はトークに夢中でこっちを気にかけない。ホッとする。向こうも同じことをしたら気持ちが悪い。あいつらはがさつなままでいい。馬鹿なことだけを言い合っていたい。

俺はまた歩みだす。最近、中学バスケの最後の大会が近付いているせいか、感傷的な気分に浸る時がある。大会が始まるのは一ヶ月後。負けたら引退だ。あいつらと下校することはなくなる。俺たちは仲良しグループじゃない。部活がなければ、親友や恋人と帰る。

うちのバスケ部の実力は『あと一歩』だ。いいところまで勝ち進むのだが、私立の強豪校に惜しい負け方をする。「もう少しで勝てた」「相手の方に運があった」「僅差だったのに」と涙を呑《の》む典型的な公立の中堅校だ。

二つ上の先輩の代から、どの大会でも惜敗している。顧問が「いっつも優勝校や準優勝校を苦しめているんだから、すでにうちも強豪校だ。プライドを持って試合に臨め」と自信満々に言っていた。でも俺はそう思えない。

スコアだけを見れば僅差だけれど、我が校と強豪校には埋めようのない差があるんじゃないか？　練習量。才能。努力。熱意。精神力。それら全てが強豪校を上回らなければ何度やっても勝てない気がする。

部員一人一人の少しずつの差が勝敗を分ける大きな差になる。そう思えてならないんだ。所詮、うちのバスケ部はたまたま運動神経のいい人が集まっただけの、個々の才能に頼ったチームだ。

一昔前の我が校では、運動神経が優れている男子は花形の部活と言われる野球部やサッカー部へ入っていたが、ここ数年はバスケ部に殺到している。少年雑誌の人気漫画『黒子のバスケ』に影響されて、バスケがブームだったからだ。俺もブームに乗っかった一人だ。

つまりは、うちには真剣さが足りないのだ。遊び半分の部活。負けても失うものはない。浮ついた動機でバスケを始めたら、大会でまずまずの成績を残せた。それで勘違いして調子に乗っている。『井の中の蛙《かわず》』的な才能にかまけ、惜敗を不運のせいにする。そんな連中が部員の大部分を占める。

きっと最後の大会も僅差で負ける。強豪校と当たるのは三回戦から。もちろん勝つ気で挑むけれど、十中八九引退試合になるだろう。その試合の日は七月五日。あと一ヶ月とちょっとしたら、もうバスケ部のあいつらと下校することはできない。

寂しさとは違う。心底寂しいなら、『引退してからも一緒に帰ろうぜ』と言える。そこまでの気持ちはない。強いて言えば、寂しくないことが寂しいんだ。偶然同じ部活に入って、偶然帰る方向が同じだった。それだけの関係だ。

でも友情とは異なる種類の情を抱いている。この二年余り、週に少なくて四日、土日も練習がある週は六日、ずっと五人で帰った。練習の疲労感、先輩の悪口、『全国制覇！』の戯言《ざれごと》、周期的に勃発する『もう辞めてやる！』騒動、女子には聞かせられない下衆《げす》な話題などなど、五人で共有してきた。

薄っぺらいトークばっかだったけれど、ペラペラでも二年以上も重ね続ければ、相当な厚みになる。五人で下校することが生活の一部になっているから、後ろ髪を引かれているんだ。こういうのを愛着と呼ぶのだろう。

ユーカと付き合ってからは水曜日は二人で下校している。可愛い恋人との下校は優越感に酔えるし、知らない世界に足を踏み入れるわくわく感は刺激的だ。だけど部員五人で愚にもつかないお喋りをして帰る方が居心地はいい。

引退後はユーカと毎日一緒に帰るのか、と考えたらメランコリックな塊が頭の上に落ちてきた。この重苦しさも、部員との下校を名残惜しく感じる一因になっているのかもしれない。ユーカの彼氏を務めるのは疲れる。エネルギーの消費量が著しい。

贅沢《ぜいたく》な悩みであることはわかっている。別れてから『俺は身の程知らずだったな』と後悔するはずだ。そもそも、引退までに彼女にふられない保証はどこにもない。一ヶ月半も交際が続いていることが奇跡だ。いつ破局してもおかしくない。でも自分にはどうすることもできない先のことを心配するのは無意味だ。なるようにしかならない。そんなことを考えながら歩いていたら、自宅の前で誰かが立っていることに気づいた。百メートル以上離れている上に、日が暮れているから、視力のいい俺でも顔がよく見えない。だけど街灯の下にいるのがヨッシーであることがすぐにわかった。顔がぼんやりでも制服の着方や背恰好や佇《たたず》まいから導き出せる。

なんの用だ？ さっき別れたばかりだ。下校仲間の一人で最初に『また、明日』と抜けていくヨッシーは、別れたあと走って先回りしたのだ。俺は駆け寄って「どうした？」と話しかける。

「相談したいことがあって」

深刻な面持ち。

「じゃ、上がっていけよ」

「ママに電話するね」と言い、ヨッシーはスマホを手にした。

彼の母親は専業主婦でヨッシーを過保護に育てている。子供に頭の上がらない親じゃなく、子供のすることになんでも口を出す親だ。ヨッシーが部活の練習で突き指しただけで顧問にクレームの電話を入れるほどの溺愛ぶり。

そのせいで彼にはマザコン気味なところがある。一人で決断することが不得手だ。いつも人の意見を頼りにする。自主性の乏しさが外側へ滲《にじ》み出ていて、周囲に自信がなさそうな印象を持たれることが多い。

それに加えて、小柄で線が細く穏やかな風貌をしているから、なよなよしているイメージを周りに与える。草食系。狩られる側。弱者。俺もヨッシーの第一印象は『虐《いじ》められっ子みたいな奴だな』だった。

ヨッシーとは中学一年の時に同じクラスになって知り合った。彼は自己紹介で「奥谷《おくたに》輝純《てるよし》です。よろしくお願いします。趣味は漫画とゲーム。電車も好きです。苦手な食べ物はおでんの大根。将来の夢は、ローカル線の車掌になることです」と挨拶した。

うちの中学校の生徒は、この町にある二つの小学校の卒業生で構成される。どちらの小学校も一学年二クラスだったので、中学に入っても約半分は顔見知りだ。私立中学に進学したのはクラスで二、三人程度。

入学してしばらくの間は、それぞれの小学校のグループに分かれる。でも奥谷は教室でぽつんと孤立していた。中学進学と同じタイミングでこの町に引っ越してきたからだ。俺たちのグループは奥谷を『あっちの小学校の除け者なんだろう』と思い、向こうのグループも同じことを思っていた。

奥谷が自己紹介の時に出身の小学校や東京から横浜へ移ってきたことを言っていれば

誤解されなかったのだが、彼は『この、東京モンが！』と拒絶されるのを恐れていたのだった。

入学して一週間ほど経つと、出身校の垣根を越えた交流が盛んになる。だけど引っ込み思案な奥谷は誰とも関わらない。また、暗そうな奥谷に話しかける物好きなクラスメイトもいなかった。

俺が親しくなったばかりの奴に「あいつ、そっちの小学校の出身だろ。ちょっとは仲良くしてやれよ」と言ったら、「えっ？　うちじゃないぜ」と返ってきた。それでみんなは『何者なんだ、あいつ？』と注目した。

男子たちはヒソヒソと「ショボい見た目は世を欺《あざむ》く仮の姿かも？」「相当な手練《てだ》れだったりして？」「迂闊《うかつ》に近付くとブッ飛ばされるぞ」「ひょっとして宇宙人じゃ？」「某国のスパイか？」と冗談交じりに言い、未知数の奥谷を警戒していた。

でも数日後に他のクラスの生徒から「最近、近所に越してきた家族がいるんだけど、そいつじゃね？　名字が一緒だし」という情報がもたらされ、奥谷への関心は急速に薄れた。「なんだ、ただの引っ越しか。つまんねー」と興が削《そ》がれたのだ。

奥谷の謎が解けた日の放課後、バスケ部の部室へ向かっていた俺の背中に「おい！　おい！」と声がかかる。振り返ると、オンダだった。彼とは小学校もクラスも違う。オンダは入学した日から、俺は今週からバスケ部に仮入部している。

「おまえのクラスの奥谷がヤバいことになってるぞ」

「ヤバいって?」

「野球部の三年に下駄箱で待ち伏せされて、部室へ連れて行かれたんだ」

バスケ部などの屋内競技の部室は体育館に併設されているが、屋外競技の部室は校庭の脇にある。その部室棟は職員室から離れているから、悪さをするにはもってこいの場所だ。

「マジ?」

「ああ。ヤバくね? 奥谷が何をやったか知らねーけど、締められちまうぞ」と楽しそうに言う。

うちの中学は比較的平和な学校で、バリバリの不良は数えるほどしかいない。漫画に出てくるガンの飛ばし合い、殴り合いの喧嘩、カツアゲのような過激なことは起こらない。だけど生意気な一年生を懲らしめることは春の風物詩になっている。呼び出して集団で軽く脅すだけなのだが。

親や教師が教えてくれない類《たぐい》の中学生活の注意事項は、入学前に仲間内で学習した。年上の知人や兄や姉から得た『入学早々は先輩が目を光らせているから大人しくしろ』『一番荒れている部活は野球部らしいぜ』『女番長の絢菜《あやな》とは目を合わせちゃいけない』などの情報を共有している。

でも引っ越してきた奥谷は不案内だ。友達ができないこともあって、学校で何がタブーなのか、どこが危険なのかわかっていない。

「どうする？　先生にチクるのはマズいしな」とオンダは我が身の心配をする。

密告者への制裁はお約束。

「奥谷が殴られることはないんじゃないか。ビビらせるだけだ」

「薄情だな。クラスメイトだろ。助けてやれよ。できないわけじゃないくせに」と彼は含んだ言い方をする。

はなから俺をけしかけるのが目的で報せた。きつい意地悪だ。オンダは好戦的な奴で同学年には見境なく嚙《か》みつく。特にバスケの初心者には手厳しい。小学校時代にミニバスケットクラブに入って真剣にバスケに打ち込んでいた彼は、軽い気持ちで入部する人を目の敵にしているようだ。

「わかったよ。話をつけてくればいいんだろ」と俺は半ば自棄《やけ》になって言った。

「頑張れよ」

ニヤニヤしたオンダに見送られて俺は野球部の部室へ走る。不本意だが彼に屈するしかなかった。『俺には関係のないことだ』と突っ撥《ぱ》ねたら、オンダが『クラスメイトを見殺しにした非情な奴だ』と吹聴《ふいちょう》するかもしれない。悪い噂《うわさ》はあっという間に広がる。

入学してからの一ヶ月が重要だ。みんなに『こいつは悪い奴じゃない』と強く印象づけなくちゃならない。でないと、穏やかな中学生活を送れなくなる。考え方次第では、これはチャンスだ。野球部の先輩たちから内気な奥谷を救えば、俺まで問題児のレッテルを貼られることはないはずだ。

とは言え、先輩に盾突くのはやっぱり怖い。状況によっては『おまえ、恰好つけてんじゃねーよ』と逆鱗《げきりん》に触れて数発殴られる可能性がある。野球部の先輩たちに非があるとは限らないし。

だけど、何かを得るにはリスクは付き物だ。父から『食事は虫歯になる危険を孕《はら》むが、食べなければ死んでしまう』『虫歯の治療は痛みを伴うが、放っておいたら虫歯の原因菌が体に入って病気を引き起こし、最悪の場合は死ぬこともある』と教わってきた。

世の中に死より恐ろしいものはそうそうない。野球部の部室に飛び込んでも、よっぽど舐めた口を利かない限り、死ぬような目に遭うことはないだろう。そう楽観しよう。ポジティブシンキングを頼りにして部室棟へ駆けつけると、ドアの前に見張りらしき先輩が二人いた。

「一年の奥谷が中にいますよね？」

「なんの用だ？」と片方が威圧する。

悪役レスラーみたいにいかつい顔だ。マジ、こえぇー。一瞬にして勇気が跡形もなく吹っ飛ぶ。Uターンしたくなった。でも心をギュッと固めて踏み留まる。もう引き返しでも手遅れだ。

「先生を呼びますよ」とハッタリをかます。

二人が怯《ひる》んだ隙にドアノブに手をかけた。慌てて俺を取り押さえようとするけれど、払い除けて力強くドアを開ける。すると、奥谷が数人の先輩に囲まれていた。

六人、いや七人もいる。七対一。奥谷は半泣き。俺も泣きたくなった。股間が縮み上がり、後悔が頭をもたげる。俺、ヤバくね？　無事に帰れるのか？

「なんだ、おまえ？」と奥谷の襟元を掴んでいた先輩がドスを利かせて訊く。

この人がボスか？　この中で一番の強面《こわもて》だ。体もデカいし。俺と奥谷が二人がかりで挑んでも敵《かな》いそうにない圧力を感じる。だけど今更怯んでもどうにもならない。前進あるのみ。

「奥谷のクラスメイトです。奥谷が何をしたのか知りませんが、許してやってください」

腹から声を出して部室の中へ突入した。そして「奥谷は悪い奴じゃないんです。きっと何かの誤解です。話せばわかります」と精一杯フォローする。俺の熱血ドラマ顔負けの必死さに、先輩たちは噴き出す。好きなだけ俺の暑苦しさを笑ってくれ。ここは勢いで乗り越えるしかない。殴られるよりは笑われた方がマシだ。

「奥谷はいったい何をしたんですか？」

「こいつの足元を見ろ」

　俺は目線を下げる。あっ！　革靴を履いてる！　校則では禁止されていないけれど、『一年が革靴で通学するのはタブー。百年早いって先輩に睨まれる』というのがこの中学の暗黙のルールだ。だから一年生はみんなスニーカーで通っている。

「すみません。奥谷は中学になって引っ越してきた奴なんです。それで革靴がいけないことを知らないんです」

「こいつは警告を無視したんだ」とボスは言って奥谷を締め上げ、自分の方へ引っ張った。

「えっ？」

「三日前に、『革靴を履いてくるな！』って警告したんだよ」

　俺は奥谷の顔を凝視する。

「どうして先輩の言うことを聞かなかったんだ？」

　奥谷は視線を逸《そ》らして俯く。

「ずっとこんな調子で何も言わねーんだよ」

「すみません」と俺は頭を深々と下げた。「あとできっちり説得しますんで、許してもらえないでしょうか？」

「駄目だ。この場で『もう革靴を履いてこない』って誓え」

「そこをなんとかお願いします。奥谷はすごく気が小さいんです。頭が真っ白になっているんだと思います」

「だからってこのまま帰すわけにはいかねーだろ。詫びの一つくらい入れろや！」と奥谷の耳元で恫喝《どうかつ》する。

奥谷は首を竦《すく》めて震え上がった。俺は切羽詰まった声で「奥谷、謝れよ」と催促する。でも彼は口を堅く鎖《とざ》したまま。

「なんも言わねーと、体に訊くぞ」

ボスは左手で奥谷を固定し、空いている右手で拳を作って彼の左頬にグリグリと減《め》り込ませる。

「やめてください。俺が代わりに謝ります」とボスの腕を摑んで止めようとする。

「おまえが謝ってなんになるんだ。放せよ」

ボスが腕を大きく振った。その弾みで俺の手は外れ、自分の鼻に当たる。俺は「つぅー……」と声を漏らして鼻を押さえる。自分の手で自分の鼻を打つなんて。

「おまえが悪いんだからな。しゃしゃり出るから」とボスが言い訳をする。

ジーンと痺《しび》れるような痛みに悶《もだ》えていると、鼻の奥からスーッと何かが流れてくる。鼻水にしてはサラサラだ。流れ落ちるのが速かった。手のひらが赤く染まっていく。

「東山くん！」

奥谷が声を上げた。と同時に、速やかにポケットからティッシュを出して俺に手渡す。

出血の混乱でボスは奥谷から手を放していた。俺は急いでティッシュを鼻の穴に突っ込む。

俺が止血し、手のひらの血を拭っている間、先輩たちはごにょごにょと「東山って絢菜の弟か？」「弟が入学しているんだよな」「バスケ部に入るらしいぜ」「本当に弟だったらヤバくね？」と話す。肩身が狭かったけれど、待ちに待っていた展開だ。

「おまえ、絢菜の、東山絢菜の弟なのか？」

ボスがやや遠慮がちに確認した。

「はい」

空気が一変する。途端に冴《さ》えない顔がズラッと並び、視線があちらこちらに泳ぎ始めた。先輩たちの戸惑いが手に取るようにわかる。東山絢菜がこの学校の番長であることを知らない奥谷だけが、何が起こったのか把握できずにキョトンとしていた。

俺の姉は『なんとなく』という理由で、七歳から相撲を習い始めた。神奈川県内に適当な相撲教室がなく、家が東京寄りの横浜だったこともあって、東京の葛飾区まで週に三回、一時間半かけて通っていた。

その甲斐《かい》あって関東圏の小学生の女子相撲大会では敵なしだった。神奈川新聞に載ったり、ローカルテレビで取り上げられたりしたために、姉は近所のちょっとした有名人だ。大人は『すごいね』と褒め称《たた》え、子供は陰で『横綱』と恐れていた。

中学生になってからも、五十キロ以上六十キロ未満の軽量級で数々の大会で優勝した。学校では『スパッツ番長』と呼ばれている。いつ何時でも相撲をとれるようにスカートの下にショートスパッツを穿き、気に入らない奴は女でも男でも教師でも『相撲でケリをつけよう』と勝負を吹っかけて片っ端からぶん投げているからだ。

相撲教室で大人や男子と稽古しているので、素人の男では相手にならない。無様に投げ飛ばされるだけだ。でも勝負を避けたら姉に『腰抜けヤロー！』と罵倒される。姉に因縁をつけられると逃げ道はない。否応《いやおう》なく赤っ恥をかかされる。だから男の先生と生徒は姉の目に留まらないよう息を殺している。

ボスが「大丈夫か？」と俺を気遣う。明らかに俺の顔色を窺っている。俺の背後に姉の姿が浮かんでいるのだろう。

「ええ。生まれつき鼻血が出やすいんです。粘膜が弱くて」とその場しのぎの嘘をつく。

「わざとじゃないからな。本当に」

「はい」

「あと、その……なんて言うか……」と言い辛そうに口をもごもごさせる。

「わかっています。俺は俺です。姉貴は関係ありません」

ずっと姉とは線引きをしている。風変わりな姉のせいで『弟も変人なんじゃ？』と色眼鏡で見られることが度々あったから。だけど今は姉の威光に縋《すが》っている。

「奥谷のことは俺が責任を持って言い聞かせますから、今日のところは大目に見てくれませんか?」と俺は頼み、両脇を締めて頭を下げる。

「仕方ねーな。もう帰っていいぜ」

やった! うまく落としどころを作れた。俺は先輩たちの気が変わらないうちに、急いで「ありがとうございます」とまた頭を低くしてから、奥谷の腕を引っ張って部室を出た。

部室棟から離れると、奥谷が「東山くん、ごめんね」と謝った。

「別にいいよ」

「度胸があるんだね。あんなにたくさん先輩がいたのに、物怖《ものお》じしないでいられるなんて考えられないよ。僕なんか腰が抜けかけてた」

耳が痛い。称賛されるようなことはしていない。俺は姉の褌《ふんどし》で相撲をとっただけだ。俺だってバックにスパッツ番長がいなければ、がたがたと震えることしかできなかったはずだ。

「奥谷、なんで革靴を履いてくるんだ? 先輩に注意されたんだろ」

「ママからの入学祝いだから、履かないと哀しむと思って」

男のくせに『ママ』って! こいつはマザコンなのか?

「でもさ、その靴を履いて息子が虐めに遭ったら、お母さんはもっと哀しまないか?」

とどうにか言い包《くる》めようと試みる。

「そういうものかな?」

奥谷は無垢《むく》な顔を傾ける。俺の意見を肯定も否定もしないで真顔で考え込む。素直な奴のようだ。意固地に革靴を履き続けるのは、親想《おやおも》いの子だからなのだろう。

「そういうもんだよ」と俺は畳み掛ける。「自分が親だと思って考えてみろよ。自分の贈ったプレゼントが原因で、子供が虐められたら嫌じゃないか?」

「そうだね」

「お母さんに相談してみれば? きっとスニーカーで通うことを理解してくれるよ。それに、二年になったら革靴を履いていいんだし」

「うん。ママに話してみるよ」

ストンと肩の荷が下りた。これで一件落着だ。

「前から気になっていたんだけど、奥谷の綺麗な歯並びって遺伝?」

「矯正で治したんだ」

「へー」

なんだ、天然じゃないのか。

「東山くんって少し変わってるね。歯並びに注目する男子って初めて」

「お父さんの影響なんだ。うち、歯医者でさ、お父さんが歯に関してうるさいんだよ。

一種の職業病で」

「ひょっとして東山歯科クリニック？」

「そう」

「何度か前を通ったことがある。洒落た外観だよね」

歯科医院らしい白を基調としたシンプルモダンな造りになっている。

「けど、治療するのは変態オヤジだよ」

会話を弾ませるために大袈裟《おおげさ》に言ったのだが、彼は俺が思っていた以上のリアクションをした。「変態？」と声を裏返し、ギャグ漫画のキャラみたいに口を大きく開けて飛び跳ねた。俺の言葉をそのまま鵜呑《うの》みにするとは、本当に素直な奴だ。

「腕は悪くないんだけど、歯フェチなんだ。テレビを観ている時も、一緒に外出している時も『あの歯並びは七十六点だ』『あれを見ろ。前歯が見事な海老《えび》の尻尾《しっぽ》だ』『あの歯石を取りたくて血が騒ぐ。素敵な歯並びが泣いているから』ってぶつぶつ独り言を呟《つぶや》くんだ」

時には『あの九十二点の歯並びに噛まれてみたいな』とキモいことも口にする。

「歯が大好きなお父さんと仲がいいから、東山くんも人の歯並びに興味があるんだね」

反応に困った。親への敬意からか、人がいいのか、俺の父を全然嫌悪しなかった。

「いつの間にかお父さんの歯フェチが俺に移っちゃったんだ。いい迷惑だよ」

「でもお父さんの職業病のおかげで東山くんの歯並びは綺麗なんでしょ？　東山くんは矯正じゃないんだよね？」

「生まれつきだけど、なんで『職業病のおかげ』になるんだ？」

「東山くんのお母さんは飛びっきり歯並びが綺麗なんじゃないの？　お父さんが歯にうるさいんだから」

ご名答だ。母の歯は形、大きさ、色、並び、全てが完璧だ。父は『これまで出会った歯の中で最も美しい』と語っていた。奥谷はぼやっとしているように見えるけれど、愚鈍ではないみたいだ。筋道を立てて考える力を持っている。たぶん自分の親に関することだけは情が先行して石頭になってしまうのだろう。

「よくわかったな。奥谷の言う通り俺の歯はお母さん譲りなんだ」

「いい歯だね」と俺の口元を見て惚れ惚れする。「とっても綺麗」

照れ臭くなって顔を背けた。本当は嬉しい。人に歯を褒められるのが何よりも喜ばしい。心が温かい気持ちで満たされる。自分の存在価値はこの歯をみんなに見せることだ。そのために自分は生まれてきた。そう思い込む時がある俺も充分に変態だ。

こそばゆい気分に耐えかねた俺は「奥谷はどっかの部活に入るのか？」と別の話を振った。

「まだ決めてない」

「運動部か文化部かは決まってんの？」

「一応、運動部にするつもり。でも帰宅部でもいいかなって気もして」

クラスに友達がいないから後ろ向きになっているのかも。

「バスケに興味ない？」と駄目モトで誘ってみる。

今のままじゃなかなか友達はできない。バスケ部にはクラスの中心人物が集まっているので、所属するだけで箔《はく》がつく。性格の良さそうな奥谷が部員から嫌われることはないはずだ。

「少年ジャンプの『黒バス』を毎週楽しみに読んでいるけど、体育でしかやったことがないから」

「俺も本格的にやったことがなかったんだ。けど、手で扱う球技はそんなに難しくない。足で蹴るサッカーやバットを振り回す野球よりは、初心者に優しいスポーツだよ。それに先輩も丁寧に教えてくれるし」

俺がスパッツ番長の弟だから、おっかなくて厳しいことを言えないだけなのだが。

「そうだね。サッカーや野球は一から始めるのが簡単じゃないよね。テニスやバドミントンや卓球もラケットに当てるのが大変そうだし」

「今日、時間ある？　一緒に練習に参加しないか？」

「ちょっと待って。ママに訊いてみる」

奥谷はブレザーのポケットからスマホを出して電話をかけ始めた。

母親への報告を終えたヨッシーは「タクローの家に上がっていいって。でももう海苔《のり》巻きを作り始めているから夕飯のご馳走にはならないでって」と俺に伝える。彼と親しく付き合うようになってから二年が経ったが、ヨッシーの親への敬意は揺るがない。出かける際は必ず行き先を母親に教え、予定が突発的に変わった場合は、電話して母親の許可をとる。ヨッシーには『親の干渉がウザい』という反抗心がないのだ。親に管理されることを当たり前だと思っている。

「いいなー」と俺は羨ましがりながら階段を上って二階にある住居用の玄関へ向かう。

「ヨッシーんちの海苔巻きは最高にウマいんだよなー」

想像しただけで涎《よだれ》が出てきた。

「タクローのお母さんの料理も美味しいよ」

「ヨッシーが食べに来る時だけ気合を入れてんだよ。普段は手抜き料理ばっか」

「働いているから仕方ないよ」

「ヨッシーって本当に甘いよな」と言って財布の小銭入れの中から鍵を出し、玄関のドアを開錠した。

本当の本当は『甘い』じゃなく『思いやりがある』と褒めるべきところだ。でもそんな軟弱な言葉は特別な時にしか使えない。

「『甘い』だけじゃなく、『厳しさ』も兼ね備えた男になりたいとは思っているんだけどね」

「じゃ、いっぱい肉を食って野性の本能を目覚めさせろ」と寒いことを言ってドアを開けた。「ただいま。ヨッシーを連れてきたぞ」

パタパタとスリッパの足音が聞こえてくる。早歩きと小走りの中間のスピードで母が現れた。俺は踵《かかと》を擦り合わせて革靴を脱ぐ。

「いらっしゃい。どうぞ」

「お邪魔します」とヨッシーも俺に続いて靴からスリッパへ履き替えた。

東山家と奥谷家は家族ぐるみの付き合いをしている。食事会、キャンプ、バーベキュー、頂き物のお裾分け、エトセトラ。俺がヨッシーを野球部から救出した日の夜、彼の母親が菓子折りを持ってうちを訪問したのが契機だ。

ヨッシーは母親に『東山くんが僕の代わりに殴られてくれたんだよ』と説明したから、俺はいたく感謝された。どうにかはぐらかしたかったけれど、俺が何を言っても彼の母親は謙遜と受け取り、『出来たお子様で！』と感激した。

俺の母は息子の勇敢な行動と、礼を尽くしたヨッシーの母親の対応に心を打たれた。

そして子供同士が仲良くなる前に母親同士が意気投合し、『今度、両家でお食事会をしましょう』と取り決めた。

「飲み物は？」

「ヨッシーのメシはいらないよ。部屋でちょこっと話すだけだから」

母の思考回路はしごく単純だ。言葉を額面通りに受け取り、決して『言葉の裏側に何かが隠されているんじゃ？』と深読みをすることはない。だから俺たちがわざわざ部屋で話すことを少しも不可解に思わない。普通なら『内緒話かしら？』と勘繰るものだ。

「大丈夫です。何もいりません」とヨッシーは遠慮する。

三階へ上がり、俺の自室へ入った。お互いの家で何十回も遊んでいるので、ヨッシーは自分の部屋のようにくつろぐ。ベッドに腰かけ、枕元に置いてあったハードカバーの小説を手に取ってぱらぱら捲った。花澤梨代《はなざわりよ》の最新刊『閉じる』だ。

「これが例の峰岸さんの課題図書？」

ユーカに読書を強要されて『漫画しか読んだことがないから参ったよ』と零《こぼ》していた。

「そうだ」と言って俺は勉強机とセットの椅子に座った。

「所々にあるドッグイヤーは何？」

「ユーカが感動した箇所の目印」

二十箇所近く折ってある。基本的にユーカは本を借りて読む。学校の図書室や近所の図書館を利用しているが、読後に思わず抱き締めてしまった本に巡り合うと購入して再読する。

「サイドラインもしているんだ」と驚く。

「赤ペンを引いた文章は手帳にメモしているんだぜ」

「編集者志望だけあって、僕たちとは読み方が丸っきり違うね」

ユーカの夢は『出版社に入って百年後にも読み継がれる小説を作る』だ。

「ああ。図書室とかで『本を汚さないように』って教わってきたから、結構びっくりしたけどな」

おもむろにヨッシーが、とある一節を読み上げる。

「真っ暗な部屋の中で『私は私なんだ！』と叫んだ。誰にも見えない。自分でも自分を見ることができない。それでも私は私だ。私はここにいる。それは私がわかっている。私が存在しないことには何も存在しない。私の存在が全ての始まりだ。元凶であり、希望の源なんだ」

「ヨッシーにはその主人公が何を言いたいのかわかる？」

半分ほど読んだけれど、俺にはさっぱり理解できない。別の言語で書かれているように感じて瞼《まぶた》が重くなってくる。寝落ちばかりしているので一向に読み進められない。こんな調子じゃユーカにまともな感想を伝えられない。頭の痛い悩みを抱えている。

だからヨッシーに訊いてみた。中一の夏休みから小説を読むようになった彼は、俺よりは読解力がある。

「たぶん自分を肯定したいんじゃないかな」

「なんだ、それ？　自分が自分であることなんて馬鹿でもわかることだろ。なんで言うまでもないことを暗闇で叫ばなくちゃなんねーんだ」

「満たされている人にはちんぷんかんぷんかもね。タクローは『自分を理解してほしい』とか、『人に認められたい』とか、『もっと自分を見て』って欲求が薄いでしょ？」

「なんでそんなことを望まなきゃいけないんだ？」

ヨッシーは俺にみんながやっかむ恋人がいるから『満たされている人』に括ったようだが、ユーカと付き合う前から自分を肯定したい気持ちはなかった。

「タクローらしいや」と言って気の抜けた笑みを見せた。「こういう拗《こじ》らせ系の小説は主人公に共感できないと、『ふーん、それで？』ってしか思えないもんなんだ。とりわけ、この作家さんは『自我の爆発』を売りにしているから、自分探しに興味のないタクローとは相性が悪いんだよ」

「それ、読んだことがあるのか？」

「話題になっていたからね。テレビでも宣伝していたし」

「その人の他の本も？」

何冊も読んでいるような言い種《ぐさ》だった。俺は三作品を読破したけれど、どれも解釈に苦しんだ。

「花澤梨代さんは十代に人気のある作家さんだからね。容姿端麗なハーフだし、歯に衣《きぬ》着せぬ発言がカッコイイし、ファッションセンスもあるし、写真を撮るのも上手だし」

日本人とドイツ人の血がうまく混ざり合って見栄えがすこぶるいい。絵になるからか、しょっちゅうテレビに出ている。出演する番組を欠かさずに録画しているユーカが言うには、『二十代前半でこんなにまで強いメッセージ性を作品に込められる作家はいない』『大真面目に文章で世の中を変えようとしている革命家なの』ということらしい。

どっぷりと心酔しているユーカは花澤梨代の鋭い毒舌を『飾らない人柄が最高！』と、自分が撮った写真を自著のカバーに使ったり、写真展を開いたりすることを『センスの塊だよね！』と褒め立てた。

ウィキペディアで調べてみたら、最初は写真家を目指していたそうだ。『自分が表現したいことは過去を切り取った一コマには収まりきらない。それに気づいて文章の世界で戦うことを決意した』が小説を書き始めた経緯だ。

俺にはどのへんが飾らない人柄なのかわからない。その道で大成しなかった人が路線変更すると、どうしても負け惜しみに聞こえる。

「ユーカになんて感想を言ったら怒られないかな？　大ファンだから下手なことは口に

できないんだ」

「感じたことをそのまま吐き出せばいいんだよ」

「そうは言ってもな……」

小説もテレビや映画と一緒の娯楽なんだから、感想は『面白い』か『つまらない』の二択でいいんじゃ？　フィクションにはそんなにのめり込めないよ。気軽に読めるエンタメ要素の強い本の方が好きだな。感動の押し売りはやめてほしい。

ユーカの推薦本を読む度に、腹の底に率直な感想が溜まっていっている。その鬱積した思いをストレートに彼女に伝えたら、ブチギレされてしまうおそれがある。今回もネットからベタ褒めのレビューを拝借するしかないか。

「それなら『わけがわからなかった』って言っちゃえば？　無理して峰岸さんに共感しようとしても、突っ込んで訊かれたらボロが出ちゃうでしょ？」

「そうだけど、それはそれで怒りそうだ」

目を吊《つ》り上げて『なんでわからないの！』『花澤梨代のメッセージをちゃんと受け取ってよ！』『もっと想像力を育んで！』と叱責するだろう。

「付け足せばいいんだよ。『わからなかった。でも心に強く訴えてくるものがあった』とか、『ピカソの絵を見た時のようなわけのわからないすごさを感じた』とか、『作者がこの本を通して伝えたいことは正確には読み取れなかったけど、全身全霊で伝えようとする熱意は受け取れた』とか」

「ちょっ、待って。もう一回言って」と頼んで俺はペンと紙を用意する。ヨッシーにゆっくり復唱してもらって感想の例を書き留めた。これでどうにか切り抜けられそうだ。

「それで、相談って何？」と俺は本題に入る。

「さっき、みんなで帰っている時に、辻先生の話題になったよね？」

かおるお姉ちゃんは五時間目にうちのクラスで授業を行った。最後の十五分だけ。小早川に『自分の好きな歴史上の人物について、黒板を使ってわかり易く説明してみて』と指示されて教壇に立った。

教育実習二日目から授業をさせるとは、やっぱりスパルタだ。俺の知る限りでは、大抵の指導教員は一週間ほど自分の授業を見学させていた。小早川に教育実習生を育てる気はあるのか？

突然の指名にかおるお姉ちゃんは狼狽《うろた》え、緊張しまくった。声の調子を外し、手足を震わせ、チョークを数回落とす。目に余る情けない姿にみんなの同情心は消え失せ、所々から嘲笑が起こった。みんなが呆れるのも無理ない。俺もあんなグダグダの授業を受けたことはなかった。

下校仲間に俺と同じクラスの奴が一人いるのだが、そいつがかおるお姉ちゃんの失敗談の口火を切った。そして俺に『マジでひどかったんだよな』と同意を求めたので、俺も一緒になって弄った。

「あれは心配の裏返しだ。本心じゃない。本当はみんな辻ちゃんを応援しているんだ」

目くじらを立てるほどの悪意はない。みんなその場を盛り上げるために誇張して言っただけだ。でもヨッシーはかおるお姉ちゃんの話に加わっていなかった。心の中で『言い過ぎだよ』と非難していたのかも。

「僕のクラスでも辻先生の授業があったんだ。同じように残りの十五分で」

「何時間目に?」

「一時間目。極度の上がり症みたいで、スムーズに授業が進まなかったんだ。可哀想で見ていられなかったよ」

「ホント、心配で見てらんないよな」

だけどすでに他のクラスで経験しているなら、うちのクラスではもう少しうまくできないものかな?

「でもね、ぎこちないなりに一生懸命取り組んでいる姿に、キュンとしちゃったんだ。

「まあ、放っておけない感じはあるよな」

「僕、惚れちゃったんだよ」

「えっ?」と思いも寄らない言葉に耳を疑う。「マジか?」

「うん」と力の漲《みなぎ》った声で宣言する。「なんか守りたくなったんだ。こんな気持ちは生まれて初めて。世界中の人間を敵に回しても怖くない。何を犠牲にしても辻先生を幸せにしたい。そんな気分なんだ。きっとこれは一世一代の恋なんだよ」

あまりの熱量に「ああ、うん」としか言えなかった。ヨッシーの恋バナも初耳だったし、こんなに潑剌《はつらつ》としている彼を見たことがない。

「辻先生は彼氏がいるのかな？」

恋人に立候補する気か？　年齢差は七歳もある。二十二歳と十五歳。大人と子供だ。

「いないんじゃね？　奥手っぽいし……」

途中で言葉を止めた。『地味な顔だし、色気はないし』と続けようとしたが、ヨッシーの趣味を批判することになるから急停止。

「辻先生ってどんな中学生だった？　覚えていることを教えてよ。なんでもいいからさ。辻先生のことはなんでも知りたいんだ」と熱心な眼差しで求める。

女にガツガツしている野郎はむさ苦しくて引いちゃうけれど、彼は例外だ。微笑ましい。彼がかおるお姉ちゃんを放っておけないように、俺はヨッシーを判官贔屓《はんがんびいき》している。

野球部の先輩たちから助けたのを機に兄弟のような関係になった。彼の母親から『うちのテルちゃんは優し過ぎるために、人間関係を上手に築けないことがあるんです。だから困っていたら助けてあげてね』とお願いされた。そのことも手伝って、俺は実の弟みたいに可愛がって何かと世話を焼いた。

「ヨッシー、誰にも言うなよな」と俺は低い声を出して口止めする。弟分のヨッシーの恋だ。全力で後押ししないでいられるか。姉から聞いたかおるお姉ちゃんの話をそっくり伝えた。もし彼が他言してかおるお姉ちゃんがうちで夕食を摂っていたことがユーカの耳に入ったら、ややこしいことになる。でもヨッシーが約束を破ることはない。

俺は生真面目で良心に溢れる彼を誰よりも信用しているし、肩入れしている。だからヨッシーが『正直者が馬鹿を見る』みたいな目に遭うことが許せない。安っぽい考え方だが、正しい人間には幸せになってほしい。ならなくちゃいけないんだ。

彼を『要領が悪い』『世渡り下手』とせせら笑う人たちが幸せになるなんて間違っている。俺に『世の中を変えたい』とか、『狡賢い奴らを一掃したい』とかの大それた野望はない。ただ単に『ヨッシーには楽しい学校生活を送ってほしい』と思っているだけだ。

もちろん兄貴ヅラするのに疲れることもある。時々は頼られたり、面倒をみたりするのが鬱陶しく感じる。だけど濁りのない目で慕われるのは悪い気がしない。自分勝手で落ち着きがなく、嘘つきで文句ばっか言って、下品で粗暴な男子が多い中で、純粋な心を持つヨッシーは絶滅危惧種だ。守るに値する。

それに俺も彼に頼っている面がある。ヨッシーが張るテストのヤマは高確率で当たるし、ゲームの攻略法や裏技に精通しているし、UFOキャッチャーが得意だし、読書で育んだ想像力で俺には理解できない女心をシンプルに解説してくれる。持ちつ持たれつの関係なのだ。

かおるお姉ちゃんの過去を知ると、ヨッシーは瞳をうるうるさせて「タクローのお父さんは立派だね。他所の家の子に愛を与えるなんて」と父の善行に感服した。彼は涙もろい。不幸話や感動秘話に秒殺で涙腺が崩壊する。

「丁度、姉貴が生まれたてホヤホヤだったから、父性みたいなものに突き動かされたんじゃないかな」

「それでも立派だよ。誰もが真似できることじゃない。心の底から尊敬する。タクローはお父さんをもっと誇りに思っていいよ」

真正面から褒めちぎられると、むず痒くなってつい否定したくなる。

「オーバーだな。ひょっとしたらいつもの職業病で、歯並びが抜群な辻ちゃんを特別扱いしただけかもしんないぜ。検診のついでに念入りにクリーニングしていたみたいだし」

父の株を落としている最中に、不意にかおるお姉ちゃんの悲鳴が脳裡《のうり》に蘇った。今の今まですっかり忘れていたけれど、そんなことがあったな。六年前くらいか……そうだ。

彼女が最後にうちに来た日だった。

夕食の準備ができたことを報せに父の職場へ行った俺が治療室のドアを開けると、泣き叫ぶ声が聞こえた。麻酔の効きが悪いのかな？　親不知《おやしらず》を抜いているのかも？　好奇心が湧くのと並行して恐怖に駆られた。後退《あとずさ》りする。悪の科学者が改造人間を作っているようなおどろおどろしさを感じたのだ。

聞いちゃいけないものを聞いちゃった。盗み聞きしたのを見つかったら、父に激怒される気がする。かおるお姉ちゃんだって人に聞かれたくないはず。中学生なのに泣くなんて恥ずかしいことだ。俺はそっと治療室を出て母のところへ戻り、『もうちょっとかかりそうだよ』と伝えた。

「もし職業病でも辻先生が健康で綺麗な歯をしているのは、紛れもなくタクローのお父さんのおかげだよ。きっと辻先生は感謝してる」

「まぁ、そうなんだけどさ」

ヨッシーの誰も傷付けない解釈の仕方は、度々周囲の空気を変な感じにさせる。でもそれが彼の長所だ。少なくとも俺は大好きだ。

「タクローは辻先生が聴いていた曲とか、趣味とか知ってる？　なんでもいいんだけど、覚えてない？」

俺は「うーん」と唸《うな》ってから、一分ほどかけて記憶を探ってみたが何も出てこなかった。

「悪いな。なんも知らないや」

「峰岸さんにも内緒の話を僕に教えてくれて嬉しかったけど、その話題で辻先生にお近付きになるのは難しそうだね」と申し訳なさそうに言った。「弱みに付け込むわけにはいかないし」

「弱み？」

「手段を選ばない人なら、辻先生の過去を突破口にできる。『辻先生、相談があります。僕は親から愛されていないんです』って言ってシンパシーを感じさせれば、懐に入り易いでしょ？」

ゾッとした。ヨッシーがそんな卑劣な発想をしたことに胸を突かれた。だけどそれだけ彼が貪欲になっている証拠だ。最大限に頭を使ってあらゆる可能性を模索しているんだ。善悪の判断ができているのだから問題はない。

「なるほどな。でもヨッシーは正攻法で行くんだろ？」と一応確かめる。

「当たり前だよ。卑怯《ひきょう》な手は使いたくない。けど、いきなり告白してもふられるのは目に見えている。どうにかして僕のことを印象づけて振り向かせたいんだ。年の差もあるから、強烈にアピールしなくちゃいけない」

「ユーカに相談してみるか？『女は男のどこに惹かれるか？』って」

彼女はうちの中学で一番多くの恋を経験している。何かいいヒントをくれるに違いない。

「うん。お願い」

俺はユーカに電話をかける。すぐに繋がり、事情を説明する。

「ヨッシーは誰が好きなの？」と彼女は興味津々。

「それは言えないよ」

「アドバイスが欲しいんでしょ？」

俺が小声で「ユーカに相手の名前を言っていいか？」と訊ねたら、ヨッシーは笑顔で頷く。

「辻ちゃんだ」

「ハードルが高いね」

「だからユーカに泣きついているんだ。どうすれば辻ちゃんを惚れさせられる？」

「もう忘れたの？　昨日の夜、話したのに」

「昨日？」

忘れっぽいからちっとも思い出せない。

「男は頼もしさよ」

「あー」と思い当たった。「でもさ、具体的に何をすればいいんだ？」

ヨッシーに引退試合で冷静沈着なプレイをさせるのは夢物語だ。バスケの試合をかおるお姉ちゃんに観戦させることはできなくもないけれど、彼は本番に滅法弱い。それにレギュラーじゃないので、試合に出られる保証はない。

「なんだかんだ言っても、女は強い男に靡《なび》くもの」

「チンピラに絡まれているところを救出させるのか？」

ヨッシーが不安げな目で俺を見ていたから、ハンズフリーモードにして彼にもユーカとの会話を聞かせることにした。

「いつの時代の話よ」と笑い声を上げる。

彼女は冗談だと思ったようだが、俺は本気だった。

「じゃ、今の時代でベストな方法ってなんなんだ？」

「最短コースは体育祭で大活躍することね。運動神経がいいだけで頼もしく見えるから」

体育祭は教育実習の期間中に行われるので、ヨッシーがヒーローになれば、その勇姿をかおるお姉ちゃんの目に焼きつけることは可能だけれど……。彼が自信のなさそうな顔を左右に振った。

「ハンズフリーにしてヨッシーにも聞かせていいか？」と後出しで訊く。

「いいよ。ヨッシー、聞いてる？　体育祭でカッコイイところを見せちゃえばいいのよ。

そうすれば、いいイメージを植えつけられる。女はギャップにも弱い。草食系が体育祭でヒーローになったら、『見かけによらず逞しいんだ』ってびっくりした分だけ気持ちが高揚する」

「峰岸さんの言っていることは理に適《かな》っている。でも僕には無理だよ。足が速くない僕はリレーに出場しないし、持久力もないから長距離走にも出ない。アピールする機会がないんだ」

彼の言い分は現実的だ。ユーカの提案は絵に描いた餅でしかない。

「ヨッシーはムカデ競争に出るんだっけ？」と俺は確認する。

「そうだよ」

それじゃ活躍しようがない。ぶっちぎりで一位になっても彼一人の手柄にならない。

「他にも出る種目があるでしょ？」

「あとは、騎馬戦くらいだよな？」

俺が同意を求めると、ヨッシーが「うん」と返事した。

「それよ、それ。騎馬戦。裸の男たちが取っ組み合う戦いに女はグッとくるんだから」

騎馬戦はみんな上半身裸で行う。男の裸なんてむさいだけだと思っていたが、女子は違った目で見ているのか？

「僕、土台だよ」

適材適所だ。背もそんなに高くないし、闘争本能が不足しているヨッシーは騎手に向いていない。俺は『タクローでいいんじゃね？』と周りに押しつけられて騎手になった。みんな意外とやりたがらない。鉢巻を取られる姿を女子に見られたくないのだ。

ただし、騎手になって大暴れしたら人気は鰻上《うなぎのぼ》りになる。モテモテとまではいかないけれど、好感を持たれるのは確かだ。毎年、騎馬戦でヒーローになった男子にポッと惚れる女子が数人発生している。

「そんなの、騎手の人と代わってもらえばいいじゃん」

「無茶だよ。もし代わってくれても、僕は腕力がないから足を引っ張るだけ」

「私、騎馬戦を見ていていっつも思っていたんだけど、あれって押さえるポイントは機動力よ。腕力じゃない。土台の人と息を合わせれば勝機はある。土台になる人たちを丸め込んで特訓するのよ」

騎馬戦は男子限定の種目だ。血の気の多いユーカは『力任せに戦うのはナンセンスだって！』『なんでそっちに動くの？』『あー、苛々する。私にやらせてよ！』などと歯痒さを覚えながら観戦していたようだ。たぶん不甲斐ない戦いぶりを披露してしまった元カレがいたのだろう。

「そういうことなら、やってみないとわからないぜ」と俺も尻を叩く。「一世一代の恋なんだろ？　愛の力で打破してみせろよ」

「そうよ。男を見せなよ。女子大生をオトそうとしていること自体が無茶なんだから、騎馬戦くらいで二の足を踏んでどうするのよ」

「うん。やってみる。ネットで騎馬戦の必勝法を調べてみるよ」

「そうこなくっちゃ。俺にできることなら、なんでも協力するぜ」

「女の力が必要なら、私に声をかけてね」

「二人ともありがとう」

何をすべきか目的が定まったのはユーカのおかげだ。俺はほとんど役に立っていない。でもヨッシーが明るい方へ目を向けられた。それで満足だ。俺がアシストできる機会はまだある。前途多難な恋だが、ヨッシーが悔いを残さないよう力の及ぶ限りサポートしていこう。


【5月27日（水）】

昼休みに、ヨッシーがうちのクラスに来て「タクロー、ちょっと」と俺を教室の外へ連れ出す。中庭のベンチで密談。どんな役目でも引き受けてやるぞ。汚れ役でも構わない。友情に燃えていたけれど、「一晩僕なりに色々と考えたんだけど、騎馬戦に関してはタクローの力を借りるわけにはいかない」という予想外の言葉を浴びせられた。

「なんで？」

「敵だから」

我が校の体育祭は四チームで競い合う。どの学年も四クラスなのだが、チームは『一組』『二組』『三組』『四組』に分けられる。俺のクラス『三年二組』は『一年二組』と『二年二組』との混合になる。

騎馬戦は三学年合同で行われ、各学年四騎の騎馬が参戦する。三年生から大将の騎手を選出し、目印に長い鉢巻を頭に締める。大将が鉢巻を奪われるか、大将の騎馬が崩れた時点で敗北が決定する。自分の駒が相手よりも少なくなっても、『王』を取ったら勝ちになる将棋と同じルールだ。

試合はトーナメント方式で、初戦は『一組』と『二組』の対決、『三組』と『四組』の対決だ。勝ったチーム同士で決勝戦、負けたチーム同士で三位決定戦をする。ヨッシーのクラスは『三年四組』だから、俺たちが初戦で当たることはない。

決勝か三位決定戦でも対決しない可能性もあるが、当たったら鉢巻を巡って争うことになる。ヨッシーが敵の俺に手の内を見せたくないのは当然だ。でもちょっぴり寂しい。いや、かなり凹《へこ》んだ。なんか飼い犬に手を噛まれたような心持ちだ。

「わかったよ」と言った俺の声は力なく響いた。

か？」
「気にすんなって。騎馬戦はしょうがないもんな。それ以外で俺にできることはある
「今のところはないよ。とりあえず僕のことはいいから、辻先生が困っていたら助けて
あげてほしい」
「任せとけ」
「辻先生の調子はどう？　クラスに馴染めてる？」
教育実習三日目になって、いくらか落ち着くようになったけれど、相変わらず自信な
さげで何をするにももたつく。
「緊張はだいぶ抜けたみたいだけど、人の顔と名前を覚えるのが苦手っぽい。呼び間違
えたり、呼ぼうとして名前が出てこなかったりすることがある」
「数日でクラスみんなを覚えるのはハードワークなんだよ。他のクラスの授業もやって
いるから、頭がごちゃごちゃしちゃうんだろうね」
「そうかもな」
うちのクラスは三十七人。生徒だってクラス替えのあとは、二週間くらいしないと慣
れない。大人だからってなんでもできるとは限らない。不得意なことは中学生より劣っ
てもおかしくない。

「タクローにはわからないことだよ」と俺の意見を否定した。「僕はクラスに知り合いが一人もいない大変さを経験しているから、辻先生の気持ちを理解できる」ヨッシーらしくないきつい言い方に大きな驚きと少々のイラつきが心に生じた。かおるお姉ちゃんの心情を完璧には理解できなくても、『そういう気持ちになるもんだよな』と推し量ることくらいは俺にも可能だ。

「ああ……うん。そうだな。俺にはよくわからないことだ」

文句を呑み込んだ。ヨッシーは恋の病に冒されているんだ。『辻先生を理解できるのは自分だけ』と思い込みたいのだろう。悪気があって言ったんじゃない。

「入学当時は、『制服に名札をつけてほしい。下駄箱には名札が貼ってあるのに』ってよく思ってた」

時々テレビドラマやロケ番組で左胸に名札のある学生が出てくる。うちの学校は下駄箱や椅子の背もたれの裏には名札があるのだが……あっ！　唐突に頭の中で閃《ひらめ》きの電球が点灯した。

「じゃあ、うちのクラスだけでも名札をつけちゃうか？　紙に名前を書いて胸のポケットにクリップとかで挟むんだ」

「名案だよ！」とヨッシーが絶賛する。「ガムテープでもいいんじゃない？　黒のマジックで書けば、見え難いことはないと思う」

「いいね。それ！　ガムテープの方が簡単だ。みんなに働きかけてみるよ」

早速、行動に移す。六時間目に小早川とかおるお姉ちゃんの『社会』の授業があるから、昼休み中に準備をしておきたい。担任の承諾を得るために職員室へ駆け込んだ。

「辻ちゃんが生徒の名前と顔を覚えるのに苦労しているようなので、名札を作ってもいいですか？」

「そういうことに努力するのも教育実習の一環だ」と小早川は難色を示した。

「名前や顔なんて時間が経てば自然と覚えられることですよ。そんなことに悪戦苦闘していて別の苦労を経験しないのは勿体ないです。二週間しかないんですよ」

ヨッシーからの受け売りだ。彼が気を利かせて『小早川先生が渋るかもしれないから』と論破するための言葉を伝授してくれたのだ。

「小賢《こざか》しいことを言うんじゃない。基礎的なことができない人が次のステップを踏めないのは常識だ。大体な、『辻ちゃん』ってなんだ？　見習いだけどちゃんと先生扱いしろ」

ヤバい！　小早川を遣《や》り込められなかった。もう弾《たま》ぎれだ。他にヨッシーから装塡《そうてん》された言葉はない。

「ってユーカが」と反射的に嘘をつく。「峰岸さんが言っていたんです」

みるみる小早川の顔から険しさが消えていく。大方、『人望のある峰岸を敵に回すのは得策じゃないな』と打算を働かせているのだろう。

「峰岸の提案を東山も支持するのか？」

「はい。悪くない案だと思うし、教育実習生には一日でも早くクラスに溶け込んでほしいので」

「学級委員二人がそこまで主張するなら、止むを得ないな。好きなようにやってみろ」

と尤《もっと》もらしい理由をつけて意見を翻した。

みっともない大人だ。生徒の顔色を窺う教師は尊敬できない。でもユーカの名前を出した俺が偉そうなことは言えないな。とにかく、要望が通ったんだから、良しとしよう。

俺は小早川から布ガムテープ二個と黒の油性マジック五本を調達して職員室を出た。

廊下で待っていたヨッシーは俺が手にしている物を見て「うまくいったんだね」と喜んだ。

「ああ。でも小早川が頑固でさ、なかなか許可しなかったんだ。仕舞いには『小賢しいことを言うな！』って怒りだしてさ、焦ったよ。けど、頭を働かせて『発案者はユーカだ』って言ったら、急に態度を変えちゃってさ、ダサいったらないぜ」

ついさっき自分を戒めたばかりだったが、小早川を物笑いの種にしてしまった。臨機応変に困難を潜《くぐ》り抜けた俺ってイケてるだろ、と自慢話をしたかったわけじゃない。ただの冗談だ。ヨッシーの心を和ませたかった。彼は肩に力が入り過ぎている気がする。

「それじゃ、峰岸さんに伝えておいた方がいいよ」と表情を崩さずに言う。「あとあとで話が食い違って小早川先生にバレたらトラブルになるでしょ?」

「そ、そ、そうだな」

ヨッシーの抜かりない思考に気後れして言葉がうまく出てこなかった。恋をしているせいで、彼の物事の見方が変化している。視野が広くなり、危機意識が高くなった。ゆったりとしたスタンスで、あるがままを受け入れていた奥谷輝純はどこへ行った?

何かを得るには何かを捨てなくちゃいけないのかもしれない。誰でもハングリーになった時は、神経を研ぎ澄ますものだ。特に、ヨッシーは一世一代の恋をしている真っ最中なのだから、ナーバスになるのは自然なことだ。

ポケットからスマホを取り出そうとしたら、ヨッシーがさり気なくガムテープとマジックを持ってくれた。彼らしい配慮に安心する。ほら、やっぱりヨッシーはヨッシーだ。基本は草食動物のままだ。シマウマだって雌を獲得するために死闘を繰り広げることがある。

俺は「悪いな」と言ってからユーカにLINEでことの経緯を伝え、〈そんなわけで、一芝居打ってくれないか?〉とお願いした。

速攻で返事が来る。

〈いいけど、私の手柄にするのはヨッシーに申し訳ないから、あとでこっそり辻ちゃんには伝えるよ。いい?』

本当に気配り上手だなぁ、とまた惚れ直した。ヨッシーに『辻ちゃんに伝えていい?』と訊いたら遠慮しそうだから、独断で〈いいよ〉と送る。恩着せがましいことをしたくない。陰ながら援助しよう。

「そうだ。ヨッシー」と俺は言いつつスマホを操作する。「今朝、ユーカが辻ちゃんとツーショット写真を撮ったんだけど、《ヨッシーに転送してあげて》って。いる?」

朝のホームルームが終わると、ユーカは『一緒に写ってくれませんか?』とかおるお姉ちゃんに頼み、友達に撮ってもらった。初めからヨッシーへあげるのが目的だったのだ。

「いるよ! いる!」と興奮して大声を出す。

「じゃ、送信するよ」

「ありがとう。感無量だよ。峰岸さんにお礼を伝えておいてよ」

「ああ」

はきはきと喋る彼に新鮮味を感じる。でも何かしっくりこないものも感じている。初対面のような心許《こころもと》なさ。俺は『おまえ、誰だ?』と寂しがっているのだった。

ヨッシーと別れて自分の教室に入り、ユーカに「頼まれた物を持ってきたぞ」と言った。彼女は何気ないトーンで「遅くない？　何してたのよ？」とブー垂れる芝居をしてから、「みんな、注目！」と号令をかけ、名札の説明をしだす。

クラスメイトは黙ってユーカの話に耳を傾け、一言も反対意見を出さなかった。教室にいない生徒が何人かいたけれど、全員揃っていても結果は変わらなかっただろう。ユーカには人に有無を言わせないパワーがある。小早川に嘘をついたことは結果オーライとなった。俺がイニシアチブをとっていたら、こうもすんなり事が運ばなかったはずだ。

五時間目が始まるまで数分しかなかったので、ユーカと手分けして急ピッチでガムテープをカードサイズにちぎり、みんなの机に貼っていった。そして授業中にマジックを回す。各々がガムテープに記名し、六時間目の直前に机から剥がして左胸に貼った。

授業の開始を告げるチャイムが鳴り、学校の隅々に気だるい音が染み渡った頃に、小早川とかおるお姉ちゃんが入ってきた。彼女はみんなの左胸に名札があることに気づいた瞬間、目を見張って足を止めた。

「生徒たちが自主的にしたことだ」と小早川が意気揚々と抜かした。「さあ、一言お礼を」

さも『自分の指導力の賜物《たまもの》だ』と言いたげだった。右腕を教卓の方へ伸ばし、『どうぞ』と促す。かおるお姉ちゃんはのそのそと移動して黒板の中央へ。

「えー。本当に嬉しいです。ありがとう。でも嬉しいんだけど、自分のことが情け……」

言葉を切って洟《はな》をすすり、上着の外ポケットに右手を入れた。ポケットの中を弄《まさぐ》ったけれど空手のまま出した。慌てて左手を左のポケットへ。今度はすぐにハンカチを取り出し、両方の目尻を交互に拭いた。

俺の席は後ろから二番目だから遠くて涙は見えなかったが、『泣くほどのことか？』とたまげた。ユーカも意味不明なタイミングで頻《しき》りに泣く。女ってそういう生き物なのか？

かおるお姉ちゃんは「ごめんなさい」と謝って右手で目と目の間の鼻の付け根を摘む。執拗に揉んでいるのはツボを押すためか？　目頭の近くに涙を止めるツボがあるそうだ。母から聞いた雑学なので、ガセの可能性もあるが。

「情けなくてごめんなさい。本当にだらしないよね。こんなんじゃ教師に……」

教室が絶句する。俺のところからもはっきりと涙を確認できた。玉のような涙が両目から零れ落ち、頬を伝っている。目頭のツボの効果がなかったらしい。反《かえ》って刺激してしまったみたいで顔がびちゃびちゃだ。

かおるお姉ちゃんはハンカチで目元を押さえ、くぐもった声で「ごめんなさい。みんなが親切にしてくれるのに、それに応えられないことが悔しくて」と平謝りする。さすがにここまで泣かれると、教室の空気がしんみりする。涙の量と心の湿度は比例するのかもしれない。

「そんなに感謝することねーよ」とオンダが能天気な声を発する。「言い出したのはいい子ぶりっ子の峰岸で、あとの奴らは俺も含めてイエスマンになっただけなんだからさ」

「ありがとう。音田くん」

「だから感謝はいらねーって」と照れてそっぽを向いた。「パニクってんなら、顔を洗って出直せよ。ブスが一層ブスになってるしさ」

「オンダ、あんたが人の顔のことをとやかく言えるの？」

ユーカがオンダに突っかかった。半分は演技だろう。教室の空気を変えたいんだ。この二人はお似合いなのかもな。運動神経がいい、という共通点もあるし、オンダの顔は俺よりも整っている。

「峰岸こそ、ちょっと可愛いからって図に乗ってんじゃねーぞ」

「自分で言うのもなんなんだけど、『ちょっと』じゃないよ」

「は？ どういう性格してんだ？」

「はいはい。そこまで」とようやく小早川が担任らしい行動に出た。

それまで異常事態にテンパって置物と化していた。オンダとユーカが空気をほんわかさせたおかげで金縛りが解けたくせして、また威張り腐った態度をとる。

「辻先生、生徒の前では毅然とすること。とりあえずは、顔を洗ってきなさい」

「はい。すみません」と言って早足で教室を出て行った。

一斉に脱力する。無数の溜息が漏れる。かおるお姉ちゃんが名札に感激して『みんな、ありがとう！』と一礼するだけでいいことだった。それ以上のことは誰も期待していなかった。

あんな調子で本当に教師になれるのかな？　みんなも疑問に感じているはずだ。でも今回の一件で『ほっとけない度』が増した。健気《けなげ》な涙が好感度を上げたようで、彼女の泣き顔を冷笑する空気にはならなかった。これも結果オーライだ。今後はかおるお姉ちゃんが呼吸し易い教室になるだろう。


【5月28日（木）】


学校帰りにヨッシーの家へ寄った。彼の母親、通称『テルママ』の実家は北海道のお金持ちで、旬の物が定期的に送られてくる。じゃがいも、玉ねぎ、メロン、蟹《かに》、雲丹《うに》、鮭《さけ》。届く度にうちにお裾分けをしてくれる。

東山家はお返しに父方の祖父母が作った野菜を分けている。祖父は父が三十四歳で結婚すると、歯科の世界から退いた。古稀《こき》を過ぎていたので潮時だったのだ。その後は千葉で家庭菜園や釣りを趣味にして余生を送っている。

俺は玄関先で「いつもありがとうございます」と感謝して折り目正しくお辞儀する。そしてテルママからトウモロコシが数本入ったビニール袋を受け取った。

帰ろうとしかけた時に、ヨッシーが思い出したように言った。「そうだ。タクロー、すっごい動画があるんだ。観ていってよ。NBAでスーパープレイがあったんだ」と。

アメリカのプロバスケットボールのレベルは日本とは段違い。同じ人間とは思えない。重力を無視したプレイに度胆を抜かれる。必見の動画を見つけたら仲間内でシェアし合っている。

俺は横目でテルママの反応を探る。彼女はむらっ気があってヒステリーを起こすこともあるから、ここだけの話、あまり好きじゃない。テルママの前で少しでもシモいことや暴力的なことを言うと、『うちの子に悪影響を与えないで』というようなお叱りを受ける。

うちの父も苦手にしている。両家が勢揃いする場では、父も俺も借りてきた猫になり、テルママの言うことには『はい、はい』と従っている。百二十パーセント尻に敷かれているヨッシーの父親に倣ったのだ。

「長く引き留めちゃ駄目よ。卓郎くんのお母さんが心配するんだから」とテルママは限定的に許可した。

猶予は十五分くらい。ヨッシーがお客様用のスリッパを出し、俺は「お邪魔します」と言って家へ上がる。スリッパを履いてから体を斜めにして自分の靴を綺麗に揃えた。こうしないとテルママが『卓郎くんが将来恥をかかないために言わせてもらうけど』と注意する。

食事の際も小喧しいから、一緒の席で食べたくない。でも煙たく思う半面、彼女のおかげでマナーが向上したのは確かだ。きっといつか感謝する日が来るのだろう。

ヨッシーは自室へ入るなり、ノートパソコンを立ち上げる。俺は普段通りに社長が座るようなゴージャスな椅子に腰を下ろす。あっと驚くほど座り心地がいい。なんでも人間工学に基づいて設計されているために、何時間座っても疲れないそうだ。一時間以上は勉強し続けられない俺には不要な物なのだけれど。

俺はこの椅子でワンマン社長みたいに踏ん反り返るのがお気に入り。壁一面の本棚にずらっと『JR時刻表』が並んでいるので、気分はJRの社長だ。それらはヨッシーが小学二年生の頃から毎月買い集めている宝物だ。俺には何が面白いのかわからないが、時刻表を眺めているだけで楽しいらしい。

彼がご自慢のコレクションの中から、一冊引き抜いた。

「動画は口実で、これを渡したかったんだ」と声を潜め、時刻表を開いた。

なんとB5サイズの時刻表の中にハードカバーの小説が嵌め込まれていた。しかも花澤梨代の『閉じる』が！

「これって……」

スパイ映画みたいな展開に言葉を失う。ヨッシーは俺の顔に自分の顔を接近させてから、「一ページずつくり抜いたんだよ。割と大変だった」と囁《ささや》いた。今にもキスされそうな至近距離に変な想像が働く。ユーカの唇が頭にちらつく。

「時刻表、大切にしていたよな？」と俺も小声を使う。

「もういいんだ。必要なくなった。気がついたんだ。時刻表を捲って日本中を夢想旅行するよりは、現実世界の電車に乗って隣の駅へ行く方がずっと有意義だって」

「ヨッシーがそう思うなら、それでいいさ」

びっくりしたけれど、自室で時刻表を見てニタニタしていることと比較したら、遥かに健全だ。各路線のアクセス方法を熟知しても、家に籠《こも》っていたら誰とも繋がれない。外へ出れば、人との出会いの可能性に満ち溢れている。

「うん。これからは外へ目を向けることにしたんだ。ちまちま考えずに心のコンパスが指し示す方向へ行くよ」

「でもさ、なんでこんなところに隠しているんだ？」

エロ本じゃあるまいし。

「この人の本って」と言いながら『閉じる』を取り出して俺へ手渡す。「ママにとっては有害図書なんだ。主要な登場人物の多くは感情的で周囲に迷惑ばかりかけているから、ママは『道理に合った思考のできない汚らわしい獣《けだもの》でしかない』って捉える。僕が持っていることを知ったら、没収されちゃう」

あの母親ならやりかねない。少年誌のバトル漫画を『暴力的な人間になるから読んじゃいけません』と禁じているくらいだ。映画もゲームも小学生向けのライトなもののみ。

「これってヨッシーが買ったのか？」

背表紙に図書室や図書館のラベルがない。彼は完全なる『借りて読む派』だ。どんなに感銘を受けてもユーカみたいに買うことはないので、本棚には小説は一冊もない。いや、もしかしたら他にも『JR時刻表』に隠しているのかも？　密《ひそ》かに買い集めているんじゃ？

「うん」

「ヨッシーもファンなのか？」

「渋谷へ出かけた時に本屋の前を通りかかったら、サイン会をやっていたんだ。呼び込みの人が『購入者には握手もしますよ』って言うのを聞いて、美人とスキンシップをする機会はそうないからいいかなって思って」

表紙を開いてみると、凝り過ぎて解読できないサインがあった。

「ヨッシーにもそういう下心があるんだな」

「一応、僕も男だからね。それ、峰岸さんにあげようと思うんだ。僕が名札のアイデアマンであることを辻先生に伝えてくれたお礼に」

昨日、ユーカは六時間目の授業が終わってから、かおるお姉ちゃんに真実をひっそり教えた。無論、『小早川先生には内緒で』と口約束して。

厳密に言えば、名札のことを思いついたのは俺だ。ヨッシーからクラスメイト全員の名前を覚えることの大変さを聞いて妙案が閃いた。それをベースにしてヨッシーが『ガムテープは?』と代替案を出したのだけれど、俺は喜んで彼に手柄を譲った。

「誰から聞いたんだ?」

「今朝、下駄箱に辻先生からの手紙が入っていたんだ」

「マジで?」

「うん」

「見せてくれ」

「無理。人に見せたら僕だけのものじゃなくなっちゃうから」

「そっか」

ケチくさいな。独占したい気持ちはわからないでもないが。

「詳しい内容は言えないけど、名札のことで僕に感謝していた。辻先生、人の顔の見分けがつかないんだって。みんな同じ顔に見えるらしい」

「へー。そりゃ、苦労するわけだ。でもよかったな。これで辻ちゃんはヨッシーのことを認識した。いいアピールになったじゃん」

「うん。だから峰岸さんに『ありがとう』って伝言してほしいんだ。その本と一緒に」

「いいのか？　小遣いで買ったもんだろ」

「いいんだよ。僕はファンじゃないから、手元に置いておく理由がないんだ。峰岸さんには辻先生の写メも貰ったことだし」

本当だろうか？『閉じる』以外の花澤梨代の著書も持っているのでは？

「知ってた？　サイン本って古本屋で買い取ってくれないことが多いんだって」とヨッシーが豆知識を披露する。

「なんで？」

「僕も最近まで知らなかったんだけど、落書きと同じ扱いになるんだよ」

おかしくないか？　逆だろ？　高く買い取るもんなんじゃ？

「直筆サインなのに？」

「うん」

たぶん彼は売る目的もあってサイン本を購入したのだろう。高く売れると思ったら目論《もく》見《ろみ》が外れた。それで親に怒られたくなくて泣く泣く時刻表を犠牲にしたのだ。

ヨッシーも花澤梨代のファンかも、と疑ってごめん。母親の干渉を避けるために嘘をつくことはあっても、俺まで欺く必要はない。第一、本当にファンならサイン本を人にあげたりはしない。

「峰岸さんに『遠慮なく受け取って。お返しはいらないよ』って」と彼はメッセージを俺に託す。

「わかった」

どうもヨッシーは物量作戦を実行中だから、人に物をあげる行為が癖付いているようだ。漏れ聞こえてきた話では、彼はクラスメイトを物で釣って思い通りの騎馬を編制したらしい。

騎手だった人に『黒バスのコミックスを全巻あげるから、土台と代わってくれない?』と持ちかけて騎手のポジションをゲットした。そして自分好みの土台を他の騎馬から引き抜いた。ニンテンドーDSのソフト、バスケットシューズ、Gショックの腕時計を餌にして。どれもこれもヨッシーが大切にしていた物だ。

「あっ!」と心配事が浮かんだ。「ユーカは同じ本を持っているから、『いらない』って拒否するかもしれないぜ」

まだ俺が借りている。彼女に『いつになったら読み終わるの? 私は一気読みしたのに』と急かされている。俺は『美味しいものは一口ずつ味わって食べたい派なんだ』なととと言って先延ばしにしているが、そろそろ限界だ。今晩中には読破しなくちゃ。

「同じ本でもサイン本だから抵抗なく受け取ると思う。読む用と保存用に二冊買うファンもいるんだよ」

「ファンの心理ってよくわかんねーな。読まなきゃ本の意味がなくね？」

「タクローはNBA選手のサイン入りボールを貰ったら、それでバスケする？」

「するよ。だって神懸かったシュートが撃てそうじゃん」

「タクローらしいや」と言ったけれど、褒め言葉のようには聞こえない。

ヨッシーは立ち上がったパソコンを操作する。グーグルでNBAの試合の動画を検索しだした。

「本当に観せたい動画があるのか？」

母親を騙すための嘘だったんじゃ？

「そんなにすごいプレイじゃないから観なくてもいいよ。閲覧履歴を残しておきたいんだ。あとでママがチェックした時のために」

「履歴を見られてんのか？」

「うん。僕が学校に行っている間に、このパソコンを使った形跡があるんだ。ママ用のパソコンがあるのに。わざわざ僕のを使う理由は一つしかない」

「履歴チェックか」

「あえてアクセス制限しないで『テルちゃんが不道徳なサイトを見ないって信じている』って言って、僕を泳がせている。僕がお風呂に入っている隙に、ママが僕のスマホを弄っているのを目撃したことがある。僕が何を検索しているのか、誰とどんなやり取りをしているのか、監視しているんだ」

「そこまでするのか！」と呆気《あっけ》にとられる。

「ママに知られたくないことを調べる時は、学校の情報処理室や図書館で利用できるパソコンを使っている」

初めて聞くことだった。母親の悪口になるので伏せていたのだろう。恋をしたからか、反抗期が訪れたのか、ヨッシーは親離れの時期を迎えたようだ。

「でも一昨日《おととい》にこのパソコンで騎馬戦のことを調べちゃった。だからママに質問される前に『タクローが彼女の前で恰好いい姿を見せたいんだって。応援したいから必勝法を探してあげた』って言っておいた。もしママが騎馬戦のことを話題にしたら、話を合わせてくれないかな？」

「いいけど」

彼が騎馬戦で俺に求めているサポートは口裏合わせか。空虚さが胸の中に広がっていくような感覚がする。『黒バス』のコミックスがなくなって寂しくなった本棚みたいに、心ががらんとしているのかもしれない。

今日の昼休みからヨッシーは騎馬を組む四人で特訓をしている。それに加われないのがもどかしい。俺は兄貴分なのに。俺が土台になれたら、以心伝心でヨッシーの思うがままに動けるはずだ。

土台の三人はいずれも背が高い。一人は運動部じゃない。運動神経よりも高身長を重要視した人選だ。土台の平均身長の高さを活かした戦法か？　知りたいなら、騎馬戦についてネット検索すればいい。ヨッシーの意図が一発でわかる。

だけどそれをやったら友情を裏切ることになる。間違いなく彼は『タクローは検索しない』と信じている。騎馬戦の必勝法を調べないことが俺にできる最大のサポートなのだ。

【5月29日（金）】

登校中にユーカから〈今、どこ？　学校に着いたら屋上の扉の前に来て〉というLINEのメッセージが届いた。俺は〈あと十分くらいで行ける〉と返して猛ダッシュする。

用件はなんだ？　粗相をした覚えはない。悪い夢でも見たのか？　以前、『夢の中でタッくんが冷たかった』といちゃもんをつけられたことがある。その類の言いがかりならいいが……。まぁ、不安がっても仕方がない。なるようにしかならない。ヨッシーから託された『閉じる』を渡すいい機会だ。

何人もの生徒を追い抜き、校門にいた体育教師への挨拶を省き、脇目も振らずに校舎へ突入した。全速力で階段を駆け上る。教室には寄らずにユーカの元へ直行した。

「ごめん。待った？」

「待った。でもその汗に免じて不問よ」とユーカは許し、ポケットからハンドタオルを出して俺の額を拭いた。

呼吸を整えてから「ありがとう」と礼を言う。彼女の気分は落ち着いていそうだ。朝のホームルームが始まるまであと十五分はある。可能なら『閉じる』の感想を伝えよう。

ご機嫌が麗しい時は、俺が頓珍漢なことを口にしても、笑って流してくれることがある。仮に気分を害したとしても大丈夫だ。俺にはサイン本がある。花澤梨代のサインを見せれば、現金にはしゃぐはずだ。

「ね、今夜うちに泊まりに来ない？」

「えっ？」

眠気も疲労感もぶっ飛んだ。

「いいでしょ？」と色っぽい口振りで誘う。「急にね、お母さんのシフトが変わって、今夜は私一人だけなの」

「悪いんだけど、明日は姉貴の誕生日だから家族で祝わなくちゃならないんだ」

「なに言ってるの？　明日なら、今夜はいいじゃん」

「明日は明日でも、今夜の夜中の二時にお祝いをするんだよ」

「何、それ？」

「うちには子供が生まれた時間に誕生日会をする決まりがあるんだ。お父さんの方のお祖父《じい》ちゃんが始めたらしい」

「そんな嘘を誰が信じるの？」と厳《いか》めしい顔で声を荒らげる。

「いや、本当なんだって。乳歯が抜けたら屋根の上や縁の下に投げることと同じで、うちの風習なんだよ」

父方の祖父母は長らく子供に恵まれなかったので、父は遅くに生まれた待望の赤ちゃんだった。祖父は『生まれてきてくれてありがとう』という気持ちから出生時間に祝福することを東山家の仕来《しきた》りにした。

「私の家では歯を投げたこともない」

「東山家では当たり前のことなんだ。俺が生まれた時間にも毎年家族で祝う」

俺は十歳くらいまで、我が家がやっている歯と誕生日の風習をどこの家でも行っていることだと信じていた。

「タッくんが生まれたのは何時？」

「夜の八時過ぎ」

四月二十二日の二十時七分に俺は誕生した。

「ふーん。タッくんが生まれたのも夜なんだ。たまたま姉弟が夜に誕生してよかったね。学校をサボらないでいいもんねー」と嫌味たっぷりに言う。

「お父さんが昼間に生まれて苦労したから、医者に頼んで夜に出産できるようコントロールしてもらったんだ」

父は子供の頃、誕生日が平日の場合は学校を休まなければならなかった。祖父も歯科医院を臨時休業にした。

「もういい！　嘘でも本当でもどっちでも構わない！」と金切り声を上げたユーカは俺の前を横切って階段を下ろうとする。

俺は慌てて回り込み、立ち塞がった。

「どいてよ」

「そうだ。これを」

素早く通学バッグから『閉じる』を出す。

「やっと読んだのね」と自分の本だと誤解した。

表紙を開いて彼女の眼前に掲げると、「これ、どうしたの！」と絶叫した。ドラマチックに声の質が変わった。表情もパッと明るくなる。目が爛々《らんらん》と輝いている。

「それは、ヨッ……」

「ありがとう！」と興奮して俺の話を聞かない。

俺の手からサイン本を奪い取って抱き締める。

「嬉しい！　私のために手に入れてくれたんだ！」

「あっ、いや……」

ユーカが潤んだ目で俺を見つめる。早とちりだ。勝手に感動している。でも訂正し難くて言い淀《よど》んだ。本当のことを告げたら、この目が鬼みたいに鋭角になるんじゃ？

糠喜《ぬかよろこ》びした分、さっきよりも怒りを顕《あらわ》にするような気がして……。

「また照れ屋さんを発動しているの？」と楽しそうに茶化した。「これ、どうやって入手したの？　ネットオークション？」

「そ、そう」

ヨッシー、ごめん。俺にはこの笑顔を壊せない。

「ホント、嬉しい。サイン会に行きたかったんだけど、すぐに定員オーバーになって締め切られちゃったの。人気作家なのに先着百名じゃ少ないよね。一店舗だけの限定だし」

あれ？　ヨッシーは呼び込みに誘われたって……。キャンセルで空きが出たところを通りかかったのか？　それともやっぱりヨッシーも花澤梨代のファンなのか？

「私が貸している『閉じる』はタッくんにあげるね。二人の愛の証《あかし》にしよう」

「ああ」

まっ、細かいことはどうでもいいか。彼がファンだったとしても、過去の話だ。今は『JR時刻表』から卒業したように花澤梨代を追いかけることをやめた。そうでなかったら、サイン本を手放せない。ヨッシーの目は現実世界へ向いているんだ。

「もう『閉じる』を読み終わった？」と穏やかに訊く。

夢見心地だから『もちろん読み終わったよね？』という意味合いは一撮《つま》みも含まれていなかった。

「終わったよ」

「タッくんの感想が聞きたいな」

ユーカと付き合って甘え上手な人の怖さを思い知った。『こいつ、調子のいい時だけ甘えやがって』とあざとさがバレバレでも、それを有耶無耶《うやむや》にする可愛さがある。露骨であることすら可愛く思えてくる。正しく魔性の女だ。

俺はヨッシーから助言された感想を丸々なぞった。今朝は何から何までヨッシーに救われている。大きな借りができた。どうにかして返そう。その前に俺も彼に口裏合わせを頼まなくちゃ。サイン本の入手経路をユーカに知られたら、『大嘘つき！　親友を踏み台にするなんて最低！』とふられるおそれがある。

この子と別れたくない。わがままで情緒不安定なので、気疲れが絶えない。だけど失いたくない魅力がある。天真爛漫だから愛くるしいのか、愛くるしいから天真爛漫な振る舞いを許容できるのか、そのへんのところはイマイチ判断がつかないが、とにかく可愛くて堪らない。

この先ユーカほどのイケてる彼女を作れない、と断言できる。だから可能な限り長く付き合っていたい。ユーカも独り善がりな恋愛をしているけれど、俺の方が悪質だ。良い悪いは別にして、彼女は正直だ。純粋な気持ちを真正面からぶつけてくる。

俺は不純だ。ユーカに好印象を抱かせるためなら、いくらでも自分を取り繕える。嘘で塗り固められる。恋人が出来て何よりも面倒に感じているのは、『相手に好かれたい』『いいところを見せなくちゃ』という姑息《こそく》な意識だ。ついつい恰好つけようとしてしまう。

利己的な理屈になるが、ユーカに嫌われたくないからしょうがないんだ。背伸びをした自分を好きになってもらっても意味がないことはわかっている。でも素《す》のままの自分を曝《さら》け出していたら、とっくに愛想を尽かされていたはずだ。俺はユーカみたいに存在しているだけで周囲から愛される人間じゃない。

まやかしの結び付きでもいい。ユーカは『裸のハートと裸のハートがぶつかり合ってぐちゃぐちゃになるような恋愛がしたい』と言っていた。だが、そんなのは理想だ。本音だけでは人付き合いはうまくいかない。現実では嘘が欠かせないのだ。偽りの言葉が潤滑油となってスムーズな関係を築く。

あの良心の塊だったヨッシーだって、恋を成就させるために嘘を多用するようになった。人と繋がろうとすればするほど、接点の数だけ嘘は増えていくのだろう。一人ぼっちなら偽物の言葉は要らない。

みんな大小様々な嘘をついている。なら自分もついていい。嘘を助長する考えが世の中に浸透しているけれど、『相手を不幸にしてやろう』と悪意を持って嘘を使う人はほとんどいない。傷付けたくないからだ。

俺の嘘も悪気はない。言葉は偽りでも気持ちに不純物はない。別れたくない！　その一心がつかせている嘘だ。だけど虚《むな》しさを覚える時がある。腹の底に隠している想いをユーカにぶちまけられたら、どんなにすっきりすることか……。

恋は複雑怪奇だ。相手に好かれようとして自分を偽る。しかしどう捏《こ》ねくり回しても偽っている自分は醜い。こんなにも醜悪な人間を好くわけがない。不釣り合いだ。相手のことを一番に考えたら、自分から身を引くべきだ。けど、好きだから別れたくない。

嘘と本当。愛されたいと愛したい。自分と相手。下心と真心。エゴと思いやり。矛盾だらけだ。どちらを優先したらいい？　どうすることが正解なんだ？　悩み始めると頭がこんがらかる。

恋なんてしなければよかった。答えの出ない悩みや気の滅入《めい》る自己嫌悪に飽き飽きしている。嘔吐にも。俺にはまだ早かった。むさ苦しい野郎たちと馬鹿やっているのがお似合いだったんだ。全部なかったことにしたい。恋を知らない方が幸せだった。

それは本心だ。でも真逆の気持ちが共存している。恋を知らないのも不幸だ。恋には身も心もとろけさせる甘味がある。一度でも味わったら病みつきだ。後戻りできない。

俺はすでにどっぷり嵌まっていた。


【5月30日（土）】


二時十五分。母に体を揺すられた。蛍光灯の光が目に刺さる。体が鉛のように重い。毎年仮眠するかどうか迷うのだが、どっちにしろ寝ぼけ眼《まなこ》になる。

この日だけはまだ一人じゃ朝の身支度ができない幼稚園児に戻る。母に腕を引っ張られて上体を起こすと、三角のパーティーハットを荒っぽく被せられる。ゴムが首に食い込んで少し痛かったけれど、おかげで目が覚めてきた。

父も母も色違いのハットを頭に乗せている。父は例年通り蠟燭《ろうそく》の係だ。俺の勉強机に載っているホールケーキに『1』と『7』の形をした二つの蠟燭を突き刺した。十歳までは細長い蠟燭を歳《とし》の数だけ立てていた。

母が俺の手にクラッカーを二つ握らせた。俺は祝砲の係。母はケーキを切り分ける係だから、ナイフと皿とフォークを運ぶ。みんなでバースデーソングを歌いながら姉の寝込みを襲い、姉の部屋でケーキを食べるのが我が家のルール。

深夜にケーキを食べるのはちょっとしんどい。両親は俺よりも辛いようで紅茶で無理やり喉の奥へ押し流す。紅茶の係も母だ。茶葉から淹《い》れた紅茶を魔法瓶に入れて持ち運ぶ。

わざわざ姉の部屋で食べなくてもいいだろうに。数年前、『ケーキを食ったあとに歯を磨きに二階の洗面所へ下りるんだから、みんなをダイニングへ集めればいいんじゃね？』と母に提案してみた。

でも『これがうちの決まりなの』と却下された。意味がわからない。誰が得をするんだ？　食卓で祝う方が何かと好都合だ。紅茶の香りが飛ばないで済むし、ケーキを零さないよう気をつけなくてもいい。姉だって迷惑がっていると思う。

毎年、姉はベッドに入って俺たちの入室を待っている。蠟燭の灯《あか》りを際立たせるために部屋の電気を消し、バースデーソングに目を覚ましたような演技をする。東山家伝統の誕生日の演出に乗っかっている。

俺だったら『面倒くさいからもうやめてくれ』と訴えていたはずだ。姉は一家団欒《だんらん》が好きじゃないのに、家族のイベントには足並みをきちんと揃える。外では荒くれ者でも、家では牙を剝《む》かない。

スパッツ番長を恐れていた人たちは、姉が俺の顔にケーキを投げつけて『こんなくだらねーことに付き合ってらんねー』と反抗するイメージを持っているだろう。だけど俺は姉に凶暴さを感じたことが一度もない。優しくて頼り甲斐のある姉だ。

今年も姉の部屋は真っ暗だった。母が小声で「いち、に、さん、はい」と音頭をとって三人でバースデーソングを歌い始め、ケーキを持った父を先頭に入室する。次は俺。毎年のことだが、出だしは照れて声がか弱くなる。

蠟燭の火がゆらゆらと室内を揺らす。厄介な決まりだ。でも三人で姉のベッドへそろりそろり歩み寄るのは嫌いじゃない。『わくわく』とも『ドキドキ』とも違う緊張でクラッカーを持つ手が仄かに湿る。なんか誇り高い気分に浸れるんだ。

火と闇のコントラストが厳粛な雰囲気を作り出す。火が『生』を、闇が『死』を連想させる。命の尊さを喚起させられた俺は四つの命がこの部屋に集まっていることに深く感謝する。たくさんの命が繋がって俺たち家族はここにいる。奇跡的なことだ。

毎年、バースデーソングを歌っている間だけは、家族の絆《きずな》を確かめるための必要な儀式に思える。恒例行事にするのも理解できる。しかし姉が蠟燭を吹き消して部屋の明かりが点《つ》いた瞬間に、気恥ずかしくなる。そしてケーキを食べ終わった時には、煩わしさしか残っていない。

ところが今年は気恥ずかしさも煩わしさも心に訪れなかった。姉がいなかったのだ。蠟燭の灯りが無人のベッドを照らす。「絢菜、どこだ？」と呼びかける父の声で炎が慌ただしくゆらめく。ベッドが歪《ゆが》んだように見えたけれど、蛻《もぬけ》の殻《から》である現実は変わらない。

母が部屋の電気のスイッチを入れた。どこにも姉の姿はない。父が机の上にあった『しばらく旅に出ます。絢菜』という書置きを見つけた。呆然《ぼうぜん》として三人で立ち尽くす。色違いのパーティーハット、誕生日ケーキ、クラッカー、ナイフ、皿、フォーク、魔法瓶、尻切れ蜻蛉《とんぼ》で終わったバースデーソング。何もかもが滑稽だ。姉が生まれた時間、俺たちは世界で最も惨めな家族だった。

【5月31日（日）】

昨日、部活の練習中に公衆電話から俺のスマホに着信があった。留守電に「心配しないで。時々連絡する」と姉の声が入っていた。姉以外の家族三人はスマホを持っているのだが、なんで俺にかけてきたんだ？

その疑問を父が解消した。理由は「絢菜は誰とも話したくないんだ。ばつが悪いんだろうな。だから卓郎が電話に出られない部活中を狙ったんだよ」だ。

三日前に、姉に週末の予定を詳しく訊かれた。その時は不審に思わずに馬鹿正直に答えたけれど、姉が俺のプライベートに関心を向けることは珍しい。留守電にメッセージを確実に入れるのが目的で、俺がスマホを放ったらかしにする時間を調べていたのだ。

でも姉が旅行を前々から計画していたかは不明だ。母が姉のバイト先のコンビニに連絡してみたら、今月の二十八日に姉が『突然で申し訳ありませんが、事情があって明日までしか働けません』と店長に伝えていたことがわかった。ここ数日で思い立ったのか？

その前日の二十七日はいつもより姉の帰りが一時間半ほど遅かった。『軽く食べてきたから』と夕飯を摂らなかった。その時に何かがあったのかもしれないが、家族は誰も奇行の兆候を感じ取れなかった。

姉が学校やバイト先のことを話したがらないために、俺たち家族は姉の交友関係を全く知らない。だけど小学校でも中学校でも友達を作らなかったから、高校やバイト先でも親しい人はいないと思われる。

悪友とノリで冒険の旅に出た。彼氏と駆け落ちをした。親に反抗して家出した。どれも姉のキャラや生活態度とはそぐわない。おそらく書置き通り旅に出たのだろう。一人旅だ。家から寝袋と簡易テントと数日分の着替えと姉の自転車がなくなっていた。

姉が突拍子もない言動をするのは今に始まったことじゃない。急に『相撲をやりたい』と言い出したり、夏休みに丸坊主にしたり、山奥の寺に三日間の断食体験をしに行ったり、ぱたりと相撲をやめてバイトに勤《いそ》しんだり。

俺が『いきなりどうしたの?』と質問しても、姉は『別に』や『なんとなく』としか答えなかった。きっと今回も明確な動機はない。十七歳になった記念にふらっと一人旅をしたくなったんだ。

父は「一週間くらいしたらひょっこり帰ってくるよ」と明るい声を出して、不安がっている母を宥《なだ》めた。俺も「姉貴は俺と違って馬鹿じゃないから無茶なことはしないよ」と母を元気づけた。

母は「そうね。タクちゃんが一人旅をするよりは安心ね」と言ったけれど、間違いではなかった。しっかり者だし、腕っぷしも強いから、犯罪に巻き込まれる可能性は低い。

心身の逞しさに加えて、お金もある。部屋に残されていた預金通帳を見て仰天した。二百万円近くあった。高校に上がってからは、相撲をやめてバイト漬けの毎日を送っていたが、そんなに貯《た》めていたとは。それだけあるんだから旅行中にひもじい思いをすることはない。コンビニさえあればATMで下ろしてお腹いっぱい食べられる。

姉はなんのためにせっせと貯えていたのだろうか? 誰もバイト代の使い道を知らな

い。子供の頃から姉には物欲がない。洒落っ気もないし、お小遣いはほぼ手をつけずに貯金していた。バイトしても何かを買っている様子はなかった。

　姉は自分の意思で進学した高校で土木科を専攻している。卒業後はそっち系の仕事に就くつもりのようだ。就職したら家を出る気なのかもしれない。それで貯蓄に励んでいたのか？

　姉が何を考えているのか、からっきしわからない。だけど無口であることを差し引いても、俺たちはあまりにも姉のことを知らな過ぎる。今回の失踪で自分たちの無知を痛感した。帰ってきたらもっと話そう。ウザがられてもめげずに色々訊かなくちゃ。

　一日が経って『無事に帰ってくるのを祈って待つ』という方針が定まった。行方不明ではあるが、姉自身が『旅に出る』『心配しないで』と家族に伝えているので、警察に駆け込んでも門前払いになるらしい。

　どこへ行ったのか見当もつかない。手がかりはゼロ。姉に日記をつける習慣はないし、パソコンの閲覧履歴には旅行関係のものはなかった。残念ながら俺たちにできることは信じて待つだけ。

　学校中の男子を恐怖に陥れていた姉のことだから、そんなに深刻にならなくても平気だろう。家族の心配をよそに気ままな旅を楽しんでいるはずだ。何もできないなら、前向きな思考へシフトする方が建設的だ。悲観してもなんにもならない。

ドライな弟であることにやや後ろめたくなるけれど、俺の日常は姉が帰ってくるまで待ってくれない。体育祭や最後の大会が近付いているし、ユーカの前で嘔吐する日が現実味を帯びてきている。サイン本以上のプレゼントを用意しないと次は逃げられない。やること、思案することがてんこ盛りだ。

ヨッシーへの口止めもまだ済んでいない。昨日、言おうとしたのだが躊躇《ちゅうちょ》してしまった。近頃のヨッシーは神経過敏だから怒りそうで……。彼が逆上する姿は想像できない。でももし激怒した弾みでユーカにチクったら？　そのことを考えると喉が詰まるのだ。

俺が悪いのは重々承知だ。厚意のお返しの厚意を俺は横から掻《か》っ攫《さら》った。恋人の前で自分の功績にするなんてクズ野郎だ。だけどエゴが独り歩きし、自分に対しての言い訳を列挙する。

はなから横取りする気はなかった。不可抗力だ。勘違いしたユーカを訂正したら、取り返しのつかない事態になっていたかもしれないんだ。誰だって自分の恋の方を重視する。それに、俺がユーカと付き合っていなければ、かおるお姉ちゃんに名札の発案者がヨッシーであることは伝わらなかった。

考えようによっては『ヨッシーの下駄箱に手紙が入っていたのは俺のおかげだ』とも

言える。元を正せば、本当の発案者は俺だし、俺が小早川を言い負かしたからこそ、名札のアイデアが採用されたんだ。俺はヨッシーからサイン本を貰ってもおかしくないほど貢献した。

数々の言い訳は、自分が最低なことをした事実を薄めて不鮮明にしてくれる。でも別の種類の嫌悪感が心に満遍なく染み渡る。犯した罪をぼかすことはできても、罪を消そうとする自分の浅ましさが残ってしまうのだ。

どっちみち最低な男だ。そこへ至った俺は『それなら』と開き直った。最下級の人間ならこのまま黙っていよう。ヨッシーとユーカの接点は俺だ。俺がいないところでは、二人は軽い挨拶しかしない。表向きの名札の発案者はユーカになっているから、二人は大っぴらにはそのことを話題にできない。

俺が『ユーカがサイン本に喜んでいたよ。ありがとうって』とヨッシーに言えばそれで完結する。バレる心配はほぼない。しらばっくれているのが最良の方法だ。自分の最低さを受け入れて恋を優先することを決めた。

しかし居直った自分とは別に、もう一人の自分が親友への罪滅ぼしをしようと動く。心を軽くしたい思惑もあったが、友情が原動力の行動でもあった。

部活のランニング中にオンダの横に並んで「ちょっと、いいか?」と話しかける。

「あ？　いいけど、ペースは合わせないぞ」

オンダはバスケ部の中で最も持久力があり、練習熱心だ。学校の周りを五周走る約四キロのランニングでは、スタートからゴールまで独走する。

「話が終わるまではオンダについていくよ」

「で、なんだよ？」

「騎馬戦で大将を代わってくれないか？」

「は？　今更、おせーよ。やりたいんなら最初から立候補しろよ」

大将を決める時に手を挙げたのはオンダだけだった。

「よくよく考えてみたら、大将って逃げ回る役目だから、攻撃力のあるオンダが務めるのは宝の持ち腐れじゃないか？」

「一理あるな」

「オンダが自由に動いて敵をいっぱいやっつけるのが勝利の近道なんじゃないかって思えたんだ。オンダなら敵の大将を討ち取れるし」

去年の体育祭で大将の鉢巻を奪って英雄になった実績が彼にはある。

「おまえの言い分は理屈が通っているけど、胡散臭《うさんくさ》いな」と訝《いぶか》しそうな顔をして怪しむ。

「急に勝ち負けに拘《こだわ》るなんておかしい。何を企《たくら》んでいるんだ？」

「何も」

「惚けんなよ。ヨッシーも裏でこそこそ何かやってんのは知ってんだぞ。あいつ、騎馬戦で上になったんだってな」

ヨッシーが金に糸目をつけずにチームの補強をする金満球団みたいに自分の騎馬を編制したことは、旬のトピックスになっている。進んで前に出るタイプじゃない男子が強引に騎手の座を手に入れたら、注目されないわけがない。

ヨッシーは彼に仲間を引き抜かれて戦力が落ちた騎馬の人たちや、他の騎馬へトレードに出された人たちへ『中学生活で一度くらい目立ちたいんだ。協力してほしい。あとでジュースを奢《おご》るから』とお願いして回ったので批判に晒されてはいない。

クラスメイトの中には『ヨッシーが騎手になったら、すぐに鉢巻を取られるに決まってる』と予想している人もいそうだが、何がなんでも体育祭で優勝しようと意気込んでいる人は多くない。だから戦力が落ちることをさほど気にしない。

うちの中学では暑苦しい奴は受けない。クールな奴が持て囃される。汗だくになって頑張る人を馬鹿にする風潮があるから、体育祭で闘志を前面に出す人は稀《まれ》だ。みんな遊び感覚。

負けても余力を残しておけば、『本気じゃなかったから』と言い張れる。そうすることが恰好いいと思っている。たぶん他人に対してじゃなく、自分へ言い訳するのが一番の目当てなのだろう。

「おまえら喧嘩してんのか?」

「喧嘩?」

「最近、ギスギスしてんだろ?」

「そんなことないよ」と否定したけれど、言葉に力が入らなかった。

心当たりがある。ヨッシーの変わり様に戸惑ったり、サイン本のことで引け目を持ったりして、ほんの少しだけ溝が出来ている。それにしても、その僅かな隔たりをオンダが繊細に感じ取っていたとは、驚きだ。

「白々しいな。どうせ峰岸のことで揉めたんだろ?」

「は?」

サイン本のことを知っているのか? なんで?

「仲のいいおまえが峰岸と付き合って、ヨッシーは複雑だったろうな」

「なんのことを言ってんだ?」

「惚けても無駄だって。二年の時、ヨッシーはいつも峰岸を目で追っかけていたから、俺には恋に落ちているのがモロ見えだったぜ。でも安心しろ。誰にも言ってない。そういうことをベラベラ喋る奴は男じゃねー」

オンダ、ユーカ、ヨッシーの三人は二年生の時に同じクラスだった。

「いやいや、待ってくれ……」

脳味噌《のうみそ》が混乱している。何がなんだか……どうなっているんだ？

「待てない。おまえにはペースを合わせないって言っただろ。話が終わってないなら、根性を出せ」とオンダは思い違いする。

だけど徐々に並走するのが辛くなってきた。頭の中も忙《せわ》しないが、心臓もフル稼働している。

「ウジウジしてんなら玉砕覚悟で告白すりゃいいのにって思っていたから、ヨッシーを見直したぜ。おまえに騎馬戦で勝負を挑むなんてな」

何か微妙なズレが生じている。もし本当にヨッシーがユーカに惚れていたとしても、今の本命はかおるお姉ちゃんだ。でもオンダはヨッシーの変化を察して『なるほど。騎馬戦で好きな女の前でカッコつけたいんだな』と推し量った。それは間違っていない。

正さない方がよさそうだ。『今は辻ちゃんが好きなんだよ』とは教えられない。ヨッシーの秘密を守る義務もあるし、自信たっぷりに喋っているオンダの鼻をへし折ったら、彼は臍《へそ》を曲げて大将の交代を拒絶しかねない。

どう交渉したらいい？　うまく彼を誘導する言葉は？　悩んでいる間に、オンダが
「おまえも男なら逃げないで受けて立てよ。戦いたくない気持ちもわかるけど、峰岸の前で引導を渡してやれ。大将になって決闘を回避するなんてセコいぜ」とちぐはぐな発破をかけた。

俺のプランは、手強いオンダを大将から外すことだった。ヨッシーがヒーローになるには、決勝で大将を討ち取らなければならない。特訓に励んでいても俊敏なオンダを仕留められるとは思えない。去年の騎馬戦で彼は文字通り一騎当千の活躍を見せた。

バスケでもオンダは目にも止まらない速さで腕を振る。機敏なフェイントでディフェンスを翻弄し、守備ではサッとボールを叩いて相手から分捕る。部内では『千手観音』の異名を持つほどだ。そんなオンダが大将になって後ろで構えていたらヨッシーの勝機は薄い。

ヨッシー側の騎馬が数騎がかりでオンダに挑めば、彼が混戦に乗じて鉢巻を奪える好機はあるだろう。でもなんとしてでも大将の首を取りたいヨッシーは、一目散にオンダへ突進する他ない。じっくり戦局を見守っている間に先を越されたら、元も子もない。

先陣を切って進撃し、どうにか防衛網をぶち抜いて大将と一騎討ち。それが理想の流れだけれど、タイマンでオンダに勝てる可能性はゼロに近い。ヨッシーがどんなに機動力を磨いても、秘策を用意していても、騎馬戦は組み合ったら腕力が物を言う。如何《いか》なる策を講じても腕力の差は埋まらないはずだ。

ヨッシーの分《ぶ》が悪いから俺が大将になろう、と考えた。それが俺にできる最大限の罪滅ぼしだ。サイン本を自分の物にした償いをしたい。今、ヨッシーが切望しているのは騎馬戦で大活躍することだ。それに自分の全てを懸けている。

最大の障害であるオンダを大将の座から下ろすことができれば、俺の罪は帳消しになるように思える。サイン本一冊で体育祭の英雄になれる可能性を得られるなら、安いものだろう。

俺が大将になったらヨッシーに勝ち目が出てくる。それぞれの腕力を五段階評価で表すと、オンダは『5』。俺は『4』。ヨッシーは『2』。秘策次第では、ヨッシーは俺の鉢巻を奪取できるかもしれない。もちろん負けてあげるつもりはない。彼が俺に向かってきた時は、本気を出して戦う。

「自分の手で引導を渡したくないんだ」と俺はオンダの推量に乗っかって情に訴える。

「あの気弱なヨッシーが男気を出して俺に挑戦状を叩きつけてきた。それなのに、好きな女の前であっさり負かしちゃったら、ヨッシーは立ち直れなくなる」

「いつかは現実の壁にぶち当たる。世の中の厳しさをヨッシーに教えるいい機会だと思え。そういうのも友達の優しさだし、親友なら立ち直れるようガチでフォローしろよ」

まともな意見に感心した。普段は軽薄なことばかり言っているけれど、友情に熱い男なのかも。だけど、納得して撤退するわけにはいかない。俺も俺なりに友情に報いようとしているんだ。

「俺にはできない」

「知るかっ！」と突き放す。「おまえの好きにすればいいいさ。俺は大将を譲らねーからな」

「どうしたら代わってくれるんだ？」

「嫌だって」

「俺にできることならなんでもする」と必死に食い下がる。

体力的にもいっぱいいっぱいだ。限界が近い。呼吸が乱れ、顎が上がる。喋るのが苦しい。

「なんでもかぁ」

オンダがぼんやりと考え始める。邪念が過《よぎ》ったのか？　チャンスだ。どんどんプッシュしろ。

「ああ。なんでもする。俺の持っている漫画やゲームで欲しいのがあるなら、全部やる」

「んじゃ、峰岸のパンティーをくれ」

「へっ？」

「持ってきたら、おまえが大将だ」

ひょっとして、オンダもユーカに好意を？　彼自身がユーカを目で追っていたから、ヨッシーの視線に気づけたんじゃ？

顔が『4』、スポーツが『5』のオンダはそれ相応にモテるけれど、恋人を作らない。

去年の体育祭後には、立て続けに三人の告白を断った。バスケに青春を捧《ささ》げているものとばかり思っていたが……。

「マジで言ってんのか？」

「洗濯したのでいい。峰岸んちに出入りしてんなら、くすねる隙はあるだろ？」

ユーカが彼氏を自宅に連れ込むことは周知の事実なので、彼女は童貞たちのセックスシンボルになっている。だからみんなは俺がすでにユーカとヤッていると信じて疑わない。

「本当にそれで俺と大将をチェンジしてくれるのか？」

「男に二言はねーよ」

さっき感心して損した。下着の何がいいんだ？　俺には理解できない性癖だ。ただの布きれじゃないか。でもフェチとは他人の共感を得られないものだ。俺も歯に異常な執着があるから、周囲から理解されない寂しさは理解できる。

もう息も絶え絶えだった俺は「絶対だぞ」と念を押してからペースを落とした。オンダは親指を立てた右手を掲げて応じた。『変態のくせにカッコつけても無駄だ』と馬鹿にしたかったが、走り負けた俺にはその資格はない。

負け犬は何を言っても遠吠《とおぼ》えにしかならない。変態でもオンダはすごい奴だ。全くスピードが衰えない。平然と喋りながら走っていた。俺は遠ざかっていく彼の背中に目を細める。

学校では足が速いだけで重宝される。体育や部活で、王様扱いだ。足が速い人はデカい顔をしていい免罪符を与えられるのだ。快足はすごい。すごいものはただただすごい。人間性はなおざり。ふざけた価値基準だけれど、俺の胸には確かな敗北感があった。

【6月1日（月）】

一時間目から六時間目までの間、俺はずっと左手を机の中に入れ、スマホを握っていた。父に「絢菜が卓郎の授業中を狙って電話してくるかもしれないから、バイブレーションの設定をオンにして手に持っていろ」と指示されたのだ。

姉から電話がかかってきたら、俺は応答して『今、どこにいるの？』と『いつ帰ってくるの？』を訊かなければならない。父は「授業中でもすぐに出るんだぞ。先生に怒られてもあとでお父さんが話をつけてやるから」と言っていた。

だけど先生の許可をとらずにいきなり『もしもし、姉貴？』と電話に出たら、俺は非常識な奴だと思われる。クラスメイトに姉の失踪を知られたくない羞恥心も働き、左手にバイブ振動が伝わらないことを祈り続けた。

部活の練習中にはパンツのポケットに入れたスマホを気にかける。激しく動くと太腿《ふともも》に当たって痛いし、壊れないか心配だ。故障したら父に新しいのを買ってもらおう。

やっぱり俺は薄情な弟なのかな？　最初は気が動転したけれど、今では『姉貴らしいや』の一言で片付けられる。姉のことは嫌いじゃないし、信頼している。でもこれまで接点が少なかったから、いなくなっても生活に支障はない。寂しくもないし、清々もしない。

姉に対して大きな不満はないが、仲のいい兄弟姉妹が羨ましい。和気藹々《あいあい》とした姉弟になりたかった。ちょっとは構ってよ。そう思ったことが何回かある。はっきりと覚えてはいないけれど、ガキの頃に『かおるお姉ちゃんみたいな姉が欲しい』と無いもの強《ね》請《だ》りをしていた気がする。

失ってみて初めてその存在の大事さがわかった、というような話をよく聞く。だけど時には反対のこともあるんじゃないか？　姉が家から消え、姉弟の絆の脆《もろ》さを身に染みて知った。

ここのところヨッシーが練習でキレのある動きを見せている。プレイに迷いがなく、アグレッシブだ。以前はパスかシュートかの選択を迫られた場合、『自分が撃っても外すから』とパスばかりしていたのだが、果敢にゴールを狙うようになった。

オンダに負けず劣らず練習熱心なヨッシーは、柔らかく美しいシュートフォームを身につけていた。ただ、プレッシャーに弱いために厳しいディフェンスを受けると、フォームが崩れてシュートが入らなかった。でも今はバスケットゴールまで綺麗な放物線を描く。

思いっ切りの良さが体をリラックスさせたらしく、高確率でゴールを決めている。ゴールネットが快音を響かせる度に自信がつき、ぐんぐんシュートの成功率が上がる。彼の手から放たれたボールは魔法をかけられたみたいにゴールへ吸い込まれていく。今日もヨッシーはキレキレだ。三人対三人のミニゲームでもバンバン決める。対戦相手が彼に警戒してマークを厚くすれば、フリーの味方へ絶妙なパスを出して得点に繋げた。

ディフェンスをする際も遠慮しなくなった。反則スレスレで荒っぽく体をぶつける。元々、勤勉で粘り強いディフェンスが持ち味の守備要員の選手だったので、そこに積極性が加われば鉄壁だ。

部員たちは豹変《ひょうへん》したヨッシーのプレイに『隠れた才能がついに目覚めた!』『魂が入れ替わったみたいに別人だ!』と目を丸くした。今までと顔つきが全然違う。活き活きしている。成功体験が自負心を引き出し、嫌味な驕《おご》りすら感じるほど自信に溢れている。

オンダはみんなよりも早くヨッシーのプレイスタイルの変化に気がついていたのだろ

う。数日前から覚醒の予兆はあった。鋭敏に見抜き、大化けの原因をユーカへの未練と結論づけたのだ。

恋のパワーってスゲーな。うちのエースのオンダには敵わないが、今の調子を維持できればスタメンも夢ではない。少なくとも伸び伸びとプレイできるようになったヨッシーは俺よりはうまい。

ひとっ飛びで追い越されても悔しくない、と言ったら強がりになる。ヨッシーがみんなに認められてもっと喜ばないといけないのだけれど……。俺って器が小さいな。自分のことが嫌になる。最近の俺は自己嫌悪してばっか。

暗い気持ちがプレイの精彩を欠かせる。しょうもないミスのオンパレード。顧問の怒号。オンダの叱咤《しった》。後輩の同情的な視線。ひどい有り様だ。おまけに、ヨッシーが心の中で嘲っているように思える。くそ、負けてられっか！

しゃかりきにボールを追いかけよう。バスケに集中！　ミニゲーム中の十分間だけは余計なことを考えるな。ヨッシーを意識して上手にやろうとしても無駄だ。大した実力はないんだから身の丈にあったプレイをするんだ。ボールを敵のゴールにぶち込むこと、味方のゴールを死守すること、それだけに頭を使え。

俺の番が回ってくると、一心不乱にボールに齧《かじ》りついた。ミスってもくよくよするな。挽回《ばんかい》するしかないんだ。取られたら取り返せばいい。点取り合戦。それがバスケだ。ひたむきにゴールを目指し、体を張ってゴールを守り、懸命に手を伸ばし、仲間を信じ、敵をリスペクトし、無我夢中でコートを走り回った。

頭を空っぽにしてボールに全神経を集めていたから、顧問が吹く終了の笛が聞こえなかった。敵三人と味方二人が動きを止めてコートから出て行くのを見て、十分が過ぎたことがわかった。次の六人がコートに入ってくる。

俺も退く。ふと『あれ？ さっき太腿に振動を感じなかったか？』と思い出した。二、三分前だ。その時は『痙攣《けいれん》か？』と思ったが、すぐに収まったので気にしなかった。もしかしたら、痙攣じゃなかったのかも？

そっとポケットからスマホを出して画面を確認する。留守電のアイコンだ！ やっちまった。痛恨のちょんぼだ。

「東山、何やってんだ！」と顧問に見つかる。

ビクッとした俺は急いで顧問のところへ駆け寄り、「家族から重要な電話がかかってくることになっているんです」と説明する。

「重要って？」

「えーと……」と返答に窮する。

姉のことは先生にも話せない。顧問から漏れて学校で『あのスパッツ番長が行方不明だって』と取り沙汰されるのを恐れた。赤面ものだ。

「その……お祖父ちゃんが手術中で。半々くらいの確率の」と俺はみんなに聞こえないよう声のボリュームを下げる。

一時逃れの作り話が部員の耳に入ったら、要らぬ同情をされてしまう。だけど、最近の俺はなんなんだ？　嘘をつくことが習慣化している。ユーカと付き合いだしたのがきっかけか？

守るものができると人は嘘をつくようになるのかもしれない。そして一回つき始めると、『一回も二回も変わらない』『みんなもしれっと嘘を濫用している』と歯止めが利かなくなる。雪だるま式に回数が増えていく。

「そうか」と顧問は渋い顔になる。

怒った手前、気まずいのだろう。

「親に電話してきていいですか？」

「ああ。いいぞ」

俺は小走りで体育館を出て、バスケットシューズのまま校舎裏の園芸部の墓場へ向かう。体育館へ戻る際に靴の裏を軽く払えばいい。みんなもやっていることだ。またしてもみんなに罪を擦《なす》りつけて自分を正当化した。悪《あ》しき慣《なら》わしだ。

生徒から『園芸部の墓場』と呼ばれている場所は、俺が入学する何年か前までは園芸部の花壇や畑があって綺麗に手入れされていたらしい。でも廃部になってからは荒れ果て、鬱蒼《うっそう》と雑草が生い茂っている。

我が校の校舎は真上から見ると『コ』の字の形をしている。片仮名の『コ』の画数は言わずと知れた二画だが、二画目に当たる部分は少子化に因《よ》る空き教室や使用頻度の少ない教室ばかり。家庭科室、技術室、視聴覚室、少人数の文化部の部室など。

だから二画目の校舎裏は人目につき難い。日当たりが悪く、遊び場もくつろげるベンチもないので、普通の生徒は寄りつかない。ジメジメしたところを好むのは、心に陰のある生徒だけ。ただし、告白する場所には最適だ。幾多の恋が成就し、砕け散った地でもある。

タイミング悪く告白中の男女と出くわさないといいが。そう懸念して忍び足で園芸部の墓場へ足を踏み入れた。人の姿は見当たらない。俺は溜息をついてから、留守電を再生する。

「元気にしているから心配しないで」

淡々とした報告だった。家にいる時の姉と変わらない。強制的に言わされているような違和感はなかった。ほら、そんなに気を揉むことはないんだ。そのうち何食わぬ顔をして帰ってくる。

俺が母に〈姉貴から『元気にしているから心配しないで』って留守電が入った。本当に元気そうな声だった〉とＬＩＮＥを送ろうと文章を作っていたら、荒々しい声が聞こえてきた。さっと後方へ飛び退いて身を隠す。防衛本能が働いた。血に飢えた肉食獣がいる！

物陰からそーっと首を伸ばして声のした方を覗く。俺から三十メートルくらい離れたところ、校舎壁面から張り出した柱の影に三人の男子生徒がいた。個性的な髪型とワイシャツをズボンに入れないお洒落は、我が校の不良のトレードマークだ。

ついてないな。告白に失敗する瞬間を目撃した方がマシだった。仲間同士で仲良く煙草《たばこ》を吸っているならさっさとエスケープできたのだが、どう見ても険悪なムードだ。二人で一人を責め立てている。会話は部分的にしか聞こえない。

二人の顔には見覚えがあった。俺と同じ三年だ。もう一人は知らない。二人に比べてだいぶ小柄だから一年か？　三年生が目立ち過ぎた下級生を厳重注意しているのか？

俺はどちらの三年とも親しくない。一般の生徒と同様に極力関わらないようにしてきた。出しゃばって介入すれば、巻き添えに遭う危険性が出てくる。暴力行為に発展するまでは見守っていよう。下級生の方に非がないとも限らないし。しばらく静観して先生への密告が必要かどうか見極めるべきだ。

たぶん無茶なことはしない。寄って集《たか》って下級生をボコボコにするほどの悪党はこの学校にはいない。精々、一発小突いて『わかったな！』と言い聞かせる程度だ。

ん？　視界の隅に小さな人影が入っていることに気づいた。そこに焦点を合わせる。

かおるお姉ちゃんだ！　三人の問題児がいる場所よりも二十メートルほど向こうにあるツツジの茂みに身を潜めている。丁度、人が一人隠れられる茂みだったけれど、俺の場所からは上下ジャージ姿の彼女が丸見えだ。

かおるお姉ちゃんも三人の挙動を窺っているよう。きっとツツジのそばにある資材倉庫に角材かベニヤ板を取りに行って戻ろうとしたら、不良たちがやって来たのだろう。怖くなって咄嗟に隠れてしまったんだ。

体育祭は三日後なのに、うちのクラスはまだ応援パネルが完成していない。作製を任された帰宅部のクラスメイトが急ピッチで取りかかっているのだが、かおるお姉ちゃんはその手伝いをしていたと思われる。

どのクラスも八畳くらいの大きさのベニヤ板に絵を描くことが義務づけられている。題材は自由。アイドルでもアニメキャラでも有名な絵画の模写でもその年の干支《えと》でも、なんでもいい。

どんな絵でも『必勝』『制覇』『疾風』『一騎当千』『下剋上《げこくじょう》』などの言葉を書き込むと、それらしく見える。ただ、自分のチームカラーのペンキをメインに使わなければならない。一組は赤系。二組は白系。三組は青系。四組は緑系。

かおるお姉ちゃんはどうするつもりなんだ？　そのまま見て見ぬふり？　小心者だから仲裁に入れなくても不思議ではないが、教師を志しているなら勇気を振り絞ってほしいところだ。

　いや、畏縮しているわけではなさそう。彼女には表情がなかった。顔に恐怖感や罪悪感が浮かんでいない。かと言って弱い者虐めを楽しんで眺めているようでもない。おそろしく冷たい目でじっと見ているだけだ。まるで『この世の中は弱肉強食。弱い者が食われるのは自然の摂理だから可哀想とは思わない』と言わんばかり。

　そんな悟りきった二つの目がこちらを向いた。一瞬、心臓が止まった。

「うわっ！」

　彼女の視線に心臓を貫かれたみたいな錯覚を起こし、思わず叫び声を上げてしまった。不良たちの視線も俺に集まる。血走った目が六つ。そろそろと目を逸らして頭を引っ込め、何も見なかったことにして立ち去ればいいのに。無論、そんなことができるはずもない。

　俺は腹を決めて物陰から体を出し、スマホをポケットにしまって三人へ近付く。一歩ごとに緊張が高まる。うっかり感情を逆撫でする発言をしたら、殴りかかってくるんじゃ？　口元だけは守らなくちゃ。歯を折られたくない。だけど三人がかりで袋叩きにされたら……。

　落ち着け。大丈夫だ。万一の際は、かおるお姉ちゃんが止めに入ってくれる。さすがにリンチは見過ごさない……かな？　あの背筋が氷結するような目を思い浮かべると、不安になってくる。俺が半殺しにされても、知らんぷりを押し通すかもしれない。

　今はどんな目を俺に向けているんだ？　気になったけれど、不良たちにかおるお姉ちゃんの存在を報せることになる。ツツジの茂みの方を見ることはできない。

「何があったかはわからないけど、二対一はマズいんじゃないか？」と俺は穏やかな口調を心掛けて問いかける。

「相撲で白黒つけろって言いたいのか？」

　三年の歯並びがガチャガチャの方が愚弄するように言った。スパッツ番長の弟である俺への当て付けだ。もう一人の三年もニヤついている。下級生は俺の姉のことを知らないらしく要領を得ない顔をする。

「腕っぷしの強さを競うなら、悪い方法じゃないと思うけどな。先生に見つかっても叱られないし」と俺はにこやかに言う。「それで、トラブルの原因はなんなんだ？」

　笑顔は友好の印だ。争う意思はない。

「テメーには関係ねーよ」

「なんでもないッス」と下級生もガチャガチャに追随して俺に食ってかかる。

　引くに引けなくなって精一杯イキがっているのだろう。

「そうだ。親切心でこの学校のルールを教えていただけだ」

「なんか女の腐ったような奴のせいで白けちまったから、もう行こうぜ」とガチャガチャは悪態をつき、俺の前から去る。

もう一人も続く。ゆっくり首を回して俺を睨みながら通り過ぎていった。ふーっ。張り詰めていた気持ちを緩める。どうにか難を逃れた。少しばかし恨みを買ったようだが、一発も殴られずに済んだのだから贅沢は言えない。

「東山先輩だよな？」

言い方が挑発的だった。恩知らずな奴だ。誰彼構わずに噛みつくから、上級生の不良にお灸《きゆう》を据えられたんだ。

「ああ」

「峰岸結香と付き合ってるからって調子に乗んなよ」と大声で吐き捨てるように言い、大股でこの場を離れていく。

背後からガチャガチャたちの笑い声が聞こえた。痛快に笑っている。あの下級生は俺が人望の厚いユーカの彼氏だから、先輩たちが引き下がったと考えているようだ。心外だけれど、顔の広い彼女は不良の知り合いも多いので、あながち間違いじゃない。

もし俺がフルボッコにされていたら、ユーカが人脈を駆使して仇討《あだう》ちをしていたと思う。彼女の影響力がいくらかはガチャガチャたちへの抑止力になっている。それは否定できない。

不良たちが卑しく笑う声が遠のき、姿が完全に視界から消えると、かおるお姉ちゃんがツツジの茂みから出てきた。手に一メートルほどの角材を二本持ってのっそりと俺へ接近する。

いつもの弱々しい目に戻っている。無感動に人を見殺しにできそうに思えた、あの冷たい目の痕跡はどこにもない。俺の見間違いだったのか？　きっとそうだ。でなかったら、人は恐怖に凍りついた時には、ああいう目になるのだろう。

「あの、ごめんなさい」と体を小さくして謝る。「ずっと隠れていて」

「かおるお姉ちゃん、俺はもう十五歳なんだぜ。世の中の仕組みがちょっとはわかる歳だ。教育実習中にいざこざに関わりたくないのは、普通の心理だよ」

「私、やっぱり教師に向いてないね。喧嘩を止めたかったんだけど、身が竦んで……」と歪な声で嘆く。

また泣くのか？　警戒心が募る。泣き虫の女はユーカ一人で間に合っている。

「現役の先生だって臆病風に吹かれて問題児の悪さを黙認しているんだから、教育実習生が腰を抜かしてもちっとも恥じることじゃないぜ」

出せる限りの朗らかな声で陰鬱な雰囲気を掻き消そうとした。

「でもタクちゃんは恐れずに……東山くんは」と呼び方を言い直した。「恐れずに立ち向かえた」

「俺だってビビりまくっていたよ。辻ちゃんの前でいいところを見せたかったから無理していたんだ。本当はチビりそうだった」

　俺も彼女に倣って昔の呼び方をやめた。思えば、まともに口を利いたのは教育実習の初日だけだ。父の言い付けを守って、かおるお姉ちゃんの邪魔にならないようにしていた。

　彼女はクスッと微かな笑みを零し、「少し安心した。東山くんって怖いもの知らずな感じがするから」と言った。

「辻ちゃんはあれこれ気にし過ぎなんだよ。学生の頃は学校なんて怖くなかっただろ?」

「うん」と頷いたが暗いトーンだった。

　虐められていたのかも?　ヤバッ!　テンションが上向くことを話さなくちゃ。

「最初からなんでもうまくできる人なんていないよ」

「そうだね」

「そうそう、バスケ部に奥谷って奴がいるんだけど、ずっと補欠だったのに最後の大会の前になって急に上達して、今じゃエース候補だ。人一倍練習に励んできたからなんだと思う。努力すればちゃんと実を結ぶんだよ」

　それとなくヨッシーのことを宣伝しておいた。

「うん。頑張る。焦らずにコツコツやっていくね」と決意すると、突如として深刻な声になる。「あのね、東山くん……」

「わかってるよ。さっきのことは誰にも話さない」

「ありがとう」

「んじゃ、部活中だから」

俺は体育館へ向かって駆け出した。だけど途中で思うことがあって振り返る。

「俺の姉貴ってどんな子供だった？」

「少し変わった子だったと思う」

「どんなところが？」

「アヤちゃんは目に見えない何かと闘っているようだった。いつも神経を尖らせていたから」

「今も変わらないよ」と俺は言ってまた背中を向けて走り始めた。

昔からだ。誰にも懐かないし、近寄り難いオーラを発する。でも親に反抗したことは一回もない。不良にもならなかった。謎めいた姉だ。いつ帰ってくるんだ？　あっ、いっけね！　母にＬＩＮＥするの、忘れてた。

俺はスマホをポケットから出そうとする。ところが手を滑らせて落下。運悪く土の道から舗装された通路へ入ったばかりだった。何かが砕ける音。スマホがコンクリートの上に転がる。やっぱ今日はついてない。

【6月2日（火）】

目覚まし時計の日付が『6／2』に変わると、俺は物音を立てないよう注意して身支度を整え始めた。入念にベッドに人型を作る。もし深夜の外出が親にバレたら、『よくもこんな時に抜け出せたもんだ！』と大きな雷を落とされるだろう。

俺だって最初は『今、姉貴が失踪中だからしばらくは深夜にユーカの家に行けない。親に心配をかけたくないんだ』と正直に話して彼女の誘いを断ろうとした。でもヨッシーとの友情が俺の気持ちを変えた。

体育祭は明後日《あさって》。今夜の誘いはユーカの下着をゲットできるチャンスだ。彼女の欲情を鎮静させる手は何もないけれど、虎穴《こけつ》に入《い》らずんば虎児《こじ》を得ず。リスクを冒さなければハイリターンを勝ち取れない。全国の下着泥棒も思っていそうなことだが。

窃盗が悪いことはわかっている。だけど、俺はヨッシーから託されたサイン本を私物化した。前科一犯。二度と盗みはしない、と神様に誓っても彼への罪悪感は拭えない。

罪滅ぼしをしないことには心は重いまま。ヨッシーが騎馬戦で大健闘できるよう目一杯援助をするんだ。難敵のオンダを排除するためにユーカの下着が必須なら、盗《と》ってやる。

悪事に手を染めることにあまり抵抗を感じないのは、前科があるだけでなく頭のどこかに『ユーカは俺の女』という意識があるからだ。俺の女の持ち物は俺の物。最低な理論だ。卑劣な男の考え方に他ならない。

自分は亭主関白な男じゃないと思っていたので、新発見だった。恋人が出来てからそれまで気づかなかった自分と向き合うことが度々あるけれど、知りたくなかった面ばかりだ。加速度的に自分を嫌いになっていく。

部屋の電気を消し、自室のドアを非常にゆっくり開閉して部屋を出た。そして地面から数ミリ浮く反重力機能を備えているドラえもんのことをイメージして足音を殺す。どうか熟睡していますように。

親がベッドのダミーを見つけたら、甚大なショックを受けるだろう。途端に、居たたまれなくなった。俺は親不孝者だ。哀しむのがわかっていることを、断行しようとしている。中止にする気は更々ない。なんで蔑《ないがし》ろにするんだろ？　親は不可欠な存在だ。いなくなったら生きていけない。

しかし何故か大事にしない。父のことも母のことも同じくらい好きだ。面と向かっては言えないが、いつも面倒をみてくれる母にいたく感謝しているし、家族のために身を粉《こ》にして働く父を尊敬している。にも拘わらず、優先順位は低い。友達や恋人の方が上だ。

いや、違う。自分の方が高い位置にいると思っているから、親を軽んじるんだ。根拠のない上から目線。それが子供の特権なのかもしれないけれど、単なる甘えだ。

俺が何をしても親は子を見捨てたりはしない、という安心感にがっちり甘えている。親と違ってヨッシーやユーカに嫌われたら繋がりが切れてしまう。だからそっちの関係を大事にせざるを得ない。

そう考えると、姉は出来た子供だ。常に親に敬意を払っていた。自分が親の庇護《ひご》の下にいることを弁《わきま》えているかのように、家の中では慎ましやかだった。でも俺に対しても遠慮がちだった。どういうわけか、弟の俺を立てることが多かった。

あれ？　自転車を漕いでいる最中に『なんで姉貴のことを過去形にしているんだ？』と引っかかった。もう家に帰ってこない。そう決めつけているみたいじゃないか？　たった数日で姉がそっくり過去の人になっている。俺って本当に本当に冷酷な弟だ。また自分を嫌になった。

「いらっしゃい」と玄関を開けたユーカからいい匂いが香ってきた。

ホットパンツにノースリーブ。ノーブラで濡《ぬ》れ髪。今さっき風呂から上がったばかり、といった感じだ。艶めかしい熱気をムンムン放っていてくらっとした。

血の気が引いた頭の中に妄想が生じる。透明な無数の手が背後から俺を摑まえ、聞こえない声が『入ったら無事に帰れないぞ』『引き返した方がいい』『今夜のユーカからは逃げられないぞ』と忠告する。

「どうかした?」

「なんでもない」と俺は首を左右に動かし、悪い想像を振り捨てて虎穴の中へ。

はなからリスクは覚悟の上だ。ヨッシーのために『虎児』という名のパンティーを得なくちゃならない。それが自分のためにも繫がる。オンダにとっても喜ばしいことだ。

男によっては、自分の恋人の下着を欲しがる男を許せないだろう。だけど俺は『そんな布きれをゲットして何が嬉しいんだ?』という気持ちがあるから、オンダの要望を吞むことに心がそんなには乱れない。

もちろん面白いことじゃないが、今回は例外だ。背に腹は代えられない状況に追い込まれている。ヨッシーの我が身をも焦がすような激情と俺の罪悪感が綯《な》い交《ま》ぜになっていなければ、『ふざけんじゃねー!』とオンダを一喝していた。

また、オンダの男心を考慮したら、『下着の一枚くらいは』という気にもなる。彼は俺とユーカがとっくに男女の一線を越えていると思っている。好きな子が自分よりも劣っている男に抱かれる。そのことを想像すれば、誰だって腸《はらわた》が煮え繰り返るはずだ。過去に好きだった子でも納得がいかないに違いない。オンダの心中を察すると、申し訳なくなるのだ。

ユーカは二階の自室に俺を通し、「何か飲む？　麦茶か、オレンジジュースか、アイスコーヒーか？」と注文を取った。

「オレンジ……」と頼みかけて変更する。「いや、アイスコーヒーで」

コーヒーはお腹にくることがあるので敬遠している。でも『催せば、家に帰る大義名分が立つ』と悪知恵が働いた。よそ様の家で大便をするのは気が咎《とが》めるから。真っ当な理由だ。かなりカッコ悪い彼氏になるが、しょうがない。

「はーい」とユーカはドアを閉めて退室した。

早くも好機到来！　最初で最後の機会かもしれない。俺は爪先立ってクローゼットへ近付く。部屋にはチェストや衣装ケースが見当たらない。きっとこの中だ。観音開きの扉に手をかける。

突然、ドアが「ね、ミルク入れる？」と勢いよく開いた。ユーカは「えっ？　えっ？」と目をパチクリさせて困惑する。

「違う。違う」

何も違わなかったけれど、自分の胸の前で忙しなく両手を振って否定する。

「何をしてたの？」

不信感がはち切れそうな声。

「あれだよ。あれ……」とあたふたしながらも躍起になって考えを巡らせる。「あれだ、ぬいぐるみ。あのぬいぐるみがどこにもないから、この中にしまっているのかと思って。ごめん。勝手に開けようとして」

ユーカは「ああ」と顔の筋肉を弛緩《しかん》させる。どうにか誤魔化せたようだ。最近、嘘ばっかついているせいか、口がうまくなった。褒められたことじゃないが、今は自分に拍手を送りたい気分だ。よくぞ切り抜けた。

「下にあるの。一緒に夕飯を食べたから椅子に座らせたままにしちゃったけど、いつもはベッドにいるのよ。本当だからね」と『本当』を強調した。

ユーカは一人で夕食を摂ることが多い。寂しさを紛らわすために椅子にぬいぐるみを置いたんだ。かおるお姉ちゃんの親のような育児放棄とは同じにできないけれど、子供に我慢を強いている点は共通する。我が子を放ったらかしにしてまで働きたいなら、子供を作らなければよかったのに。

「毎晩、タッくんだと思って抱いて寝ているんだよ」

「そうなんだ。嬉しいよ」と心をふんだんに込めて言う。

「知ってる？　ラッコのカップルって手を繋いで寝るんだって」

「どっかで聞いたことがあるな」

「もしさ、睡眠中に大波が二匹の手を引き裂いちゃって、でもどっちも気がつかないで眠ったままだったら、悲劇だよね？　目が覚めた時には相手がいないんだよ。広い海で離れ離れ。一生会えないかもしれない」

「ああ。悲劇だな」

彼女の熱弁に押されて同意したが、俺が知っているラッコの話とは少し違っていた。野生のラッコは潮に流されないように、海藻を体に巻きつけて寝る。その習性で水族館のラッコも何かに摑まろうとする。

だけどプールには体を固定させる物が何もないから、仕方なく仲間同士でくっついて眠るらしい。俺の聞いた話がガセだったのか、ユーカが自分よがりな解釈をしているのか？

「私ね、自分が生き別れになったラッコだと思うと、哀しくて眠れなくなるの。タックんと仲睦《なかむつ》まじく寝ていると思って起きたら、一人ぼっちなんてひどいよ」

彼女の瞳が！　両目とも潤いを帯びている。嘘だろ？　仮定の話じゃん。俺たち人間だよ。

「話の途中で悪いけど、ブラックのコーヒー貰えるかな？　ユーカに早く会いたくてありったけのパワーで漕ぎまくったから、喉が渇いちゃったんだ」

「うん」と目尻を下げて笑った。「今、持ってくるね」

飛び跳ねるような歩き方で部屋を出た。るんるん気分だ。約二ヶ月、ユーカに鍛えられたおかげで、だいぶ扱い方に慣れてきた。

目を閉じて慎重に耳を澄ます。階段を下る音が小さくなっていく。俺は瞼を開き、急いでクローゼットの中にあった衣装ケースを上の段から物色する。下着を見つけると、体が硬直した。

碁盤の目状に仕切られた引き出しの中に、色取り取りのパンティーが一枚一枚整然と並べられていた。圧巻だ！　下着に興味のない俺でも禁断の聖域に思えた。もはや、ただの布きれに感じられない。壮観だ。

逡巡《しゆんじゆん》が胸にじわーっと広がっていく。やっぱ、やめよう。これは男子が触れちゃいけない神聖な物だ。見るだけでもタブー。女子の体に関心がない小さな男の子でも、イトーヨーカドーの女性の下着売り場の近くを通る時は目を逸らす。

あっ！　そっか。イトーヨーカドーで買えばいいんだ。なんで今まで考えつかなかったんだ？　愚直に盗まないでいい。オンダに新品の下着を渡して『これが、ユーカのだ』と言い通せば済む。わかりっこない。

いや、待てよ。本当に買えるか？　自分がパンティーを持ってレジで会計するところをちょっと頭に浮かべただけで『恥ずかしくて買えるわけがない！』と結論が出た。羞恥プレイだ。もし知り合いに見られたら俺の青春は終わる。

やっぱのやっぱで盗ろう。やるしかない。ヨッシーのためだ。元はと言えば、ユーカがいけないんだ。彼女は俺が『あげるよ』と言う前に、俺の手からサイン本を掠《かす》め取った。強奪したようなものだ。目には目を歯には歯を。盗みには盗みを。

引き出しの奥にあった比較的生地が傷んでいる下着を手にした。買ったばかりと思《おぼ》しきものをオンダに渡したら、『これ、店で買ったんじゃね？』とケチをつけられるおそれがある。

それに、着古した下着なら穿く機会が少ないかもしれない。なくなってもユーカが気づかない可能性に賭ける。あるいは、『あれ？　どこにいった？　見つからないけど、お古だからいいっか』と淡泊な反応をすることに。

足音が階段を上がってくる。俺はパンティーを握り締めたまま引き出しを元に戻し、クローゼットの扉を閉じる。そして背負ってきたリュックの中に下着を捩《ね》じ込んだ。両膝をついてリュックのファスナーを引っ張っている途中で、ユーカが「お待たせ」と言って入室する。トレイにアイスコーヒーとオレンジジュースとトマトプリッツを載せて。

「どうかしたの？　今日、なんか元気なくない？」

俺の隣に腰を下ろし、顔を覗き込む。

「あー、これ」とスウェットパンツのポケットからスマホを引き抜き、あたかも今リュックから取り出したかのようにユーカへ掲げた。「見てくれよ。落としたら割れちゃった」

液晶画面のガラスに大きな亀裂が入っている。

「あーあ。ご愁傷様。ちゃんと動くの？」

「どうにか」

「修理は？」

「親が『使えるなら当分はそれで辛抱しろ』って」

修理に出した際に誤って初期化されること、代替機へのデータ移行中に何かの不具合でエラーが発生することを父が懸念した。『まさかのまさかでデータが消えてしまったら、絢菜から電話がかかってこなくなるかも』と。

俺が『電話番号は変わらないんだから大丈夫だよ』と冷静に意見しても、父は聞く耳を持たない。部活の練習に熱中して姉の電話を取れなかった俺は、発言権がないも同然なのだ。

今後、俺が同じ過失を犯さないとも限らないので、父がアイデアを出した。留守電の応答メッセージの自作だ。『ただ今、電話に出られません。ピーという音が鳴ったら、今どこにいるのか、いつ帰ってくるのか教えてください』と俺の声を録音した。姉以外に留守電に吹き込む人はいない。

「シビアね」とユーカは澄まし顔で憐れむ。

「自分の不注意だから、文句をつけられねーんだけどさ」

「そんなに落ち込まないで。良いことも悪いことも人間が決められるんだから」と励まして俺にアイスコーヒーの入ったグラスを渡した。

彼女が何を言いたかったのか理解に苦しむ。スマホのガラスが割れたことはどう考えても悪いことだ。良いことにはならないんじゃ？　でも馬鹿だと思われたくないし、不愉快な気持ちにさせたくないから、何も言わずにグラスに口をつけた。

十分くらい談笑しよう。それから『ごめん。もう帰るよ。実は姉貴が失踪中なんだ。もし親が俺の部屋をチェックしたら、タクちゃんまで行方をくらましたって卒倒しそうだから、どうしても帰らなくちゃいけないんだよ』と切り出すんだ。

「これ、持ってて」とユーカはオレンジジュースのグラスを手渡した。「そのまま動かないでね」

両手にグラスを持った俺はピストルで『手を挙げろ！』と警告された人みたいなポーズになった。

「最初にずばっと言っておくけど、今夜は帰さないからね」

「ちょっ……」

「黙って」

顔を近付けて唇で俺の口に栓をした。両手も塞がっているので、彼女の肩を押さえて引き剥がすことができない。早速、胃袋からゲップがやって来る。ギュッと目を強く瞑《つぶ》り、奥歯に力を込めてゲップを喉の奥に留めた。

ユーカは僅かに顔を引き、俺との間に数センチの空間を作る。

「怖がらないで。平気よ。どんなことにだって初めてはある。そうでしょ？　恥ずかしがることじゃない」

「実は……」と姉のことを話そうとしたら、再び顔を接近させてきた。

俺は仰《の》け反《ぞ》って彼女の唇から逃れる。

「言葉は要らない。贈り物も。またプレゼントを渡してお茶を濁す気なんでしょ？　今日は何を持ってきたの？」

ユーカが俺のリュックに手を伸ばす。俺はグラスを放り投げて彼女を突き飛ばしたい衝動に駆られたが、律儀にトレイの上に置いてしまった。その間にユーカはリュックのファスナーを開けて中に手を入れた。

今日は貢ぎ物を用意していない。空のリュックを背負ってきた。入っているのは盗んだ下着だけだ。俺は「ユーカ！」と叫ぶ。だけどすでに遅かった。彼女の手には淡い桃色の布きれが。

「私の……」

口籠った。

「待って。待ってくれ。これには理由が、大きな理由があるんだ」としどろもどろになって弁明する。

どうしたらいい？　ユーカの頭の中では、俺がクローゼットを開けようとしたシーンが再生され、動かぬ証拠となっているはずだ。なんて言ったら……。

「じゃ、待つ」

「えっ？」

「待つから納得のいく説明をして」

据わった目で凝視する。かおるお姉ちゃんの冷たい目とは異なる種類の恐ろしさが瞳に宿っている。俺は『蛇に睨まれた鼠《ねずみ》』になった。あれ？　蛙《かえる》だっけ？　なんでもいい。頭から丸呑みにされるのは時間の問題だ。蛙には蛇を噛むことはできない。でも蛙よりは鼠が駄目だ。頭が錯乱して『窮鼠《きゅうそ》猫を噛む』とごっちゃになっている。僅かな望みしかなくても、助かる方法はある。いい。鼠なら食らいつくことができる。

足掻ける分だけ鼠の方がいい。

「実は」と一《いち》か八《ばち》かの抵抗を試みる。「俺、セックス恐怖症みたいなんだ。キスとかされると、気分が悪くなって吐きそうになる」

「往生際が悪い」

「本当なんだ。実際に、今までユーカの家を出た直後に何回も吐いた」と言ってポケットからレジ袋を出した。「だからいつもこれを携帯しているんだ」

「百歩譲って、私のキスのせいでゲロっていたとしても、それと下着を盗ったことがどう関係するのよ？　セックス恐怖症との整合性が取れていないじゃない！」

冷淡な口調が乱れて感情的になった。自分のキスで嘔吐していることを知り、動揺を禁じ得ないみたいだ。

「免疫をつけたかったんだ。下着から少しずつ慣れていけば、生身の人間でも動じなくなるかなって思って」

彼女の揺るがない目をしっかり見て言い切った。逸らすな。真っ赤な嘘だけれど『信じてくれ！』と目で訴えかけるんだ。俺は心の中で『本当だ！』を何度も何度も念じ、視線に『信じてほしい』という願いを乗せた。その想いは嘘じゃない。

すると、ユーカの曇った瞳に光が射し込んできた。怒りで紅潮していた顔が柔らかくなり、両頬が膨らんだ。

「もう、なんで言ってくれなかったのよ？」と可愛くむくれる。

俺の全身は深い安堵感に包まれる。やった！　通じた！

「本当は相談したかったんだけど、『吐き気がする』って言ったら傷付けそうで。ふられるのも怖かったし」

「そんなことくらいじゃ別れないよ。私はタッくんとセックスがしたいんじゃない。全てを共有したいの。だから悩み事も悪いことも全部二人のものにしたい」

伊達《だて》に百戦錬磨の恋の達人じゃない。俺と違って独占欲が無尽蔵だ。

「ごめん」

「二人で力を合わせて克服しよう。大丈夫。私たちは無敵の二人なんだから」

無敵かどうかはわからない。だけどユーカがこんなにまで簡単に受け入れてくれるのなら、初めから打ち明けていればよかった。俺は回り道していたのだ。虚言《そらごと》で人間関係を円滑にしようとしたが、反って摩擦が増えてしまっただけだった。やっぱ、偽るのはよくないな。

「タッくんは潔癖症じゃないよね？」とユーカは原因を追及し始める。

「じゃない。ペットボトルの回し飲みとかへっちゃらだし、ユーカと手を繋ぐのも問題ない。でも性的な接触は駄目なんだ」

「じゃ、溺れた人への人工呼吸はできるの？」

「たぶん」

人工呼吸の仕方は知らないけれど。

「芝居は？　文化祭とかの劇でキスシーンがある役になったら？」

「先生やユーカや相手役が許可してくれるなら、できると思う」

「ドラマや映画のラブシーンは観てもＯＫ？」

「ああ」

気持ち悪くなったことはない。

「他人のセックスは平気だけど、自分が直接的に関わると嫌悪感を抱くのね」

「そういうことらしい」

「心理的なものだとしたら、何かトラウマがあるんじゃない？　過去に何かあった？」

「『何か』って？」

「変なオジサンに悪戯《いたずら》されたとか、親に性的な虐待をされたとか」と眉を顰《しか》めて言った。

「そういう経験はないよ」

「絢菜先輩に興味を掻き立てられたことは？」

「姉貴に？　女としてってことか？」

「うん。胸の膨らみが気になったり、着替え中や入浴中に覗きたくなったりしたことは？」

「ないよ」

姉の下着姿を見てもなんとも思わない。ノーブラでTシャツにおっぱいのラインがくっきり出ていようが、心は微動だにしない。だって姉弟だ。一人っ子のユーカには想像し難いのかもしれ……。

「あっ！」と俺は間の抜けた声を上げた。

唐突に、自分の愚かさに思い至ったのだ。姉の下着をオンダに差し出せばいいんだ。どうしてそのアイデアが出てこなかった？　旅行中だから盗みたい放題だ。

「どうしたの？　何か思い当たった？」

「いや……なんか、頭を過った気がしたんだけど、なんでもなかったみたいだ」

反射的に嘘をついてしまった。反省したばかりだったのに。

「本当は子供の頃に辛いことがあったのかも？　でも子供って嫌な思い出を心に留められなくて、改変したり消したりすることがあるらしいの。タッくんもなかったことにしちゃったんじゃないかな？　ほら、タッくんは子供の頃のことをあんまり覚えてないでしょ？」

滑り出しは『仮説の一つ』という感じで話していたのだが、段々と断定的になった。自分の説に酔ったのか？

「ガキの頃からぼけっとしていたせいだよ。周りのことをなんも気にかけていなかった。それで記憶していることが少ないんだ」

「よーく過去を振り返ってみて。いっぱい時間を使ってもいいから。きっと何かあるはず」

確信を得ているような話し振りだ。よほど『なかったことにしちゃった』説に手応えを感じているのだろう。

「ああ。やってみる」と承諾するしかなかった。「けど、今晩はそろそろ帰るよ。姉貴が失踪中なんだ」

姉がいなくなった夜のことを簡潔に伝えた。そして両親の心労を強調し、「俺まで雲隠れしたと勘違いしたら、倒れちゃうかもしんない。だからバレないうちに部屋へ戻りたいんだ」と求める。

「帰った方がいいね」とユーカは情け深い声で容認してくれた。

脂汗を大量に流したハードな夜だった。でも結果的には事態は好転した。セックス恐怖症を理解した彼女は嘔吐を誘発する行為を今後は自粛してくれる。ユーカの下着はゲットできなかったけれど、代案が閃いた。トータルで見たら、いい夜だ。

親に見つからずに自室へ戻れたことで、『怪我《けが》の功名』と呼べる夜は完結した。ただ、気が昂《たかぶ》って眠れない。毎度のことなのだが、ユーカの家から戻った日の夜は悶々《もんもん》として寝つけない。下半身は一丁前に興奮しているのだ。

俺も普通の男子中学生と同じでセックスに強い関心がある。そのことが頭の中の大部分を占めていた時期もあった。妄想上では、様々なタイプの女と考えつく限りのシチュエーションで一つの肉塊になっている。

だけどリアル世界で当事者になると、セックス恐怖症に襲われる。なんの因果で？

ユーカが言っていたように何かのトラウマが心の奥底に眠っているのだろうか？　最初は『仰々しいな』と一歩引いていたけれど、時間が経つにつれて『そういうこともあるかも』と思えてきた。

何はともあれ、性欲が体から抜けないうちは他のことが手につかない。記憶からトラウマを掘り起こすことも、床《とこ》に就くこともできない。俺はいつものようにパソコンを立ち上げてネットサーフィンを始める。オカズ探しだ。

俺のちんけな想像力だけでは下半身に溜め込んだストレスを速やかに解消できない。視覚による刺激の手助けが必要だ。刺激が強ければ強いほど時間を短縮できる。さっさと処理して寝たい。今夜はひどく疲れた。神経が擦り切れてくたくただ。

歯フェチの俺が検索するのは、もちろん歯並びの綺麗な女性だ。以前は自分のタイプのアイドルが水着で歯を見せて笑っているのが好物だった。でもここ一年ほどで好みがマニアックなものになった。

目元を隠している画像にそそられる。足りない想像力を補完するために視覚に頼ったことと矛盾する。だけど顔が全部見えないことで想像力を喚起させられ、下腹部の血が騒ぐのだ。

原点回帰とも言えるし、試行錯誤の末に辿《たど》り着いた想像力と視覚のコラボとも言えるが、この趣向は俺だけの秘密にしている。人に話しても『おまえって変態だな』の一言で終わってしまいそうだから。

目を隠してニッコリしている画像。それを検索する合理的な方法は、風俗店のサイトを閲覧することだ。年齢確認をされるけれど詐称している。未成年かどうかが店側に識別できるとは思えない。うちの両親はヨッシーんところみたいに履歴をチェックしないし。

今宵《こよい》も適当な店のホームページをクリックし、顔出しNGの風俗嬢を虱潰《しらみつぶ》しに見ていく。どの女性も下着やネグリジェ姿で、正座を横に崩すか、両脚を『ハ』の字型にするかして座り、片手で目元を覆っている。

その中から髪型や顔の輪郭や体形も加味して今晩のオカズを絞っていく。一人、二人と候補をキープしながら、強欲に『もっといいオカズがないか?』と検索を続ける。

早く寝たいのなら妥協するべきだ。それがわかっているのに、飽くなき探求心がマウスのスクロールボタンを回させる。せっかくここまで起きていたんだから、大物をゲットしたい。意味不明な闘争心が湧き上がり、後戻りできなくなっている。

最終的には、オカズ探しにぐったりしてなんでもよくなり、おざなりに済ませてしまうことが多々ある。もしかしたら検索の疲労感が睡魔を呼び込む一番の要因になっているのかもしれない。

終わりの見えない闘いが今夜も繰り広げられる。四人目の候補をキープしても、俺の右手はマウスから股間へ移らない。まだバチッとこない。どの候補も歯が今一つ。九十点止まり。あと十点。せめて五点。

　本末転倒だ。すでに『ストレスを発散したい』よりも『九十五点以上の歯を発見したい』がメインになっている。下半身の熱情が収まりつつある。こんな夜更けに俺は何をやっているんだ？　もう何もしなくても眠れるだろ。

　素面《しらふ》に戻ったのとほぼ同じタイミングで、マウスに置いていた手が止まった。指先の感覚が失われる。スクロールして現れた風俗嬢の歯に釘付けになった。タイプど真ん中。百点だ。けど、この歯って……。

　んな馬鹿な？　俺は大慌てでスマホを手に取ってユーカから《ヨッシーに転送してあげて》と届いた画像を表示する。そしてスマホをパソコンの画面に映っている風俗嬢の横に並べて見比べた。似ている。歯並び。唇。顎のライン。耳。鼻。それらが瓜二《うりふた》つ。はにかんだ笑い方まで重なる。

　なんでかおるお姉ちゃんが風俗店で？　信じられない。何かの間違いだ！　きっと他人の空似だ。じゃないなら、『実は、双子だった』とかいうよくあるオチだ。あり得ない。かおるお姉ちゃんであるわけがない。馬鹿馬鹿しい。

　俺は急いでパソコンをシャットダウンし、部屋の電気を消してベッドに潜り込んだ。でも暗闇の中にあの風俗嬢の姿が浮かび上がる。目を開けても閉じても同じだ。ジュッと焼印を押されたみたいにくっきり瞼の裏に焼きついていた。

部活の練習後、顧問に職員室へ呼び出された。

「お祖父ちゃんの容体は思わしくないのか？」と顧問は労《いた》わりの言葉を投げかける。

一睡もできなかった俺は睡眠不足の重い体ともやもやした頭のせいで、目も当てられないプレイに終始した。パスミス、シュートミス、ディフェンスはザル、不用意なファウル、出足の遅さ、何から何まで散々だった。

「一応、手術は成功したんですけど、数日は様子を見ないとなんとも言えないらしいです」

暗い声で嘘を積み上げる。数日だけ時間を稼ぎたい。あと三日でかおるお姉ちゃんの教育実習は終わる。彼女の顔を見なくなれば、思い煩わないで済むはずだ。視界に入ると、どうしても目で追ってしまう。

脳裡にあの風俗嬢の画像がこびりついていて気が気でない。今日の五時間目の『社会』でかおるお姉ちゃんが最初から最後まで授業したのだが、彼女の顔をちらちら見てばかりいた。何度かは目が合いそうになり、泡を食って顔を伏せた。

「お祖父ちゃんのことは部員には言ってないのか？」

「はい。大会の前なので変な空気にしたくなくて」

「気持ちはわかるが、みんな東山の不調に首を傾《かし》げている。中でも、音田は『気を抜きやがって』と不満に思ってる」

昨日は発奮を促す意図が感じられたけれど、今日のオンダの罵声はさばさばしていた。顧問は部員に事情を話した方がチームの和は乱れないと考えているようだ。

「すみません。金曜の練習までには切り替えるんで、みんなには内緒のままにしてください」

明日は水曜だから元から練習が休みだが、明後日は体育祭の後片付けのために練習は臨時で休み。そして明々後日《しあさって》には俺の心を搔き乱すかおるお姉ちゃんが学校からいなくなり、平穏が訪れる。

「そうか。わかった」と顧問は了承してから、バスケの日本代表のある選手の美談を語り始めた。

高校の頃、全国大会の準決勝当日に母親が病に倒れ、生死の懸かった緊急手術が行われる中で、その選手は試合に強行出場して献身的なプレイでチームを勝利に導いた。

その実話を引き合いに出し、「自分にできることを力一杯やるんだ。残酷な考え方に思えるかもしれないが、東山がしょげていてもお祖父ちゃんの病状は良くならない。お祖父ちゃんだって孫の元気のない姿を見たくないはずだ。東山が思う存分に青春を謳歌《おうか》することと、それがお祖父ちゃんを喜ばせることになる」というような助言を延々と話した。

三十分以上続いた熱血指導を耐え抜いてへとへとで職員室を出ると、ヨッシーが廊下で待っていた。

「みんなは先に帰ったよ」

「悪いな。待っててくれて」

「ちょっと心配になって」

二人で下駄箱へ向かう。もう生徒は俺たちしか残っていないのか、校舎の中は静寂に包まれていた。足音と声が昼間とは違った響き方をする。

「俺ってダセーな。最後の大会前だっていうのにスランプに陥るなんて」と冗談っぽく嘆いた。「それに比べて、ヨッシーはキレッキレ！　みんなが『ヨッシーが化けた』って話題にしていたぜ」

「自分でもびっくりしているよ。だけど後悔もしている。これまで自分を無駄にしてきたんだって。もっと早くから強気にプレイしていればよかったよ」

さも初めからなんでもできたような言い方だった。彼は天才肌じゃない。ヨッシーが急成長したのは、真面目に練習に打ち込んで身につけた技術の下地があったからだ。どんなに『やってやる！』という強い意志を持っても、技術が伴っていなくては空回りするだけだ。

「時には遠回りすることも必要なんじゃね？　俺、前に意味もなく寄り道して帰ったら小銭を拾ったことあるぜ」と緩い発言で彼の肩の力を抜こうとする。

「そうだね。僕が二年の時からレギュラーになって部を引っ張っていたら、峰岸さんみたいな子に告白されていたかもしれないしね。可愛い恋人がいた場合は、辻先生に恋しなかったかな。あっ、今のナシ。やっぱり運命に導かれて一目惚れしていた。僕たちはどういう道を辿っても惹かれ合う宿命なんだよ」

完全に恋の熱に浮かされている。重症だ。かおるお姉ちゃんが風俗嬢である可能性を伝えたら、冷や水を浴びせる形になって少しは冷静になるだろうか？　ヨッシーの暴走は微笑ましく思える範囲を超えている。勢い余って道から外れて事故を起こしてしまいそうだ。

でも風俗嬢だという確証はない。類似点はたくさんあるが、目元が隠れているから断定するのは難しい。目印になるような黒子《ほくろ》やシミや傷痕は見当たらない。疑惑の段階で彼に伝えたら、『いい加減なことを言うなよ！』と激怒しそうで口が重くなる。

かおるお姉ちゃんに風俗は似合わない。水と油のように交ざらない。真逆の位置関係だ。それに、あの風俗嬢からは野暮ったさを微塵も感じなかった。エレガントにカールした髪、艶《つや》やかに発色した唇、レースのついた派手な下着。大人の色香。あれが辻薫子であるはずがない。

しかし『別人に決まっている』へ傾いたと思うと、すぐに反対へ大きく傾く。『だけど似ている。特に歯はそっくりだ』と考え直す。その反芻《はんすう》に揺さぶられている。同一人物かどうか確かめる方法はないか？

冴えない頭で知恵を絞りつつ下駄箱で靴に履き替えていたら、『手相は？』と浮かんだ。目隠しの手はカメラに手のひらを向けていたので、画像を拡大すれば大まかな手相がわかる。それらしい理由をつけてかおるお姉ちゃんに手相を見せてもらうことは可能だ。

いや、駄目だ。風俗嬢の画像と照らし合わせないと判断がつかない。彼女の手のひらを撮影できたらいいけれど、ツーショット写真のようには自然に撮れない。不審がられる。

「どうしたの？　さっきからぼうっとして」とヨッシーが気にかける。「話、聞いてた？」

「悪い。寝不足なんだ」

グレーのままでいいのかも。白黒はっきりさせなければ自分に都合のいい方を選択できる。あと三日の辛抱だ。俺だけの胸に留めておこう。時が流れればひとりでに風化するに違いない。小学生の俺がかおるお姉ちゃんのことを忘れたように。

「眠れない原因は絢菜さん？」

「は？」

「ママがタクローのお母さんから聞いたって」

「なるほどな。ママ友のルートか」

だけど、いくら親密な間柄でも話すものかな。近所に広められたらどうするんだ？

「水くさいよ。黙っているなんて」

姉のことで悩んで塞ぎ込んでいる、と誤解して待っていたのか。

「青天の霹靂《へきれき》ってヤツだったけど、ただの一人旅だから騒ぐことじゃないと思ってさ」

「家出でしょ」

「旅行だよ」

「タクローのママも『一人旅』って言っていたらしいけど、家出だよ」と強い口調で主張する。

「根拠はあるのか？　ひょっとして姉貴から何か聞いていたのか？」

「それってマジの質問？」

疑う理由がわからない。彼のささくれ立った言い方に尻込みしたが、身に覚えがなかったから「ああ」と答えた。

「なんだ、心配するんじゃなかった。てっきりタクローが罪悪感に沈んでいると思ったんだけど、何も気がついてないんだ」

「さっきからなんのことを言ってるんだ？」

徐々にイライラが募ってきた。

「その鈍さって遺伝？　もしタクローの両親も同じくらい鈍感だとしたら、絢菜さんが可哀想すぎる」

「だからなんなんだよ？」

つい言葉が乱暴になった。それを受けてヨッシーの声に明確な敵意が含まれるようになる。

「これから僕は厳しいことを言うけど、それは僕の怒りじゃない。絢菜さんの怒りだ。僕は絢菜さんのために憤るんだ。いいね？」と婉曲《えんきょく》な言い回しで前置きをする。

「なんでもいいから、さっさと言えよ」

「絢菜さんは生まれてから今までずっと窮屈な思いをしてきた」

「んなわけねーよ。好き勝手にやってきた」

「どうして理解してないのかな？　ほんの少し家族ぐるみの付き合いをしているだけの他人でもわかることなのに。絢菜さんの態度を見たら丸わかりじゃん」

奥谷家と東山家の交流会に姉もきちんと参加した。ヨッシーと姉は取り留めのない会話しかしていなかったが、彼は姉と家族の距離感に何かを嗅ぎ取っていたのか？

「タクローはもっと読書した方がいいよ。人の気持ちに敏感になるから」

「大きなお世話だ。んなことより、『丸わかり』ってなんのことだ？」

「絢菜さんは『自分は望まれていない子だ』って頭から信じているんだ。女の子だから。東山歯科クリニックを継げるのは男だけだから」

「継ぎたかったら継げばいい。女でも後継者になれる」

向きになって言い返したけれど、自分の言葉がどこにも届かないこと、誰の心にも刺さらないことを自覚していた。物心がついた時から、俺が東山歯科クリニックを継承するものとばかり思っていた。当たり前のこと過ぎて『なんで姉貴じゃないんだ?』と疑問に感じたことがたったの一度もない。

深く考えなくたって姉にも跡継ぎの権利はあるだろうに……違う。ないんだ。家の中に『東山歯科クリニックの三代目は卓郎』という空気が充満していた。それが姉を圧迫していたのか?

「タクローが生まれてこなかったら、下の子も女だったら、絢菜さんが継いだと思う。あるいは、事故か何かでタクローにもしものことがあったら。要するに、東山家にとって絢菜さんはタクローのスペアタイヤなんだよ」

「だけど、『自分は望まれていない子だ』なんて思い込み過ぎだ。うちの親はどっちもそんなふうに育てていない。ちゃんと可愛がっていた。むしろ姉貴の方が親を避けているようだった」

「疑心暗鬼に陥っていたから、親を信用できなかったんだよ。常に『私なんかに価値はない』『どうせ卓郎さえいればいいのよ』『私と卓郎、どちらかの命しか助からない時、親は絶対に卓郎を選ぶ』っていう気持ちがあった。タクローの両親が本当に絢菜さんをタクローと同じくらい愛していたとしても、それが絢菜さんに伝わっていなければ意味がない。僕の目からは、平等に愛していたように見えなかったけどね」

「平等だよ。親は俺を特別に優遇したことはない」

「無理やり平等にしようとしていたんじゃないの？　その頑張りが絢菜さんには逆効果だったんだよ。『平等にしよう』って力んだ時点でもう平等じゃないんだ。気張らないと平等にできない平等なんて平等じゃない」

あー！　平等、平等、うるさい！

「姉貴は何が不満なんだ？　自由でいいじゃないか。自分が夢見た将来を目指せる。なんでも好きな職業に就ける。俺だって継ぎたくて継ぐんじゃねー。代わってほしいくらいだ」

「そういう問題じゃないことは、タクローでもわかるでしょ？」

わかる。もうわかっていた。今のセリフに『愚鈍なタクローでも』という意が込められていることが察せられたけれど、それが気にならないほど姉の立ち位置がよくわかった。どっちが継ぐかなんてどうでもいいことだ。

姉の立場に立って東山絢菜の気持ちを考えてみる。弟が生まれた時、待望の男の子の誕生に歓声を上げる両親や祖父母を目の当たりにし、身の置き所がない思いをしたのかもしれない。

もしかすると、両親が深夜に姉の誕生日会をずっと催しているのは、『やめたら絢菜が不平等を感じてしまう』『続けないとアヤちゃんに、私の誕生日は祝う価値がないんだって思われるかも』と危ぶんでいるからか？　姉が心を痛めることを憂えた？　でもそういう配慮が姉を更に追い詰めた。気を遣われたり優しくされたりすると、劣等感が増長することがある。姉は自分を卑下し、両親の前で息を殺した。

東山家の大事な世継ぎと敵対するメリットがなかったので、姉は短絡的に弟を虐めなかった。本心では『いなくなればいいのに』と思っていても、弟に辛く当たっていたら親の心証を害する。姉は両親に好かれたかったのだ。だけど『もっと私に構ってよ！』と喚くことができない。

東山家ではその要求が通らないことがわかっていた。騒いでも自分の立場をまずくするだけ。二番手に甘んじる他なかった姉には家に居場所がない。息苦しい毎日を送っていたに違いない。

姉が相撲に打ち込んだのは、男になりたい願望や男なんかに負けたくない反骨精神が心の根っ子にあったからか？　あるいは弟への憎しみか？　動機がなんであれ、現実逃避であることは確かだ。

だからあっさり相撲をやめられたんだ。姉は多くの『引退するのは惜しいよ』という言葉に耳を貸さずに、バイトに没頭しだした。本当に逃避するための資金を欲したのだ。高校を卒業したら就職して家を出るつもりだったのだろう。

しかし姉は卒業まで持たなかった。十七歳の誕生日目前に、突然『パンッ!』と破裂した。弟が出来てから十五年、その間ずっと張り詰めていたものが弾《はじ》けた。もう作り笑いを浮かべながら蠟燭の火を吹き消すことはできない。限界を悟った姉には家出する以外に選択肢がなかった。

「ヨッシーは姉貴が戻ってくると思う?」と俺は数秒後には泣きじゃくりそうな女々しい声で訊いた。「帰ってくるよな?」

「戻ってきてほしいなら願うしかないよ」

その通りだった。俺たち家族には何もできない。待つだけ。でもじっとしていられない。姉の失踪直後にも家族会議で『無事に帰ってくるのを祈って待つ』と決めたが、その時とはもう意味合いが大きく異なる。

姉からの電話に出られたとしても、家族が嫌で出て行った姉はすぐに切ってしまうかもしれない。いつ安否の連絡が来なくなってもおかしくない。もう二度と会えないいんじゃや?

「ありがとうな、ヨッシー。本当のことを言ってくれて」

「みんな本音を心にしまいがちだけど、外へ吐き出すべきなんだ。相手の心を踏み躙《にじ》ったり、人間関係がぎくしゃくしたりしても、長い目で見れば真実しか残らない。上っ面のことは淘汰《とうた》されちゃうんだよ」

自己啓発の本に載っていそうな言葉だったけれど、仮面を被り続けてきた姉が蒸発した今、ヨッシーの一言一句が胸にすっと染み込んだ。そして姉が東山家から淘汰されてしまったように思えて身震いした。姉貴、今まで理解できなくてごめん。なんでも言うことを聞くから帰ってきてくれ。

「やっぱ、嘘ってよくないよな」

「うん。嘘はブーメランだよ。その場は凌《しの》げても、くるくる回って戻ってくる。よそ見をしていたら自分に直撃するから、気の休まる時がない。人を欺いても身を滅ぼすだけ」

「確かにな。本音が一番だな」

「僕、騎馬戦で勝っても負けても、思いの丈を辻先生にぶつけるよ」

「それがいい。頑張れよ」

「うん」

「なあ、軽い好奇心なんだけど」と俺は彼の反応を窺いつつ慎重に訊く。「もし辻ちゃんが人に話せないようなことを抱えていたら、ヨッシーはどうする？」

彼は心を鬼にして俺を叱ってくれた。その温情に報いて俺も本音で返したい。だけど、目の前で人が傷付くのを直視するのはしんどい。一時的な優しさだとわかっているが、無闇にヨッシーの心を引っ掻き回したくない。彼はかおるお姉ちゃんが風俗店で働いていても、意に介さずに受け入れられるのだろうか？

「構わないよ。どんな人にだって何かしらの隠し事がある。交際していくうちに理解を深めて、秘密を分かち合える関係になればいいんだ」

「でも普段のキャラとの落差が激しいエグい秘密だったらさ、引かないか？　付き合うんじゃなかったって後悔しない？」

「愚問だよ」と間を空けずに言い放つ。

「マジで？　少年院に入っていたとか、元カレが暴走族の総長とか、バツイチとか、親の借金返済のためにキャバクラでバイトしているとか、子持ちとか、顔を整形しているとか、そういうのでも平気か？」

「辻先生について何か新しい情報が出てきたの？」

簡単に心の裏側を読み取られた。俺の質問があからさま過ぎたのか、ヨッシーが鋭いのか？

「いや、違うよ」と否定し、明後日の方向を見て言い訳を探す。

「タクロー、本音を吐きなよ」

そう言われて、サラッと言えたら苦労しない。先ずは彼の覚悟の大きさを確かめてからだ。

「ユーカって元カレがいっぱいだろ？　中には俺の知らないとんでもない奴がいる気がして、なんか不安なんだよ」

「峰岸さんに問い質《ただ》すのは御法度だよ。逃げ道を塞ぐことになるから。向こうから秘事を打ち明けたくなるような包容力のある男になるしかない。大変だろうけど、腰を据えて峰岸さんが心の扉を開けるのを待つんだよ。相手のことを信じていれば、耐え忍ぶことができるはずだ。できないようなら別れた方がいい」

恋愛相談のプロみたいに返答が早かった。あっという間に解決。

「ヨッシーは辻ちゃんのことを全面的に信じているのか？」

「その質問は侮辱に当たるよ。言わずもがな。信じているし、どんな秘密でも受け止められるよ」

そこまで明言するなら、風俗嬢のことを話しても大丈夫そうだ。疑惑が浮上しただけで確証はないのだから、衝撃は半減するだろうし。よし、思い切って吐き出そう。

ところが心が完全に開かなかった。半開きでは本音がつっかえて出てこない。俺ってなんて根性なしなんだ。ヨッシーみたいに吐露できない。彼が哀しむ姿を見たくない。怒りを受けきれる自信がない。

どうしても自分本位の考えが先行してしまう。俺の性癖を知られるのも嫌だ。話せば、きっとヨッシーは『そんな根も葉もない噂をどこから聞いた?』と詰め寄ってくる。疑念を持った経緯を語るには、性癖のカミングアウトは避けて通れない。

「告白する時に、辻ちゃんを呼び出す役が必要なら、いつでも言ってくれ」

「ありがとう」

「いいってことよ」と友達ヅラしたけれど、俺は親友失格だ。

本音を隠せば隠すほどにやましさが大きくなる。嘘をついても得られるのは真っ黒な感情だけだ。このままだと俺は嘘の塊になる。そして数多《あまた》の嘘と一緒に俺自身も淘汰されるのだろう。

【6月3日(水)】

登校する前に姉の部屋に無断で入り、姉が中学時代にショートスパッツの下に穿いていたTバックを盗んだ。十五年分の申し訳なさを姉に感じていたが、謝って許してもらえるレベルのことじゃない。俺の罪は消えない。姉にとって俺の存在そのものが害悪なのだから。

償っても罪人であることに変わりはないなら、悪事を重ねてもいいんじゃ？　弟失格の烙印《らくいん》は消えそうにない。でも親友失格の烙印はまだ焦げ目が薄い。どうにかなる。悪者には悪者なりの挽回方法がある。穢《けが》れた手は闇に紛れ込み易い。陰からヨッシーの恋を援護するんだ。幸い、姉は家出中。もう戻ってこない可能性もある。

昨日、顧問が言った『自分にできることを力一杯やるんだ』を俺は建前にした。いくら頭と心を擦り減らして姉のことを考えても、事態は改善しない。俺がやれることは、姉から連絡が来るのを注意深く待って電話に出ること。それだけだ。

何もせずにやきもきしながら電話番をしているのは勿体ない。並行して他のことを進めなくちゃ青春が台無しになる。ただでさえ、ここのところトラブル続きだから、のんびりなんかしていられない。

いつもより四十分も早く家を出て、オンダの下駄箱にマクドナルドの紙袋を入れた。中にはTバックと「オンダが自分から『大将ってつまんねーから代わってくれ』っていう流れを作ってくれ。嫌なら俺の下駄箱へ返せ」と書いたメモ。

気分はヤバい薬の売人だ。俺はどんどん罪深い人間になっていく。だけど明後日までだ。体育祭と教育実習が終了すれば、足を洗える。もう悪いことはしない、と全身全霊で世界中の神様に誓う。

本音だけで生きていきます。もし姉が帰ってきたら、下着のことも懺悔《ざんげ》します。だから神様、天罰は待ってください。明後日の放課後からはいい子になりますから。

俺よりも三十分遅れで教室に入ってきたオンダと一瞬目が合った。でも彼はすぐに顔を背け、他の男子に話しかける。『本当に盗みやがった』と軽蔑しているのか？　はたまた、Tバックが気に入らなかったのか？

それ以降も、オンダは俺に接触してこないし、なんのリアクションも見せなかった。彼の腹の内がわからないまま下校時間を迎えた。俺はマクドナルドの紙袋が返却されていないことを祈ってから、自分の下駄箱の扉を開ける。俺の靴以外は何も入っていなかった。取引成立だ。悩みの種が一つなくなった。

セックス恐怖症については、学校帰りに駅前のミスタードーナツでユーカが相談に乗ってくれた。彼女がカウンセラーとなって俺の過去の出来事を探っていく。

姉が疎外感に苛《さいな》まれていたことを話したら、ユーカは「絢菜先輩にヒントがあるかもしれないね」と姉との思い出に狙いを定めた。俺は記憶に残っている限りの姉のエピソードを絞り出したが、特にこれといった糸口は見つからなかった。

十九時前に、俺は「そろそろ帰ろっか？」と口を切った。ユーカはもっと一緒にいたそうな顔をする。だけど俺が「今は家族の和を乱したくないから、両親と夕食を摂りたいんだ」と言ったら、すんなり「わかった」と了解した。

店を出て「バイバイ」「じゃあな」と挨拶し合い、それぞれの家路へ向かう。何度か振り返って手を振った。彼女の後ろ姿が見えなくなると、名残惜しい気持ちが去来する。出し抜けに『ユーカは今夜もぬいぐるみとメシを食べるのか？』と思った。途端に、後悔が雪崩を打って押し寄せてくる。

　俺の想像力は本当に貧困だ。ユーカの心情を少しも配慮しないで自分の都合を押し通してしまった。大急ぎでスマホを弄って〈姉貴が帰ってきて家の中が落ち着いたら、うちの夕食に招待するよ〉とLINEを送った。

　ユーカの返事は〈嬉しい！　ありがとう。でも招待とは別に、絢菜先輩が早く帰ってくるといいね〉だった。心が通い合った気がした。お互いが相手のことを思いやっている。なんかいい感じだ。紆余曲折《うよきょくせつ》を経てやっと物事がいい方向へ転がりだしている。

　あと家まで数分のところで着信音が鳴った。姉貴か？　いや、この音はメールだ。スマホを手にすると、知らないアドレスからだった。件名は〈辻薫子です。〉だ。かおるお姉ちゃん！　狼狽が体中を駆け回る。クラスの連絡網から俺のメアドを得たと思うが、なんの用だ？　強張った指で本文を開く。

〈突然メールしてごめんなさい。音田くんと峰岸さんのことで話したいことがあります。とても内密な話なので、誰にも言わずに以下の住所まで来てください。お願いします。〉

　オンダとユーカの組み合わせからは下着のことしか連想できない。オンダがかおるお姉ちゃんにチクったのか？　だとしたら変だ。普通は担任に言うものだ。頼りない教育実習生に密告してどうする？　オンダの奴、何を企んでいるんだ？

俺はメールにあった住所をネット検索して最寄り駅を調べた。高田馬場駅。次に往復の交通費を。八百二十四円。確かPASMOの残高は千円以上あったし、所持金は二千円弱。

Uターンして駅へ向かう。母にLINEで〈ごめん。ユーカとメシを食べることになったから、帰りが遅くなる。今日だけは俺の恋を応援してくれ。一生のお願いだ。ふられるかもしれないんだ〉と伝えた。

母の〈幸運を祈っているよ〉の激励に心がずしんと重くなる。まだ嘘の連鎖が止まらない。どこまで続くんだ？　止まるのは特大のブーメランが俺に直撃した時なんじゃ？　抱えきれないほどの大きな不安と一緒に俺は電車へ飛び乗った。

渋谷駅から山手線に乗り換えて高田馬場駅へ。スマホのナビ機能を使って目的地を目指した。駅から徒歩十分ほどのところにある中層マンション。新しくも古くもなく、高級でもない普通のマンション。ここにかおるお姉ちゃんが住んでいるのか？

俺は共用エントランスにあるインターホンの操作パネルに部屋番号を入力して呼び出す。

「どうぞ」と応答すると共に、オートロックが解除されて自動ドアが開く。

かおるお姉ちゃんの声だった。彼女は一人で住んでいるのか？　家族と？　オンダが待ち構えていることもあるかも？　さすがにユーカはいないだろうが、誰がいても驚かないように想定しておこう。

エレベーターに乗って四階へ上がり、玄関の前で深呼吸する。表札がないから、何人で暮らしているかわからない。ドアの横のインターホンを押すと、再び「どうぞ」と発した。俺はドアノブを回す。鍵はかかっていなかった。ドアを引いて中へ入る。

「こっちよ」と廊下の突き当たりの部屋から声がする。

「お邪魔します」

男物の靴はない。ヒールのついた女物が三足。きちっと靴を揃えてから声がした方へ歩む。廊下の左右に二つずつドアがある。一般的な間取りなら、洗面所とトイレと二部屋だろう。突き当たりはリビングやダイニングか？　ドアを開ける。

俺の予想通りリビングだった。でもかおるお姉ちゃんが大きな革張りのL字型のソファに、脚を『ハ』の字にしてぺたんと座っているのは全然予想していなかった。しかも右手で目元を隠していた。あの風俗嬢のポーズだ。

「いらっしゃい」とそのままの姿勢で出迎えた。

うわあああ！　心の中で絶叫する。声を上げて逃げ出したかった。だけど口が開かない。体も動かない。

「タクちゃんって正直よね。昨日から私を見る目が激変した。汚いものを見るような目。人間以下の動物を蔑むような目。同情しか籠っていない目。ソープ嬢をやっているとそういう目にデリケートになるの」

やけに饒舌《じょうぜつ》だ。学校とは大違い。全くの別人のよう。外見も違う。髪型もメイクも風俗嬢仕様だ。毛先が優雅にうねり、唇はプルルンと輝きを放ち、頰紅が妖艶な色気を醸し出している。

部屋着っぽいもこもこ生地のワンピースを着ているのがせめてもの救いだ。下着だったら目のやり場に困っただろう。

「このポーズに腰を抜かしたってことは、お店のホームページが漏洩元《ろうえい》ね」と推理した。

「さて、問題。私はどんな目をしている？　タクちゃんの瞳には私の目はどんなふうに映るのかしら？」

そう訊ねて目隠しの手をゆっくりスライドさせる。少しずつ左目が顕になる。続いて右目も。俺は息を吞んだ。あの目だ。マスカラやアイシャドーが施されているが、あの時と同じ目。校舎裏で不良たちの小競り合いを見て見ぬふりをした目が俺を見ている。

「答えられないの？『わかりません』は禁止よ」

「氷」と俺は喉の奥から言葉を強引に押し出した。「氷みたいな目です」

「いい解答ね。じゃ、次の問題。今度は簡単よ。『イエス』か『ノー』で答えればいいんだから。わかった？」

俺は小さく頷く。

「では二問目。私が風俗店で働いていることを誰かに喋った？」

「ノー」

「本当に？」と首を斜めにし、腰をくねらせて訊ねる。

俺を尋問するために呼び出したのだ。

「イエス」

「じゃ、三問目。これから誰かに喋る予定はある？」

「ノー」

「第四問。誰にも喋らないのは私のため？」

「イエス」

「最終問題。舌を抜かれても誰にも喋らないことを約束できる？」

「イエス」

「それじゃ、採点するからドアをきちんと閉じてこっちに来て」

俺はドアを開けて一歩踏み出した状態でフリーズしていた。凍結した心に鞭打《むちう》って
「はい」と返事し、ドアを閉めて恐る恐る歩み寄る。

「座って」

彼女の指示に従ってソファの端っこにちょこんと座った。

「もっと近くに来て。秘密に関する問題だったから、点数を伝えるのも内緒話なの。耳を貸して」とかおるお姉ちゃんは言って自分の口元に手を添えた。

俺はぎこちない動きで彼女に右耳を寄せる。

「では、発表します」と俺の耳に囁く。「一問目から四問目までは正解だけど、最終問題が不正解なので……」

出し惜しんだ。全問正解で百点満点なら一問二十点だ。単純計算で八十点だが、何かあるのか？

「ゼロ点。残念。最終問題は不正解だとマイナス八十点だから」

「俺は何があっても誰にも喋り……」

いきなりかおるお姉ちゃんが俺の体に覆い被さってきた。俺を押し倒してお腹の上に馬乗りになり、手で両肩を押さえつける。

「この世の中に口約束ほど信用ならないものはない」と俺の顔を見下ろして主張する。

「本当に喋りません」

「舌を引き抜いて証明して」

無茶苦茶な要求だ。

「そんなことは無理ですよ」

「なら、口止め料を払わせて。体で」

怨ち寒気がした。胃袋が跳ね上がり、ムカムカした気分が襲来する。頭の中に嫌なにおいが立ち込める。

「口止め料なんていらないです」

「私は無償の善意を信じない。性格が捩じ曲がっているから、打算を働かせる人、見返りを求める人、下心がある人を信頼する。だから受け取って」

「いりません」

「なんで？　私のこと、嫌い？」

「嫌いじゃありません」

「じゃ、好き？」

「わかりません」

「その解答は禁止って言ったでしょ」

「昔は、好きだったと思います」

ミスタードーナツで姉との思い出を探している際に、忘れていたかおるお姉ちゃんへの想いを見つけた。七、八歳の俺は彼女に初恋のような感情を抱いていた。もちろんユーカには話していないが。

「それなら目を閉じて昔の私を想像していればいい。すぐに終わるわ」

胃液がサーッと喉元へ流れてくる。横になっているからか、いつもよりもスムーズに喉元へ到達した。

「できません」

「彼女がいるから？」

「そうです」

その理由もあるけれど、ヨッシーのことも頭の中を通過した。

「紳士ね。ところで、タクちゃんの考える浮気って何？」

「恋人がいるのに、他の人とデートとかすることです」

「手を繋いでも駄目？」

「はい」

「もし峰岸さんが他の男と『手を繋ぎたい』『キスしたい』って思ったけど、『自分にはタックんがいるから我慢しなくちゃ』って理性を働かせて自制したら、嬉しい？」

「嬉しくないこともないです」

まどろっこしい言い方になったのは、なんか心がザラッとしたからだ。

「他の人と『したい』って欲情した瞬間が浮気なんだと私は思う。その時には恋人から気持ちが離れている。頭で『浮気はいけない』って考えて欲求を押し留めても、それは本心じゃない。本当に恋人のことを愛していたら、一ミリも心移りなんかしない」

そのまんまだ。俺の心に生じたわだかまりをかおるお姉ちゃんが残すところなく摘出し、完璧に言語化した。

「そうかもしれません」

「タクちゃんは私の体を受け取れない理由をあーだこーだ並べた時点で、もう浮気していた。頭の片隅ではこうなることを期待していた。そうでしょ?」

下半身の昂りを否定できない。セックス恐怖症がなかったら、かおるお姉ちゃんに身を委ねていたに違いない。胸にユーカやヨッシーへの罪悪感はない。すでに割り切っている。彼女の言った通り欲情した瞬間からが浮気だ。精神上ではユーカたちを蔑ろにしている。

「無言は『イエス』ってことね。じゃ、しよっか?」とさらりと言う。

学校帰りに友達に『ちょっとコンビニに寄っていこーぜ』と誘うくらいの軽さだ。かおるお姉ちゃんにとってはなんでもないことなのだ。コンビニで立ち読みするのと変わらない容易《たやす》さ。

「できません。したくないです」

「ひょっとして、まだ童貞なの?」

「ええ、まあ」

「怖がらないでいいのよ。『最初からなんでもうまくできる人なんていない』って誰かも言っていたわ」といつかの俺のセリフを引用する。

「そういうことじゃなくて……」

　怖さの種類が違う。未経験なことに飛び込む恐怖じゃないんだ。

「セックスなんて取るに足らないことよ。何かの統計で、日本のコンドーム年間消費量は五億八千万個ってあった。一日あたり、約百五十八万九千個。避妊していないカップルも入れたら、少なく見積もっても日本では一日に百六十万組はセックスしている。地球規模で考えたら、億単位。私たちはその何億人の中の一組に過ぎない」

　途方もない数だ。『0』の数字がいっぱい並んでいる。俺が『みんながやっているなら』の名目に弱いせいか、セックスへの嫌悪感が少し軽くなった。吐き気が落ち着く。こうしている今も世界中で何万人もの男女が交わっているのなら、タブー視する行為じゃないんじゃないか。

　コンドーム消費量の統計には俺を勇気づける力があった。数字ってスゲーな。絶大な説得力がある。そう舌を巻いた一方で、『かおるお姉ちゃんもその数字を心の拠《よ》り所《どころ》にしているんじゃ？』という気がした。

「そうやって自分を納得させているんですか？」

　疑問が口を衝いて出た。

「いけない？」と訊き返した彼女の声には痛々しさが含まれていて、『それの何がいけないの！』という悲痛な叫びに聞こえた。

心なしか表情が暗くなり、押さえ込んでいる力が弱まった。俺は両手でかおるお姉ちゃんの腕を払い除けながら勢いよく体を反転させて、彼女を横に投げ飛ばす。かおるお姉ちゃんがソファに転がり、俺は起き上がって玄関へ急行する。逃げなくちゃ。

リビングから廊下へ通じる外開きのドアを体当たりするみたいにして開ける。すると、『ドンッ！』と何かが当たった。ドアの向こう側に大きなものがあり、それに支《つか》えて拳一つ分くらいしか開かなかった。

その隙間から見えたのは、仰向けに倒れている人間だった。女だ。かおるお姉ちゃんよりも年上に見える。三十歳手前くらいか？　しっかりメイクした派手な顔は『あいたたた』と歪んでいた。髪型や服装も華美で、いかにも大人の女性といった感じだ。

「ルームメイトよ」とかおるお姉ちゃんが背後から説明する。「今、帰ってきたところみたいね」

俺は素早く振り向く。彼女は決まりが悪そうな顔をしていた。ルームメイトに盗み見されたのかも、と焦っているのか？　そう疑われてもおかしくない倒れ方だ。ルームメイトは中腰になって覗いていたんじゃ？

不意に、ガキの頃を思い出した。ドアの隙間からかおるお姉ちゃんの悲鳴を聞いた時のことだ。俺も覗き見した。もし彼女が診療室から逃げ出していたら、俺もドアに吹っ飛ばされていただろうな。

いや、それはないか……。ガキの俺がそっと診療室へ入って行く映像が浮かんだ。そうだ。ど忘れしていた。俺は怖いもの見たさで、どんな治療をしているのか確認しに行ったんだ。

「ごめん。取り込み中だから、入ってこないで」とかおるお姉ちゃんはルームメイトへ声をかける。

「わかった。ごゆっくり」

「私よりいい女でしょ。タイプなら、あとで紹介してあげよっか?」と言ってドアを閉めた。

「いや、いいです」

「さてさて、困ったものね。私の言うことを大人しく聞いてくれたら、話は丸く収まったのに」

「絶対に秘密は守ります」

「今はそう思っていても、人の気持ちは変わるものだから信用ならない」

「だけど、かおるお姉ちゃんがわざわざ体で払っても、俺が漏らさない保証はどこにもないと思うんですけど」

彼女の論理に綻びがあることに気づいた。口止め料が金品なら、約束を破られた場合に『嘘つき！　返して！』と取り立てることができるが、性交はそうはいかない。ヤリ逃げされる可能性がある。

「一度甘い汁を吸った人間は二度目を求めるものよ。自制できない。セックスを覚えたタクちゃんは『バラされたくなかったら、もう一回だけヤラせろ』って脅迫する。延々と『これが最後の一回だから』を繰り返すの。それが人間っていう生き物の習性よ」

「もしそうなったら、かおるお姉ちゃんが困ることになるんじゃないんですか？　脅され続けるってことですよね？」

「一回も百回も変わらないことよ。さっきも言ったでしょ。取るに足らないこと。常連さんが一人増えたと思えばいい。その程度のことで秘密を守ってくれるなら、好きなだけ抱かせてあげる」

その程度って……。言葉にならない感情が喉元に詰まる。中学生男子と風俗嬢の価値観は大きく隔たっている。そしてそれ以上に初恋のかおるお姉ちゃんと俺の目の前にいる彼女は乖離《かいり》していた。

「泣いてるの？」

いつの間にか視界がぼやけている。声に出せない気持ちは涙となって外へ排出されるのかもしれない。

「無駄よ。私は涙ごときで手のひらを返す中学生とは違うから。涙なんてメンソレータムでいくらでも流せるもの。指先にちょっとつけて目元を擦ればいい」

「まさか、あの時の大量の涙って？」

上着のポケットの中でもそもそしていたのは、メンソレータムを指につけていたのか？

「あれは痛快だったわね。みんな私の嘘泣きを信じちゃって」

「なんで、なんでそんなことを？」

名札はかおるお姉ちゃんを助けるアイデアだった。どうして素直に感謝できなかったんだ？

「癪《しゃく》に障ったの。私に施しをしていい気分に浸りたいんだなって思ったら、見下されたように感じてね。ついムシャクシャして」

「人の顔の見分けがつかないんじゃ？」

「欠点は克服している。髪型や体格で判断できる」

「でも把握するのに時間がかかるんですよね？」

「一日でコンプリートできた。私、記憶力がいいの。生徒の名前を間違えたり、すぐに呼べなかったりしたのは、わざとよ。中途半端にできる人よりも全然できない人の方が愛される。そして未熟だった人が進歩した時は、甚だしく過大評価される。だから最初の一週間の拙さは故意だったの」

　今週に入ってからのかおるお姉ちゃんには教師らしさが出てきて、みんな彼女の急成長ぶりに目を見張っている。回を重ねるごとに地に足の着いた授業をするようになり、おどおどした態度も影を潜めた。俺も『一人前の教師への階段を着々と上っているんだ』と嬉しく感じていた。だけど初めから努力家だと思わせる計画だったのか。

「そうまでして何がしたいんですか？」

「教師になりたい。ただそれだけ。先生たちの胸に好印象を深く刻んでおけば、プラスになる。夢のためならどんな手でも使う。タクちゃんの口封じもその布石。今まで積み上げてきたものを壊したくないの。ここまで来たんだからそう簡単に諦められない。そういう気持ちはわかる？」

　もしかして夢のために風俗嬢に？　何かの理由で借金を負うことになり、返済を迫られて涙を呑んだのかも？　本当にそうなら口止め料を体で払うことと風俗店で働くことを、かおるお姉ちゃんはイコールで表せる。

　俺が学校で言い触らして、それが彼女の大学にまで伝わったら、教員免許を取れなくなるのかもしれない。事と次第によっては、退学も。そうなったら今までの苦労が水の泡だ。是が非でも俺の口を塞がなくちゃならない。夢を叶《かな》えるためなら、俺に百回抱かれることなんか屁《へ》でもないんだ。

幼い頃の憧憬《どうけい》を失った哀しみとは別の喪失感が俺を覆う。残念ながら俺には理解できない。夢がないから。他愛もない夢すら見たことがない。そんな俺にはかおるお姉ちゃんの気持ちは到底わからない。ただ果てしなく眩しいだけだ。

俺は手の甲で涙を拭ってから「なんで教師になりたいんですか？」と訊いた。

「覚えてないの？」

かおるお姉ちゃんが目を白黒させ、俺の顔をまじまじと見る。

「前にも同じ質問をしましたか？　すみません。俺、記憶力が弱くて」

メモリー容量の少なさもど忘れした原因の一つだろう。周囲の人に『将来の夢は何？』と訊き回るくせに、ちゃんと覚えていられない。誰がどの夢だったかごちゃ混ぜになったり、気がつかないうちに記憶から消えたり。

「小学生のタクちゃんは、私が『先生になるのが子供の頃からの夢なの』って言ったら、『すごい！』を連発していたわ」

「そんなことがあったような気がします」

ぼんやりとその時の光景が蘇ってきた。ガキの俺が『すごい！』と連呼して飛び跳ねている。昔から俺は『子供の頃からの夢』が大好物だ。過剰に反応してしまう。

「選りに選って、タクちゃんが夢を実現させる最大の障害になるなんてね。皮肉だわ」

ガキの頃は応援してくれたのに今は私の夢をぶち壊す秘密を握っている、という恨み節だ。確かに、皮肉と言えば皮肉だ。俺とかおるお姉ちゃんを結びつけたのは歯だ。歯科医師の父が無料検診で彼女の虫歯の多さに疑問を抱いたのが縁で知り合った。

そして父の影響で歯フェチになった俺が彼女の裏の顔を見つけた。かおるお姉ちゃんの歯が良いことも悪いことも引き寄せている。人生とは不思議なものだな。まだ十五年しか生きていないけれど、しみじみと感じ入らないではいられない。

「タクちゃんは私立の中学へ進学していると思っていたから、再会するのは想定外だった。受験に失敗したの？」

「お父さんがお祖父ちゃんを説得したんです。『男子校に通わせると、女性に不慣れになって接客で苦労する』とか『今以上に地域に愛される歯科医院にするには、地元の公立中学で人脈を作っておくべき』って言って」

父方の祖父は自分の母校へ進学させようとした。父も同じ男子校を出ている。人間教育に定評がある中高一貫校らしく、東山家の男子はそこへ通わせることが決まりだった。そのルールをかおるお姉ちゃんは知っていたようだ。

俺としては、男子校よりも姉と同じ学校の方が嫌だった。きっと父は姉のことを慮《おもんぱか》って祖父に歯向かったのだろう。姉に平等を与えようとしたのだ。

「相変わらず仕事熱心なお父さんみたいね」

「馬鹿がつくほどの仕事人間なんですよ」

「東山歯科クリニックって何か悪いことしてない？　ぼったくりとか。客足が遠のくような悪事を教えてくれたら、タクちゃんのことを見逃してあげる」と折衷案を提示する。

「お互いが相手の弱みを摑んでいれば、下手なことはできないでしょ」

「お父さんは悪いことなんてしてないと思います。仕事には実直だから」

「厚い信頼ね。じゃ、タクちゃんの弱みを教えて」

「弱みですか？」

「どうしても私と寝たくないなら、言いなさい。人には言えない秘密、誰だって一つや二つあるでしょ」

「俺、風俗店のホームページを閲覧するのが趣味なんです」

恥ずかしくて言葉がなよなよ揺れた。でも彼女はクールに「釣り合わない」と斥《しりぞ》けた。

「それが私の秘密と同じ価値があると思う？」

俺は腕組みをして頭を絞る。難題だ。教員志望の大学生が風俗店でバイトしていることに負けない秘密ってなんだ？　俺にそんなどデカい隠し事があるか？　セックス恐怖症も風俗嬢の前では霞《かす》む。

考えを巡らせているうちにオーバーヒートを起こしてしまったのか、段々と『風俗バイトの何が悪いんだ？』と思えてきた。体を売った人が教室で生徒に教える資格がない理由ってなんだ？

好きで風俗嬢になった人なんているのだろうか？　みんな已《や》むに已まれない事情があってのことなんじゃ？　少なくとも、体を売ってまで夢を追いかけているのだから、かおるお姉ちゃんの覚悟は生半可なものじゃない。

　うちの学校に風俗店で働いてまで教師になりたい先生は何人いる？　一人もいないかもしれない。きっとかおるお姉ちゃんには大きな使命感があるんだ。どんな犠牲を払ってでも先生になって生徒に教えたいことがあるに違いない。そんな高い志を持っている彼女は素晴らしい教師になれるはずだ。見下しちゃいけない。俺よりはずっと上等な人間だ。

「おっかない顔ね」と彼女が指摘した。「力んでも出てこないなら、リラックスして頭を柔らかくして考えたら？」

　いけない。違うことに意識が向いていた。風俗嬢を蔑視していた自分を戒めている場合じゃない。だけど、かおるお姉ちゃんが世間から偏見の目を向けられていることへの怒りがどんどん沸き立ってくる。

「全身の力を抜いて。リラックス。リラックス。目を瞑って。インスピレーションを働かせて」

　俺は言う通りに瞼を閉じる。腕組みを解き、暗闇の中で秘密を探し始める。

「自分の隠し事じゃなくてもいいのよ。お父さん、お母さん、アヤちゃん。何かない？

峰岸さんでもいいわ」

　姉の家出は？　駄目だ。釣り合うほどの重さはない。じゃ、姉の下着を盗んでオンダに『ユーカの下着だ』と渡したことは？　それは誰にも知られたくない秘密だ。教えたくない。そう強く思えるのだから、取引に使える。

　でももしかおるお姉ちゃんがユーカたちに漏らしたら、俺の残りの中学生活は終了だ。経緯を説明するのもややこしい。ヨッシーの恋心を伏せて話さなくちゃならない。待てよ、いっそのこと『奥谷輝純がかおるお姉ちゃんにマジで惚れている』を差し出すか？

　俺は馬鹿か？　そんなことをすればこれまでの奔走やヨッシーの頑張りがパーだ。彼は一世一代の恋をしているんだ。それを俺の手でふいにすることはできない。他を探せ。何かあるはずだ。

　そうだ。あれは？　かおるお姉ちゃんの悲鳴を盗み聞きしたことは？　誰にも話していない悪い行いだ。いや、それも駄目だ。ちっとも重くない。軽すぎる罪だ。口外されても、大したダメージを受けない。ガキの悪戯で済まされる。

　むしろ中学生のくせに歯医者で悲鳴を上げた彼女の方が人に知られたくないことだ。だけど、何故か心に圧し掛かるものがあった。かおるお姉ちゃんの恥ずかしいところを見てしまった申し訳なさからか……あれ？　見たんだっけ？　よく覚えていないけれど見たような気も……。

唇に柔らかい感触がした。同じタイミングで頭の横で『カシャッ』という音がした。慌てふためいて瞼を開けると、眼前にかおるお姉ちゃんの顔があった。彼女の右手にはスマホが。「綺麗に撮れたわ」と満足げに言って俺に画面を見せる。

目を閉じた俺がかおるお姉ちゃんとキスしていた。なんてことを！　猛烈に取り乱したが、吐き気は全く起こらなかった。性的なキスじゃないからだ。俺の弱みを握るためだけのキス。性的欲求も恋愛感情もゼロ。そのことが少しだけ寂しかった。

「私の秘密をバラしたら、この画像を峰岸さんに送りつける」

「わかりました」

俺に選択の余地はない。セックスの恐怖に晒されるよりはだいぶマシだ。下着の件をカミングアウトするよりも。物事がいい方向へ転がっているとは思えなくなったけれど、最悪の事態は免れた。まだツキが残っている。そう信じたい。

【6月4日（木）】

騎馬戦の初戦が始まる直前に、オンダが大将用の長い鉢巻を俺に渡した。

「タクロー、大将を代わってくれ。後ろで逃げ回っているのは性《しょう》に合わねー。ガンガン攻めてーんだよ」と大きな声で言う。

負けん気が強く喧嘩っ早いオンダらしい発言に誰も違和感を抱かない。また、攻撃力の高いオンダを前線に配置するのは理に適っているので、スムーズに大将の交代が行われた。

騎馬戦の戦場は長方形だ。おおよそ横が八十メートル、縦が五十メートルくらいの広さ。白線で囲ってあって開戦前は横の線の外側に整列する。敵味方十二騎ずつ戦場を挟んで対峙《たいじ》し、スターターピストルが鳴ったら、一斉に白線を跨《また》いで、鉢巻を巡って争う。討ち取られた騎馬は速やかに戦場から退場する。騎馬が崩れたり、白線の外に出たりしても失格だ。

どこのチームも緻密なフォーメーションを組むことはない。マジになるのはカッコ悪いから。大雑把に攻撃陣と守備陣に分けて、あとは各騎馬が好きなように動く。大体は、三騎か四騎を自軍の大将の護衛役にし、残りの騎馬は闇雲に攻めるのがセオリーだ。

開戦の合図が轟くと、オンダがいの一番に敵陣に突っ込み、目にも止まらぬ速さで大将の護衛の騎馬から鉢巻を奪った。強襲に敵は大混乱に陥る。そこへオンダに続いて味方の騎馬が雪崩《なだ》れ込んだ。

オンダが次々に敵を蹴散らしたから、数的優位が生まれる。二騎がかりで一騎を攻め、敵の騎馬をみるみる減らしていく。一方的な展開に、種類の違う蟻《あり》の戦いを思い起こす。

小学校の授業で観たんだっけな。小二か小三の理科の授業。小さな茶色の蟻が寄って集って倍以上ある大きな黒色の蟻に噛みつく殺戮《さつりく》ショー。あの映像を観てから蟻が苦手になったんだよな。何回か巨大な蟻に追い回される夢を見たことがある。

そんなことを思い出しながら俺は最後尾で悠長にオンダの目覚ましい戦いぶりを眺めていた。俺を護衛する三騎の騎馬が敵を食い止めてくれるので、傍観しているだけだった。

攻撃陣が敵の大将を取り囲み、オンダが『横取りすんじゃねー！　俺の獲物だ！』と言わんばかりに特攻して仕留めた。圧勝だ。うちのチームは数騎しかやられなかったけれど、相手は全滅しかけていた。オンダはゲットした大将の鉢巻を自分の頭に巻き、両腕を猛々《たけだけ》しく掲げて自分の力を誇示するパフォーマンスを見せた。

オンダの獅子奮迅《ししふんじん》の働きがうちのチームに勝利をもたらしたことは、誰の目にも明らかだった。ヨッシーもあれだけの活躍ができたらいいのだが、それは高望みだ。みんながみんなオンダのようなスーパーマンじゃない。

かおるお姉ちゃんに裏の顔があることを知っても、俺はヨッシーの恋をアシストするスタンスを変えていない。彼に『辻ちゃんはヨッシーが思っているような女じゃない』と匂わすことも考えた。でも徒労に終わりそうに思えて断念した。

俺が何を言ってもヨッシーは止まらない。暴走し続ける。そして間違いなく失恋する。

人生を懸けて教師になろうとしているかおるお姉ちゃんが、実習先の中学生の告白を受け入れるわけがない。

だけど元から成就する見込みがゼロに等しい恋なのだから、このまま突っ走らせてあげてもいいだろう。不完全燃焼で終わるよりは全力でぶつかって木っ端《こ ぱ》微塵になる方が引き摺《ず》らない気がする。負け戦でも花々しく散ることができれば、いい思い出になる。

俺は一途《いちず》に『勝ち上がってこいよ』と祈ってヨッシーの初戦を見守る。銃声が鳴り渡り、運命の戦いが始まった。ところがヨッシーの騎馬は攻め上がらない。自軍の大将の近くに留まっている。護衛役なのか？　なんで？　敵の大将の首を取らないと目立てないぞ。護衛は地味な役回りだ。どんなに頑張ってもヒーローになれない。

ヨッシーはボディーガードに徹した。でも大将に接近する敵の騎馬と真っ向からは戦わない。俊敏な動きで敵の後ろに回って鉢巻を奪う。あまりの早さに背後を取られたことに気づかない騎手もいた。

すごい機動力だ！　驚異的なスピードに度胆を抜かれた。あれが特訓の成果か！　ヨッシーのかけ声に土台の三人がぴったり息を合わせて呼応する。正に、一心同体。いや、人馬一体か。

ヨッシーの戦い方は奇襲だ。悟られないように背中に回り込むか、一対一で戦っている味方の騎馬にサッと加勢して、敵の鉢巻を掠め取る。鍛え上げた機動力を駆使してちよこまかと動き、大将をがっちり守る。

敵が攻めあぐねているうちに、ヨッシーの方の攻撃陣が大将を討ち取った。これで俺とヨッシーのチームが決勝戦で争うことになった。おそらく彼は安全策をとったのだろう。初戦で負けたら元も子もない。

確実に決勝戦に駒を進めるために、護衛役を引き受けたんだ。自分の大将がやられなければ負けることはない。決勝戦では攻撃陣に加わり、俺を目指して突撃してくるはずだ。

しかし俺の見通しは外れ、ヨッシーは決勝戦でも自軍の大将の近くにいた。敵チームは初戦のオンダの無双ぶりに恐れをなしたようで、守備的だ。護衛の数を増やして大将を中心に団子になっている。ヨッシーは護衛役を強要されたのか？

敵チームは攻守の役目がはっきりしていた。攻撃陣は開戦と同時に、一斉に攻め込んでくる。守備陣がオンダの攻撃を凌いでいる間に、勝負を決める気だ。初戦と違ってうかうかしていられない。

俺は敵の動きに注意し、自分の護衛を盾にする位置取りを心掛ける。チャンスがあれば助太刀して敵の騎馬をやっつけたいが、不用意に前に飛び出したところを狙われたら一溜りもない。慎重を期さなければ。

五分五分の戦いだ。どちらも大将の前に護衛のブロックを作って近付けさせない。敵は三騎でオンダを囲み、自由にやらせない。あいつでもさすがに厳しいか、と思った矢先にオンダが立て続けに二騎の鉢巻を奪って包囲網を突破した。なんて奴だ！　均衡が崩れた。俄然《がぜん》優勢に。あと一分もしないうちに勝負はつくだろう。あっちの大将にヨッシーの騎馬のような機動力はない。討ち取られるのは時間の問題だ。

ヨッシーが大将になればよかったんじゃないか？　彼の騎馬なら逃げ回って時間を稼げる。その間に攻撃陣が奮起したら、勝機はあった。『ヨッシー大将の粘り強さが勝利を呼び込んだ』という注目の浴び方もあったのにな。

そんなことを考えつつ護衛の陰に隠れていると、ヨッシーの姿を見失った。あれ？　どこだ？　さっきまではいたんだけどな。知らないうちにやられちゃったのか？　首を伸ばして敵陣の方の白線の外にいないか確かめる。

その時、護衛のブロックの横から敵の騎馬が現れた。ヨッシーだ！　自陣から猛スピードで攻め上がり、ブロックの横をすり抜けてきたんだ。ぐるりと弧を描き、俺に突っ込んでくる。最初から虎視眈々《こしたんたん》と俺の首を狙っていたのか。

味方がいる方へ逃げるか？　真っ向から攻めてくるヨッシーに一撃でやられることは先ずない。後退しながら彼の攻撃をいなしていれば、仲間が助けてくれる。でも一騎討ちで負ける心配がないなら、逃げる必要はないんじゃ？　素早いのは土台だけで、腕の速さは並だ。腕力は俺の方が上。

よし、タイマンだ！　俺は土台に「前！」と指示する。俺が引導を渡してやる。きっと『大将の鉢巻まであと一歩で手が届きそうだった』と悔しがるだろうが、惜敗ならプライドを失わずにかおるお姉ちゃんに告白できる。

互いの騎馬が真正面から激突する。高身長の土台を編制したヨッシーは目算通り、高さを活かして上から攻撃を仕掛けてきた。俺は冷静に彼の手を振り払う。オンダみたいな速さの手捌《てさば》きじゃない。しっかり目で追える。落ち着いて対処すれば平気だ。攻め急いでいる彼の攻撃を防御して隙を窺うんだ。

ヨッシーが右腕を伸ばしてくる。俺は左手の甲で彼の右手を弾き飛ばした。その衝撃で彼の上体が傾く。いけるか？　いや、まだだ。早まるな。ヨッシーが無理な姿勢から左手で俺の鉢巻を狙おうとする。

その手を俺は右腕でガードした。彼の体勢が大きく崩れる。チャンスだ！　反撃に転じようとした瞬間、ヨッシーが防がれた左手で俺の右の手首を摑んだ。

「左！」とヨッシーが発する。

彼の土台がスーッと横へ動く。突然の動きに俺の土台はついていけない。だけど俺はヨッシーに手首を握られているから、引っ張られていく。土台から腰が浮き上がり、体が斜めになる。

どうすることもできなかった。四対一で綱引きをしているようなものだ。あっちは四人が一体となって綱を引く。こっちは俺一人だけ。勝負にならない。俺は土台から引き摺り下ろされた。

ヨッシーの取って置きの策は、土台の機動力と高さを武器にして奇襲をかけることじゃなかった。騎手の手首を摑んで急発進し、土台から落とす。それが秘策だった。決勝戦で大将を仕留めるために初戦では使わずに温存していたのだ。

銃声が高らかに鳴り、敵チームに軍配が上がった。劣勢からの大逆転劇にギャラリーは沸き立つ。稲妻みたいな速さで敵陣を突っ切り、大将を討ち取ってチームのピンチを救ったヨッシーは紛れもない勝利の立役者だ。

片や俺は戦犯だ。逃げればいいものを、ヨッシーの力を見くびって戦った挙句に足元を掬《すく》われた。言い訳のしようもない。ただ、体育祭にマジになっている人はごく一部だから、笑って済ませられたのは幸いだった。

オンダくらいは『なんで逃げないんだよ！』と責め立ててくるかと思ったが、彼も批判的なことは何も言わなかった。たぶん部活で外周をランニングしている時に、『男なら逃げないで受けて立てよ』『引導を渡してやれ』と煽った手前、口を噤んだのだろう。『男に二言はない』を貫くオンダは男の中の男なのかもしれない。

体育祭後、全校生徒で後片付けをする。校庭に散らばった紙吹雪の掃除。応援パネルの解体。テントや用具を体育倉庫へ運搬。何故か校内の大掃除もする。体育祭は校庭しか使わないのに。

ユーカに頼んでかおるお姉ちゃんを園芸部の墓場へ誘い出してもらった。自然に「あっ、これも運ぶんだった。辻ちゃん、手伝ってくれる?」と言って資材倉庫へ同行させてから、「ちょっと、ここで待ってて」と一人にする作戦だ。

俺はヨッシーと物陰から二人の動向を注視していた。ユーカが俺たちの方へ小走りでやって来て、かおるお姉ちゃんの死角で「頑張ってね、ヨッシー!」と激励する。

「ありがとう」

「丸ごとの想いをぶつけてこい」と俺も発破をかけて彼の背中を叩く。

「うん。行ってくる」

颯爽《さっそう》と歩き出す。迷いが感じられない足運び。騎馬戦での成功が彼を鼓舞しているのだ。

「おい。覗くなよ。辻ちゃんにバレるぞ」と俺はユーカに注意する。

「だって気になるじゃん」

俺たちの任務は見張りだ。資材倉庫に行くには必ずここを通らなければならない。ヨッシーの告白が終わるまでは通行禁止だ。誰が来ても『少しだけ、待ってて』と通せん坊。

「大丈夫だって」とユーカは懲りずにこっそり見ようと首を伸ばした。「あっ、もうヨッシーがコクり始めてる」

「マジで？」

俺も物陰から顔を半分だけ出す。いけないこととわかっていても、やっぱり人の恋路は興味を惹かれる。ヨッシーがかおるお姉ちゃんと向き合って口をパクパクさせている。何を言っているのかは聞こえないが、彼の横顔から真っ直ぐな気持ちが伝わってくる。頑張れ、ヨッシー！　知らず知らずのうちに手に力が入る。彼に感情移入しまくっていた。

「なんか企んでいると思ったら、こういうことか」と俺たちの後頭部に声がかかる。

心臓が口から飛び出たかと思うほど驚く。俺もユーカも覗き見のスリルに興奮していたために、自分たちの背後に人が忍び寄っていることに気がつかなかった。二人一緒に振り向くと、オンダがいた。

心の芯まで震撼《しんかん》したけれど、彼がヨッシーたちから見える位置に立っていたので、急いで後ろへ突き飛ばして「静かにしろ」と命じた。

「今、いいところなの」とユーカも叱る。

「友達の恋をバックアップすることにはケチつけない。けど、だからって騎馬戦でわざと負けてヨッシーに花を持たせるってどうなんだ？」

そう言って俺を見たユーカの顔に『本当？』と書いてあった。

「俺は手なんか抜いてない。あれはヨッシーの修業の成果だ」

「なら、なんで大将を代わった？　八百長の密約をヨッシーと交わしていたんだろ？」

「大将の交代はオンダが言い出したんでしょ。私、聞いてたよ」

「それはタクローが『言い出しっぺはオンダにしてくれ』って要求したからだ」と暴露してジャージの上着のポケットからくしゃくしゃになったマクドナルドの紙袋を窮屈そうに取り出した。「これと引き換えで」

戦慄が走った。ユーカに知られたらお終いだ。証拠を奪わなくちゃ。慌てて手を伸ばす。だけどオンダが紙袋を高く掲げる。ジャンプして掴み取ろうとしたが、スルッとかわされる。

それならば、俺は彼の体に抱きつく。バスケじゃないから取り押さえてもファウルにならない。チクるなんてルール違反だ。それでも男か？　ユーカにだけは見せられない。なんとしてでも死守せねば！

「放せよ！」

「話が違うぞ！　男の約束だろ！」

「おまえが男らしくねーことをしたのがいけねーんだ！」

「わざと負けてなんかねーよ！」

「男のくせに嘘つくな！」と怒鳴ったオンダは上体を低く落とした。「峰岸！」

バネを溜めてから飛び上がる。腕を振ってジャンプ。その勢いを利用して紙袋を投げた。俺は仰ぎ見る。空に舞った紙袋はユーカの頭上に落ちてくる。ナイスパスをユーカがキャッチ！

マズい！　俺は彼女に飛びかかりたかったけれど、今度はオンダが俺の体にしがみつく。

「峰岸、中を見ろ！」

「見るな！」

そう言われて見ないわけがない。平常心を失っている俺の言葉に説得力は皆無。わかっていても他に言葉が出なかった。ユーカは紙袋に手を突っ込む。中から姉のTバックが出てきた。

「これは？」とユーカは不可解そうな面持ちで下着を見つめる。

予想していた反応と違うことにまごまごしたオンダが「峰岸のだろ？」と確かめる。

それを聞いた彼女の目に殺意めいた光が灯《とも》る。そして女子らしからぬ完璧な投球フォームで俺にTバックを投げつける。

俺の顔に一直線に飛んでくる。オンダに押さえ込まれていたから、避《よ》けることができなかった。右頬に直撃する。

「誰の？ 誰から盗ったの？」とユーカが鬼のように顔を真っ赤にして吼える。

もう駄目だ。何を言っても言い逃れできない。ユーカは全てを悟った。大将の座とユーカの下着を交換するオンダとの約束。俺がユーカの家で下着をくすねようとした本当の理由。窃盗が発覚して咄嗟についた嘘。俺がひた隠しにしていたことが全部露見した。

「姉貴の」と俺は消え入りそうな声で白状した。

「は？ 俺を騙したのか！ どこまで性根の腐った奴なんだ！」

怒るのも無理はない。でも初めから欺くつもりはなかった。最善を尽くしてユーカの下着を盗もうとしたが失敗した。その末の苦肉の策だ。

「おい！ なんとか言えよ！」とオンダは俺の胸倉を両手で掴んだ。

「元はと言えば、オンダがユーカのパンティーを欲しがったのがいけねーんだろ」

「ああ。その通りだ」と簡単に自分の非を認めた。「峰岸、悪かったな。俺のことを軽蔑していいし、みんなに言い触らしてもいいぜ。罰はちゃんと受ける」

おいおい。一人でカッコつけんなよ。そこは『俺はなんも悪くねー！ 責任転嫁すんじゃねーよ！』と見苦しい真似をするところだろ。これじゃ、俺の最低っぷりが際立ってしまう。

「自分のことはどうなってもいい」とオンダが正義漢ぶって続ける。「ただ、タクローだけは許さねー。スパッツ番長の下着を摑まされたからじゃねーぞ。男なら、友達なら、正々堂々とヨッシーの恋を応援しろよ。ヨッシーが騎馬戦の八百長を提案したんだとしても、親友なら正すもんだろ！」

何も知らないくせに言いたい放題抜かしやがって。

「八百長はしてないって。ヨッシーに訊いてみればいいさ。俺は実力でヨッシーに負け……」

突如として「うあああああああああぁぁぁ」という叫び声が聞こえてきた。校舎裏に面する全部の窓ガラスを震わせるほどの大声。ヨッシーの声だ。俺たちは揃って体を傾け、首を伸ばして覗く。

かおるお姉ちゃんがこっちに向かって歩いてくる。その後ろで空を見上げるみたいにしてヨッシーが直立不動で号泣していた。自己主張せずに心の中に閉じ込めていた十五年分の感情。それが一気に解き放たれたかのような慟哭《どうこく》だった。

【6月5日（金）】

帰りのホームルームでユーカが「二週間ありがとうございました」と言ってかおるお

姉ちゃんに色紙を手渡す。定番の寄せ書きだ。クラスメイトみんなでメッセージをしためた。俺も『元気でガンバレよ！』と書き殴った。

ユーカが着席すると、俺は小早川の指示通りに起立し、教室の後ろにある掃除ロッカーに隠していた花束を取り出し、かおるお姉ちゃんに両手で渡した。花代は小早川のポケットマネーから。最後の最後に粋なことをするなんて心憎い。

「立派な教師になってください。辻先生なら絶対になれます」

「ありがとう」

義務的な拍手が起こる。みんなはかおるお姉ちゃんが感極まって泣き出すと予期していたが、案の定平然としている。俺以外の人には『名札の時の反省を踏まえて気丈に振る舞っている』と思えるだろう。彼女の計画通りだ。

恐ろしい女だ。だけど、もう関係ない。これっきりでバイバイだ。今はかおるお姉ちゃんに頭を使っている場合じゃない。俺の立場は非常に危うい。

昨日、学校中に轟いたヨッシーの慟哭に、校内にいた生徒や先生は『何があったんだ？』と騒然とした。たくさんの人が奇声の発生源である園芸部の墓場に面した窓に殺到した。ヨッシーは多くの人に醜態を晒しても尚、泣き続けた。

慟哭が発生した時間帯に校舎裏から姿を現したかおるお姉ちゃんの目撃談。ユーカがかおるお姉ちゃんを資材倉庫へ連れ出した事実。園芸部の墓場は告白のスポット。それらのことから、『奥谷輝純が辻薫子にふられたんだ』が導き出された。

そして『ひょっとして東山卓郎が騎馬戦で奥谷輝純に負けたのは故意なんじゃ？』『辻薫子にいいところを見せて惚れさせようとしたんだ』『東山卓郎と奥谷輝純は仲がいいから共謀したのかも』などの噂が立った。泣き崩れていたヨッシーを慰めたのが俺だったことが疑惑を深めた。

でも八百長疑惑が『限りなくブラックに近いグレー』に偏っていたり、悪い噂が異常な速さで爆発的に広まったりしたのは変だ。誰かが糸を引いている。陰でオンダが吹聴しているとは思えない。あいつは根回しをするような卑劣な男じゃない。おそらくユーカの仕業だ。俺の数々の所業に怒り心頭に発しているのだ。

今朝教室に入ると、女子たちからの視線が鋭かった。尖った目つきから『最低！』というテレパシーを感じ取れた。俺が登校する前にユーカが裏工作をしていたのだろう。男子は仲間意識や正義感が女子ほど強くないので、あからさまな拒絶感を俺に向けない。刺さるほどの視線じゃない。だけど態度が素っ気なく、話しかけてもつれない返事ばかり。誰も俺に近付こうとしない。

教育実習生への花束贈呈をする人が俺じゃなかったら、もっと盛り上がったはずだ。クラスの反逆者とその親友が惚れた女の組み合わせ。冷ややかな目で見ずにはいられない。

クラスメイトの中に『おまえは教育実習生の新たな門出に泥を塗ったんだ』と非難する人がいてもおかしくない。申し訳ない。想像力を働かせて学校を休めばよかった。俺がいなければ、みんなはかおるお姉ちゃんを温かく送り出せたと思う。本当に俺って最低だ。

ヨッシーは学校を休んだ。彼のクラスの担任に理由を訊ねたら「母親から『具合が悪いので休ませる』って連絡を受けた」と教えてくれた。担任も大失恋したことを知っていると思うけれど、表向きは体調不良が好ましいのだろう。

昨日、俺の小さな脳味噌に詰まっている言葉を総動員してヨッシーに慰めの言葉をかけた。でも彼は一度も口を開かなかった。繰り返しＬＩＮＥやメールを送っているが返事はない。

昼休みに母から〈輝純くんのお母さんが『テルちゃんが昨日から何も口を利かないの。どうしたらいいのかしら？』って困り果てていたから、輝純くんの様子を見に行ってあげて〉というＬＩＮＥが届いた。俺は顧問に事情を話して部活の練習を休ませてもらった。

ヨッシーのことも心配だけれど、騎馬戦について彼と足並みを揃えて『八百長なんて働いてない！』と公言して回らなくてはならない。そうしないと、俺たちは汚名を着せられたままになってしまう。賢明なヨッシーに今後の振る舞い方を相談したい。

テルママは俺を歓待した。俺に手を合わせて「テルちゃんが部屋から出てこないのよ。お願い。あの子を助けて」と拝む。悪霊に取り憑《つ》かれた子供を救いにやって来た霊媒師のような心境だ。

俺は「二人にさせてください」と頼んで一人で二階へ上がる。ヨッシーの部屋をノックして「俺だ。卓郎だ」と呼びかける。返事はない。耳をじっと澄ましてみる。だけど物音はしない。寝ているのか？　もう一度叩こうとしたら、音もなくドアが少しだけ開いた。

幽霊みたいな青白い顔をしたヨッシーが立っている。昨日も生気の抜けた顔をしていたが、一日経って更に悪化した。生命力を全く感じない。まるで抜け殻だ。

「寝てないのか？　顔色が悪すぎるぜ」

冗談めいた言い方をしたかった。でも口元が引き攣《つ》ってうまく笑えない。彼はドアを大きく開けて体を斜めにする。『入っていいよ』ということらしい。

重い足取りで入室する。蛍光灯は点いていなかったけれど、カーテンは閉ざされていないので陽《ひ》の光が射し込んでいる。部屋の中は特に荒れていない。普段と変わらずに整理整頓が行き届いている。ネットサーフィンをしていたのか、パソコンがスクリーンセーバー状態になっていた。

俺は社長椅子に座り、横柄ぶって足を組んだ。いつもと同じことをしよう。その方がどっちも徒《いたず》らにぎくしゃくしないはずだ。

「ヨッシー、俺は『元気だせよ』なんて軽々しく言うつもりはない。おまえがスゲー頑張ったことは俺が誰よりも知っているから。本当にスゲーよ。見直したぜ。俺はヨッシーの友達であることが誇らしいよ」

友情を前面に出して心を解きほぐそうとしたが、彼はドアの近くで突っ立ったまま。表情に変化はない。本当に幽霊なんじゃ？　そう思わせる不気味な空気が部屋中に充満していて、窓を開けたくなった。

「俺たちはなんでも言い合える友達だろ？　遠慮しないで吐き出せよ。全部受け止めてやっから。辻ちゃんにひどいことを言われたのか？『イケメン以外は彼氏にしない』とか、『金持ちじゃないと嫌だ』とか」

かおるお姉ちゃんが裏の顔を発動させて、心無い言葉をヨッシーに浴びせたのか？彼の顔色を窺った。だが、相変わらずの無反応。

「もしそうなら、そんな女はヨッシーが惚れるに値しないぜ。付き合わなくて正解だ。ヨッシーにはもっと相応《ふさわ》しい女がいるさ。なんてったって、騎馬戦でヒーローになったんだ。ヨッシーの大活躍にキュンとしてファンになった子がいっぱ……」

「価値がないって」とぼそりと零す。

「なんて？」

聞こえていたけれど、唐突な発言にびっくりして訊き返してしまった。

「価値がないんだって」

「辻ちゃんはそんなことを言ったのか？　ヒデー！　世の中に価値のない人間なんていねーよ。いるとしたら、辻ちゃんみたいなヒデーことを言う奴だ」

やっぱりかおるお姉ちゃんは裏の顔を出したんだ。ヨッシーの強い想いを断ち切るために、あえて厳しいことを口にしたのだろう。あるいは未練が残るような断り方をして付き纏われたら、夢への障害になると思ったのかもしれない。どっちにしても、ここは彼女を悪者にしてヨッシーを立ち直らせよう。

「そうじゃない。辻先生は『人の価値は何かができることじゃない。もちろんできるようになるための努力は尊い。頑張ることはとても大切。でもどんなに勤しんでもできないこともある。持って生まれた資質はどうにもならない。だからできないことは恥ずかしいことじゃないし、できることが立派なことじゃない。人の価値はできるできないでは決まらないの』って言った。僕のやったことは価値がなかったんだ」

「じゃ、何で価値は決まるんだよ？　頭を捻りまくって、一生懸命に特訓したヨッシーが本番で劣勢を撥ね返して騎馬戦でヒーローになった。それってスゲーことだろ」

「人の価値は記録に残ることや数字で表せることじゃないんだって。年間でホームランを五十本打った選手を『すごい！』って無闇に褒め称える人は、五十人を殺した連続殺人犯のことも『すごい！』って感じる。辻先生が『奥谷くんにはそういう人になってほしくない』って」

後頭部をプラスチック製のバットでフルスイングされたみたいな衝撃を受けた。すでに俺はかおるお姉ちゃんが言う『そういう人』になっている。偉大な記録を打ち立てたスポーツ選手を無条件に尊敬するように、三億円事件の犯人のことを英雄視したことがある。

テレビの『世界の凶悪事件簿』的な犯罪の再現ＶＴＲにわくわくする。警察の捜査を掻い潜って犯行を繰り返す殺人鬼に畏敬の念を覚え、刑務所から脱獄を試みる悪知恵の働く受刑者に『よくも、そんなことを思いついたな』と脱帽する。俺の『スゲー』には善悪の区別がないのだ。

「辻先生はすごい人には靡かないんだ。『運動や勉強ができたり、偏差値の高い学校に入ったり、お金をいっぱい稼いだりしても、その人が素晴らしい人間であるとは限らない』って。人より何かができることを『すごいだろ？』ってひけらかしている人を嫌っている。できる人はできない人のことを多かれ少なかれ、意識的無意識的に拘わらず見下しているから、何もできない人の方が好きなんだって」

「努力してできるようになった人はちょっとくらい他人を見下したっていいじゃん。できない人よりも何倍も頑張った結果なんだから」

「僕も同じことを辻先生に言ったよ。そうしたら『人は他人のためだけには頑張れない。必ず自分のためが含まれる。自分のために努力しておきながら人を馬鹿にしたら、馬鹿にするために努力したことと同じなの』って。図星だった。僕は辻先生のために『いい男になろう』と奮闘したつもりだったけど、全部自分のためだった。自己満足でしかなかったんだ」

「恋なんてそんなもんだろ。好きな人を振り向かせるために頑張っちゃいけないんだったら、ほとんどの人が片想いで終わっちゃうぜ」

「タクローみたいに無欲でも彼女を作れる人しか恋をしちゃいけなかったんだよ。僕のような心の汚い人間に恋をする権利はない。僕みたいなのは生きている価値もないんだ」

思い詰めた顔。乾ききった声。虚《うつ》ろな目。今にも自殺を図ってしまいそうな絶望感がヨッシーを何重にも取り囲んでいる。俺は部屋を見回す。窓は俺の方が近い。二階から飛び降りようとしても押し留められる。勉強机に載っているペンスタンドにカッターナイフが入っているが、それも俺の射程圏内だ。

「そんなわけねーだろ。辻ちゃんがヨッシーの良さを理解できなかっただけだ」

「慰めはいいよ。もう死にたい。僕は無価値なんだ」

「早まんなって」と俺は言い、両手を前方に出して『落ち着け』というジェスチャーをする。「価値観の相違ってヤツだ。ヨッシーと辻ちゃんは合わなかったんだ。ヨッシーが悪いわけじゃねーよ」

「僕が悪い。恋を実らせたくて汚らわしい人間に成り下がった。クラスメイトに賄賂を渡して騎馬戦の騎手の座を得た。恋した弾みで気持ちが大きくなって部活でも積極性を出したら、面白いようにシュートが決まってデカい顔をした。騎馬戦でタクローを負かした時、『この学校で一番強いのは僕だ!』ってみんなを見下した」

「うまくいった時は誰だって調子に乗るもんだ。そんであとになって反省する。よくあることだ」

「僕はもう駄目なんだ。人の上に立つ高揚感が忘れられない。反省しても元の僕には戻れないんだよ」

ヨッシーは気がついてしまったんだ。自分の醜さに。俺が不安に感じながらも目を背けていたものをヨッシーは直視した。彼の自意識は箍《たが》が外れて垂れ流し。誰にも元通りにできない。ヨッシー自身もお手上げだし、たとえ元に戻せるとしても彼には戻す気は起きない。絶えず人の上に立っていたいのだ。

「だから死にたい。僕は無価値どころか害なんだ」

「馬鹿なことを言うな。親が哀しむぞ」

「ママに内緒でこそこそ悪いことをしていた僕なんていない方がいい。生きていても親不孝なことしかしないよ」

「死ぬのが一番の親不孝だろ。俺だってヨッシーが死んだら哀しい。哀し過ぎてどうなっちゃうかわかんねー。それくらい哀しくなる」

「タクロー、ありがとう。僕、タクローにきついことを何度か言っていたよね。僕がどんどん嫌な奴になっていったのに、友達でいてくれて本当にありがとう」

二回目の『ありがとう』が『さようなら』に聞こえた。もうタクローにも迷惑をかけたくないんだ、という意味か？

「感謝なんかいらねーよ。ヨッシー、気をしっかり持て。辻ちゃんの言うことなんかに惑わされるな。あの女は風俗でバイトしてんだ。そんな女の……」

「風俗！」とヨッシーが素っ頓狂な声を上げる。

俺は我に返り、口を滑らせたことに気づいた。

「タクロー、本当なの？」

ヨッシーが腹を空《す》かせた犬みたいにがっついた。言ってしまったものはどうしようもない。ヨッシーはふられ、教育実習も終わったから、二人にはもう接点がない。話しても大丈夫だろう。

もし俺が漏らしたことがかおるお姉ちゃんに伝わって、彼女が脅しの画像をユーカに送ったとしても問題ない。ユーカとの関係は修復不可能。すでに火は燃え盛っている。油を注ごうが水をかけようが大差ない。

消火できないもののことよりも、今は目の前にある命が重要だ。どんなことをしてでもヨッシーを説得する。この一週間で俺はたくさんのものを失った。姉、恋人、信頼、地位。更にヨッシーまで失ったら、本当に俺はおかしくなってしまう。彼の命だけは守るんだ。

「ああ。本当だ」

「タクローは嘘が下手だよね。いくら引き留めたいからってひどい嘘だよ」

「嘘じゃない。たまたま風俗店のサイトで見たんだ」

言い終わらないうちにヨッシーが俺へ突進してきた。かおるお姉ちゃんのことを侮辱されたと思って逆上したのか？　俺は慌てて立ち上がったが、彼は俺に摑みかかろうとしたのではなく、勉強机の上のパソコンが目当てだった。中腰になって操作する。

スクリーンセーバーから復帰した画面を見て俺はギョッとした。自殺の方法に関するサイトだった。

「なんて店？」とヨッシーはせっかちに訊く。

俺が店名を教えると、大きな音を立てながらキーを叩いて検索しだす。ところが、かおるお姉ちゃんの画像がなかった。削除されていた。証拠隠滅だ。

「マジであったんだ」

「この人たちみたいに目元を隠しているから、断定するのは難しいよ」と画面を指差す。

「あの歯は辻ちゃんだった。歯フェチの俺が見間違えるわけがない」

「タクローの歯フェチは行き過ぎているんだね。ちょっと引いちゃったよ。こういうのに興奮する気持ちは僕にはわからない」

安心感からか、俺を小馬鹿にする言葉が躍動していた。

「俺が変態なのは否定しないけど、辻ちゃんだった。本人も認めた」

「いつ？　いつ二人でそんな話を？」

「一昨日に。口止めのために俺を家へ呼びつけたんだ。そのメールがある」

俺はスマホを取り出し、かおるお姉ちゃんからのメールを見せる。そしてあらぬ疑いをかけられないように、「きっと連絡網から俺のメアドを知ったんだろうな」と言い、「辻ちゃんは美人なルームメイトと暮らしているんだ」と早口で伝えた。

ヨッシーは俺のスマホを凝視したまましばらく立ち尽くしていた。

「ヒデー女だよな。風俗でバイトしているくせに、ヨッシーに説教するなんてどんだけツラの皮が厚いんだよ」

恋い焦がれた人の言葉をネガティブに捉え過ぎてどん底に落ちてしまったヨッシーを引っ張り上げるためとはいえ、彼女を非難することに大きな抵抗を感じた。ごめん、かおるお姉ちゃん。

「本当に厚いよね」

いいぞ。ヨッシーが同意した。このまま悪口大会にもっていって絶望感を吹き飛ばすんだ。

「全くだ。自分のことを棚に上げて、よくも教師ぶって……」

「タクローのことだよ」

「えっ？」

「よく平気な顔で『俺たちはなんでも言い合える友達だろ？』なんて抜かせたね。自分は辻先生の秘密を隠していたくせして」

「懇願されたんだ」

「要するに、僕よりも辻先生が大事だったんだね。辻先生は歯並びが綺麗だもんね。歯フェチのタクローには峰岸さんの八重歯じゃ満足できないのは当然か。ひょっとしてタクローも辻先生に惚れていたんじゃないの？」

「そんなんじゃねーって。脅迫されていたんだ。バラしたらあることないこと言い触らしてユーカとの仲を引き裂くぞって。俺がガキの頃に辻ちゃんがうちでご飯を食べていたことをユーカに内緒にしていただろ。それを知られると面倒なことになる。一つ本当のことがあれば、あとが全部嘘でも信憑性《しんぴょうせい》が増すから」

キスの写真を撮られたことは話せない。益々拗れてしまう。

「もういいよ。何を言っても自己弁護にしか聞こえない。タクローは僕よりも上位に立ちたかったんでしょ？　ずっと応援している振りをして『可哀想に。ヨッシーは何も知らずに辻ちゃんに恋してる』って鼻で笑っていたんだ」

「そんなことを思うわけがないだろ」

「本当に思っていなくても、無意識のうちに下に見ているんだよ。僕のことだけじゃない。タクローはみんなを見下ろしている」

「んなことねーって」と俺は声を張り上げて否定した。「俺がいつみんなを上から目線で見た？」

「いつもだよ。自分では気がついていないと思うけど、タクローは生まれ落ちた場所に胡坐《あぐら》をかいているんだ。『俺は歯医者を継ぐ人生が決まっているんだから、みんなのようにあくせく夢を探したり、将来を不安がったりしないでいい。歯科大学に入れる程度に勉強して、遊び半分でバスケをして、のらりくらり青春を楽しもう』って余裕ぶっこいてるんだよ」

「逆だ。俺はみんなが羨ましい。自由な未来があるから」

「被害者ぶるなよ。『羨ましい』ってのは本心かもしれない。でも未来が定まっていることに安心もしているでしょ？　心のどこかでは『歯医者なら、いいか。世間のイメージは悪くないし、収入も低くない。お祖父ちゃんの代から地元に親しまれている歯科医院だから、潰れることはない』って安心しているはずだ。違う？」

違う、と言いたかった。だけどどういうわけか口が開かなかった。上唇と下唇が瞬間接着剤でくっついたみたいだ。ヨッシーが正しいから？　確かに歯医者はどちらかと言えば、『なりたくない職業』には入らないような……歯科大学の偏差値はそれほど高くないし……。

「タクローがどんな時でもマイペースでいられたり、物怖じしないでいられたりするのは、親のおかげなんだよ。それを自覚した方がいい。自分の個性や能力じゃない。単に親から受け継いだだけのボンボン。親の七光りを浴びているから、明るい場所に立っていられるんだよ。本当は愚鈍のくせに、人よりも視野の広い考え方ができるのも親のおかげだ。高い場所に立たせてもらっているだけに過ぎない」

考えたこともなかったが、咀嚼《そしゃく》してみると『そうかもしれない』と思えてしまう。自分がちっぽけな人間だったことに大きく凹んだ。そしてヨッシーが腹の底では俺を『親の七光りのボンボン』と見なしていたことが何よりもショックだった。

「タクローの潜在意識には『俺の人生は保証されている』っていう安心感があるんだ。だから何かに守られていることが当たり前だと思っている。その裏返しで、『いつも安全地帯にいたい』って望む。本能的に何かを盾にする性《さが》があるんだよ。親の職業。絢菜さんの腕力。峰岸さんの人気。虎の威を借りてばかり。タクローは自分の力では何もできない卑怯者だ」

何一つ言い返せない。ことごとく心当たりがあった。俺は本当に厚顔だ。自分が自分であることが恥ずかしい。今後どのツラ下げて生きていったらいいんだ？

「自分が安全な場所にいたいから、人よりも上位にいたいから、僕に辻先生の秘密を明かさなかった。峰岸さんに本音を曝け出せなかったのは、相手を傷付けたくないからじゃない。対等な関係を築きたくないからだ。人にありのままの自分を知られるのが怖くて仕方がない。丸腰は嫌だ。いざっていう時のために何か武器を隠し持っていたい。そんな卑怯者のタクローに、辻先生や僕のことをあれこれ言う資格なんてない。もう帰ってよ」

俺はその言葉に従わざるを得なかった。いや、喜んで従った。今までのうのうと生きてきたことが申し訳なくて、もうヨッシーの前にいられなかった。無言で部屋を飛び出して階段を駆け下り、テルママにも何も言わずに外へ。そしてわけのわからない声を上げながら自宅へ逃げ帰った。

【6月17日（水）】

枕元のデジタル時計が淡々と時を刻み、八時半を過ぎていった。頭の中にチャイムが流れる。遅刻が確定すると、『今日もサボろう』と踏ん切りがつく。そして束の間の罪悪感と優越感に浸った。あとからやって来る虚しさに備えてたっぷりと。

先週の月曜の朝、親に「少しの間、学校を休みたい。姉貴からの電話に出たいんだ。もう六日も連絡がない。心配で学校に行っている場合じゃないよ。次にかかってくる電話を取れなかったら、その次はいつになるかわからない。もうかけてこないことだってあり得る」と訴えると、簡単にＯＫしてくれた。

毎朝、姉の高校へ欠席の連絡を入れていた母が俺の中学にも「息子の体調が思わしくないので休ませます」と電話することになった。母も父も俺のことを姉想いの弟だと捉えているのだろう。姉のことを全く心配していないわけではないけれど、九分九厘自分のためだ。みんなの目が怖くて学校に行きたくない。

今まで俺は自分に対して明確な自信を持っていなかった。飛び抜けた長所が何もないから、普通の人間だと思っていた。でもストロングポイントがないことを卑下することはなく、『下を向いていても意味はない。人生はなるようにしかならない』と楽観的に生きてきた。その生き方が驕りとは露知らずに。

俺の潜在意識の中には、悲観的にならないでいい安心感があったのだ。親が用意してくれている人生。その安定した土台に立っていた俺には怖いものがなかった。約束された将来がある。歯科大学に入れるだけのほどほどの偏差値があれば、あとは適当でいい。学生時代にクラスの人気者になれなくても、歯医者になったら父のように性格の優しいお嫁さんを貰ってそこそこ裕福な暮らしができる。勝ち組の未来が俺を待っているんだ。強く意識したことはなかったが、そういう安心感が俺に落ち着きと度胸を与えていた。

ヨッシーに指摘されるまで無自覚だった俺はとんだ自惚《うぬぼ》れ屋だ。そんな俺を周囲はどう見ていたんだ？　興味津々で夢を訊き回っていた俺を『歯医者の跡取りがわざとらしく羨ましがるな』『見下すために訊いてんだろ』『歯医者に比べたら俺の夢はちんけだよ。馬鹿にしやがって』と疎ましく感じていたんじゃ？

みんながみんなヨッシーみたいに心の中で『親の七光りでいい気になんなよ』と非難していたら？　俺はずっと鼻摘み者だったのかもしれない。俺が友達だと思っていた人たちは、親に『昔から世話になっている歯医者だから、そこの跡継ぎと仲良くするのよ』と言われていた。それで渋々俺の図々しさに目を瞑っていたのでは？

その証拠に一週間以上休んでも誰からも連絡が届かない。スマホは死んだように眠り続けている。姉からの電話もかかってこない。俺はみんなから嫌われていたんだ。両親も後継者だから無下にしないだけで、本当は俺のことを好いていないのだろう。

無性に姉に会いたくなった。今なら姉がどんな気持ちでこの家で暮らしていたのか自分のことのようにわかる。俺たちは『継げない者』と『継ぐ者』、それぞれの宿命を背負わされた。両親を落胆させた命と歓喜させた命の違いはあっても、不自由であることは共通する。俺の気持ちを理解できるのは姉だけだ。

姉を捜しに成り行き任せの旅に出ようか？　俺ももうこの家にいたくない。東山歯科クリニックの後釜として生まれてきたばかりに、俺の人格も人生も固定されている。決まりきった生き方になんの意味があるんだ？　ここにいたら俺は無価値な大人になってしまう。家出しよう。

早速、荷造りを始める。先ずはお金だ。貯金箱の中から小銭を出していると、スマホが鳴った。久し振りに音を発したせいか、やけに大きく聞こえた。瞬間的に『姉貴か？』と期待した。姉弟の心が繫がったから、電話回線も結びついたんじゃ？

液晶画面を覗くと、知らない携帯電話の番号。恐々とタップして耳に当てる。

「もしもし？」

「おはよう。タクちゃん」

かおるお姉ちゃんの声だ。

「おはようございます」と条件反射で返す。

「今、学校？」

「えっ、あっ……はい」

嘘には懲り懲りしているのに、また嘘。

「悪いけど、今すぐ授業をサボって原宿へ来て。さもないと世にも恐ろしいことが起こるよ」

キス画像をユーカに送られても、もう痛くも痒くもない。好きにすればいい。でも家にいても居心地が悪いだけだから、「一時間くらいで行けます」と言った。

原宿駅で降りて改札を出ると、かおるお姉ちゃんがすでに待っていた。白シャツとジーンズとスニーカー。俺と似たり寄ったりのカジュアルな恰好だ。化粧や髪型も教育実習生の時と同じでホッとする。風俗嬢仕様だったらどぎまぎしただろう。

「待ちましたか？」

「来ないかと思った。途中で気が変わって」

「どうしてそんなことを思うんですか？」

「人を待ったことがないから」

「本当ですか？」

「待たされたことはあるけど、誰かが来るのをうずうずして待ったことはない」

幼少期になかなか帰ってこなかった母親のせいで、待つことを諦めてしまったのかもしれない。

「俺に来てほしかったんですか？」

「一人じゃ入り難いお店なの」

淫《みだ》らな妄想が頭を掠めた。カップル限定の店で他の客とパートナーを交換して性的なことをするんじゃ？　途端に吐き気が胸に広がり、口の中が酸っぱくなる。

かおるお姉ちゃんが「こっち」と言って歩き出す。

「なんの店なんですか？」

「奢ってあげるから、財布の心配はしないでいいよ」

「そうじゃなくて……」

突然、手首を握られた。

「逃がさないから。何がなんでも付き合ってもらう」と明言して強い意志を握力で示した。

手首がきつく締まったが、全力を出せば振り解《ほど》けそうだ。なら、店に着いてからでも逃げるのは遅くない。俺の思い違いの可能性もあるし、大人しく連行されよう。

「わかりました」

「なんかパッとしない顔ね。嫌なことでもあった？　峰岸さんにふられちゃった？」

「何も」

「強がらなくてもいいのよ。悩みがあるなら聞いてあげる。私はタクちゃんよりも七つも年上なんだから、同い年の子よりはワンランク上の相談相手になれると思うけど」

狡いよ。今優しくされたら、どんな人にでも好意を寄せてしまう。人の心が動くのはタイミングだ。そのことを身を以《もっ》て理解した。『騙されちゃ駄目だ』と用心しても、彼女の言葉が激しく胸を打ち続ける。

不安がいっぱい詰まった胸はちょっと小突いただけでも、弱音が漏れる。堪えられない。俺は「ヨッシーと喧嘩したんだ」とあっさり明かすと、堰《せき》を切ったように胸に溜め込んでいた感情をぶちまけた。

怒濤《どとう》のごとく捲《まく》し立てて喋る。抑制できない。ずっと吐露したかったんだ。一人で抱えるのが辛くて誰かに聞いてほしかった。かおるお姉ちゃんには悪いけれど、受け止めてくれるなら誰でもよかった。

行き交う人たちの何人かは喧しい俺に白い目を向けた。でもかおるお姉ちゃんはウザそうにしなかった。ちゃんと俺の言葉に耳を傾け、丁寧な相槌を打つ。昔と同じだ。少しも邪険にすることなくガキの俺と遊んでくれた。あの時に戻って人生をやり直したい。

あらかた話し終え、勢いが衰えた頃に「ここよ」と目的地に到着した。看板に七色のパンケーキが積み重なったポップな絵が描かれていて、店の前に十人ほどの列ができていた。

「開店前なのに、さすが人気店ね」

驚いた。平日の朝の十時から並んでまでパンケーキを食べたい人がこんなに。よっぽど美味しいのか、単なる暇人なのか？

「パンケーキだったんですね」と俺は安堵する。

「嫌いじゃない？」

「食べられますよ」

「お客が女子だらけでも大丈夫？」

列には女しかいない。俺たちとタッチの差で後ろに並ぶことになった二人組も女同士だ。

「少し恥ずかしいけど、そんなには気になりません」

「よかった。前々から食べてみたかったんだ。でも一人で入る勇気がなくて」

「ルームメイトの人は？」

「今日は習い事があるの」

他に友達や彼氏はいないようだ。

「逃げないから、手を放してくれませんか？」

「お店に入るまでは駄目。タクちゃんは嘘つきだから」

嫌味か？　いや事実を言っただけだ。店に着くまでの間に、みんなについた嘘を包み隠さずにかおるお姉ちゃんに告白した。彼女は大人であることに加え、もう俺の生活圏にいない人なので、すらすら打ち明けられた。

「かおるお姉ちゃんには嘘を言いません」

彼女には取り繕う必要がない。俺は親の七光りがなければ何もできない臆病者だ。そのことを自分の口でかおるお姉ちゃんに告げたのだから、これからどんなにカッコつけても無駄だ。

「私はつくわよ」

「構いません」

「あっ、話の腰を折っちゃって、ごめんね」と謝って話を元に戻す。「えーと、学校が怖くてサボるようになったところまで聞いたね。続けて」

「もう大体話したので」と言ってから俺は左右に目線を送り、『人に聞かれたくない』という意思を伝える。

歩いている時は通行人に聞かれても断片的な情報だから、『なんのことを喋っているのか理解できないはず』と注意を払わなかった。でも並んでいる人には大まかな内容を把握されてしまう。

「人生の先輩として言わせてもらうけど、タクちゃんが考えているほど世間は他人に関心がない。今からタクちゃんが大声で『あの未解決事件の犯人は俺なんだ』って告白して克明に犯行の詳細を語りだしても、誰も通報したりしない」

「まさか？」

「そんなもんよ。みんなタクちゃんがどんな人間だろうと興味ない。見ず知らずの人間に限ったことじゃない。学校や近所でも無関心は横行している。みんな聞いているようで聞いていない。見ているようで見ていない。心に留める人は一人もいないの」

最後の方の言葉は熱を帯びていた。彼女の母親の育児放棄を見て見ぬふりをした大人たちがたくさんいたのかもしれない。救いの手を差し伸べてくれた俺の父には感謝しているが、他の人には見捨てられ続けたせいで心に人間不信が深々と刻まれているんじゃ？

「何か不満そうね？　言いたいことがあるなら言っていいよ」

「いや、別に……」

「言って」

「あの、周りの人が自分に関心がないと思っていても、パンケーキを一人で食べるのは恥ずかしいんですか？」

「恥ずかしくはない。でも私だって寂しさを感じる時があるのよ。『寂しい』と『恥ずかしい』は違うの」

「ごめんなさい」

彼女の幼少期に触れたくなかったので、つい揚げ足をとってしまったのだ。

「謝る必要はないよ。私が言いたいのは、タクちゃんは意識し過ぎってこと。疑心暗鬼に陥っているから、『みんなが自分を嫌っている』って思い込んでいる。平気よ。みんなタクちゃんにそんなに注目していない。高が歯医者の息子でしょ。それくらいじゃネチネチ妬《ねた》まないわよ」

「本当ですか？」

「普通の家の人ならね」

パンケーキ屋の店員が「アロハ」と挨拶してかおるお姉ちゃんにメニュー表を渡した。回転率を上げるために開店前にオーダーを取っておくのかも。俺たちの後ろに次から次に人が並んでいく。

「私は食べたいものが決まっているの」と俺にメニュー表を回した。「好きなの食べていいからね」

弱った。見慣れない片仮名のオンパレードで頭がこんがらかる。『ハーブクリームチーズディップ』『クランブル』『レッドオニオン、ムラサキキャベツのスプラウト』『コンフィ』『レッドキドニービーンズ』などなど。どんな食べ物なのか全然イメージが湧かない。

とりあえず俺は「この『シェフのおすすめ』にします」と無難な選択をした。

「私と違ってよかった。一口ちょうだいね」

「はい」

無邪気に笑う彼女を見て心が和む。そうだよな。二十二歳だもん。そんなには大人じゃない。まだスイーツにテンションが上がる年頃なのだろう。

「かおるお姉ちゃんは俺を嫌っていたんですか？」

「もちろん。私は普通の家の人じゃないからね。大嫌いだった。昔の私にとっては歯医者の息子は眩《まぼゆ》い存在だった。親に可愛がられていて、将来が決まっていて、何不自由なくのほほんと暮らしている。憎らしくてしょうがない。だけど恩人の息子だから冷たくできなかった」

「無理して遊んでくれていたんですか？」

「そうよ。私からしたら、『今更、落ち込んだって無駄。タクちゃんはずっといけ好かない奴だったんだから』って感じよ。そんなわけで割り切って元気だしなよ」

「そんな励ましで立ち直る人はいるんですか？　それに、元気になったところで俺の人生はどうにもならない。親が用意したレールを進むだけ。頭も心も空っぽの跡継ぎ。俺なんてただの操り人形なんです」

「くだらないことを言っていると本当にくだらない人間になっちゃうよ。いい？　子供なんて親の遺伝子のお下がりなんだから、親に影響されて当然。一緒にいる時間も長いんだし。でも子供は親の言う通りに動くロボットじゃない。操り人形なんかでもない」

「けど、俺にはなんもない。東山歯科クリニックの看板がないと何もできないし、何もできないくせに、もうその看板を背負うこともできないんです」

今までは親に与えられる未来に胡坐をかいていたから、自分を形成できた。だけどこれからは安心して踏ん反り返っていられない。なんの努力もしないでふてぶてしくのさばっていることがただただ恥ずかしい。

「中学生が生意気なことを言うんじゃないの。まだ十五歳でしょ。自分がなくて当たり前よ。心に芯がある中学生なんて気持ち悪い。言うこととやることがいい加減のフニャフニャな精神でいていいの。それが中学生の特典なんだから」

「でもみんなちゃんとしてる。ユーカもヨッシーもオンダも自分がある」

自分の中心に確かな芯があるように感じる。

「みんな張りぼてよ。虚勢を張っているだけ。あの手この手で『自分は特別だ』って暗示をかけようとしているの。それか、親からのお下がりや他人の言葉を自分のものだと勘違いしているのよ」

「そういうものかな？」と信じきれない。

「中学生の頃から完成した人ばかりだったら、もっと若いうちに選挙権を与えているわよ。タクちゃん、『虚勢』ってどう書くの？」

「そう。みんな自分に勢いをつけようと足掻いているの。必死にポーカーフェイスを作って。そういうのって虚しいでしょ？」

「虚しい勢い？」

「なら、そんなに生き急がないで。自分探しなんて不毛よ。時機が訪れれば、自分だけの自分が勝手に備わるものなんだから。好もうが好むまいが、そういうものなの」

「まあ」

かおるお姉ちゃんの言葉が心の隅から隅まで届いた。なんでこんなにまで浸透するんだ？　不遇な人生に裏打ちされた言葉だからか？　思えば、かおるお姉ちゃんは幼い時から自分の足で立たなければならなかった。自分を確立しないことには、生きていけなかったのだ。

親に頼れなかった彼女がガキの俺に反感を持っていたのは必然だ。俺とは真逆で親から何一つエゴを託されていなかった。操り人形でも着せ替え人形でもない。無関心。それは暴力よりも残虐なものかもしれない。自分の影響力がゼロ。それほど哀しいことはあるだろうか？

彼女の母親の目には娘の姿が映らない。娘の声が鼓膜を震わせない。母親の心には娘が入り込むスペースはない。娘が亡くなったとしても『清々した』とも思わないんじゃや？　実の子なのにどうでもいい存在なんて、あんまりだ。

俺はあの頃のかおるお姉ちゃんと同じ歳だ。彼女は『中学生はフニャフニャな精神でいていい』と説いたけれど、俺は十五歳の後藤薫子のようにタフになりたい。親の期待を背負うにしても、家出するにしても、強くならないと前に進めない。だからディープな話題に怖じ怖じと踏み込んだ。

「かおるお姉ちゃんが中学生だった時は、もう自分が出来あがっていたんじゃないんですか？」

「必要に迫られていたからね」

「俺も迫られている。今、自分らしさを得られないと、俺は終わっちゃう」

「急いじゃ駄目だってば。終わらせないよ。タクちゃんは一人じゃない。私が力になる。タクちゃんを中学生らしいままにしてあげるよ」と言って繋いでいた手を強く握った。

「どうやって？ 俺の未来は決まっているんです。従うか逃げるかの二つしかない。どっちを選んでも今の俺には前進する力がない。だけど、人に頼ったらこれまでと変わらない。自分の足で歩まなきゃ意味がない」

「タクちゃんはうどんを食べられたよね？」

「食べられるけど……」

彼女の意図がわからずに困惑する。

「じゃ、予定変更」

俺が手にしていたメニュー表を奪い取り、「これ、お店の人に返してくれませんか？用事ができたので」と後ろに並んでいた人に渡した。そして俺の手を引いて列から抜ける。

「パンケーキが食べたかったんじゃ？」

同じ粉ものだけれど、スイーツから主食じゃ飛び過ぎだ。

「気が変わったの。何を食べるかは私の自由。私の人生なんだから。奢られる分際のタクちゃんは黙ってついてきなさい」

「いいけど……」

「お店はここから遠いの。だからちょっとだけ空腹を我慢してね」

「どこへでも付き合います。でも自分の食べた分は自分で払いますよ」

風俗で稼いだお金で奢られたくないんじゃない。彼女の財布に入っているお金は重みが違う。俺が親から貰っている小遣いとは比較にならない価値がある。

「遠慮しないで。臨時収入があったから」

「いや、いいですって」

「いいの。気前のいい社長さんがくれたお金だから。お店の子数人で一緒に香港旅行しただけで百万」

次元の異なる話に口が半開きになる。百万円の臨時収入って……。お金の価値ってなんだ？　百万円は庶民には大金だ。けど、その社長さんにとっては紙屑同然なのだろうか？　何かがおかしなことになっている。どこへぶつけたらいいのかわからない怒りが沸々と……。

「あら？　中学生には十年早い話だったみたいね。でもこっち系ではよくある話なの。ハーレム旅行は社長さんたちの嗜《たしな》み。いい趣味とは言えないけど、世の中で一番偉いのはお金だから、そのルールに則って賢く生きなくちゃね」

　自分一人の力で生きたことも、お金を稼いだこともない俺はだんまりするしかなかった。無力で世間知らずな子供だ。彼女とは住む世界が違う。また、その社長さんは更に別の世界の住人だ。かおるお姉ちゃんの世界は俺と社長さんのどっち寄りなんだ？

　こっち寄りだといい。だけど彼女が途轍もなく遠くに感じる。手首を摑まれているのに、繋がっている気がしなくなった。一人じゃないのに一人ぼっちのような気分だ。教室が恋しい。バスケットボールの弾む音が懐かしい。部活仲間と買い食いしたい。姉がいない食卓を寂しがりたい。

　しかし俺がいた世界には戻れない。俺にはもう居場所がない。学校にも家にもない。このままかおるお姉ちゃんが彼女の世界まで俺を引っ張っていってくれたらいい。逃げたい。知らない街で一から人生をやり直したい。

「俺、なんでもしますから一緒に逃げませんか？」

「そうできたら楽しそうね」と彼女は冗談と受け取る。

そうだった。かおるお姉ちゃんは夢を追いかけている。逃げる理由はない。つくづく俺って本当に情けない。一人で逃げることもできないなんて。タフになりたいと願っていたくせに、舌の根が乾かないうちに人に縋ろうとした。骨の髄まで人に甘えることが染みついているんだ。

やっぱり俺は一人じゃ何もできない。親の七光りを受け、スパッツ番長の威を借り、ユーカを盾にし、ヨッシーの助言を当てにしてきた。今度はかおるお姉ちゃんか。ほとほと自分にうんざりだ。

十九時前に帰宅すると、母が「どこへ行っていたの？」と訊いた。温厚な母が珍しく怒りを表に出している。原宿へ行く前にＬＩＮＥで《気晴らしに散歩してくる》と伝えていたけれど、タクちゃんも失踪したんじゃないか、と心配をかけてしまったようだ。

「海が見たくなって江の島に行っていた」

「なんでお母さんのＬＩＮＥを無視したの？　四回も送ったのよ」

四回とも届いたことに気づいたが、メッセージを開かなかった。かおるお姉ちゃんとの時間を誰にも邪魔されたくなかったから。

「ごめん。姉貴以外の連絡を受けたくない気分だったんだ」

深刻な顔を作って言ったら、母の眉間から皺《しわ》が消えた。

「ずっと海を眺めていたの？」

「ああ」

「いいリフレッシュになったみたいね。顔にツヤが出ている」

「そう？」

「うん。最近、どよーんとしていたもの。海って心を洗う効能があるのね。私も今度行ってみようかな」

「ああ。行ってみるといいよ」

海は見たけれど、東京湾だ。しかも飛行機の窓から。正直に『かおるお姉ちゃんと香川までうどんを食べに行っていた』と言ったら、母はどんな顔をするだろうか？如何《いかが》わしいことは何もしていない。高松空港からタクシーでうどんの有名店へ行き、ツルツルッと啜《すす》ってとんぼ返り。移動と食事しかしていない。でも言い辛い。込み入っていて説明し難い。

「そうそう、夕方に輝純くんとユーカちゃんが訪ねてきたわよ。クリニックの方にまで来て『タクローの行き先を知りませんか？』って。輝純くんたちからのＬＩＮＥも無視していたの？」

「ああ。これから返信しようと思ってたんだ」と調子を合わせる。

連絡は何もなかった。ヨッシーたちは自宅が留守だったからクリニックへ行って母を呼び出したようだが、なんの用事だ？　事前に訪問を報せると、俺が面会を拒絶すると思ったのか？

「一応、『帰ってきたら連絡させるね』って言っておいたけど」

「ありがとう」と感謝して俺は自室へ向かった。

どうして二人で来たんだ？　何か企んでいるのか？　結託して俺をとっちめる気なのかもしれない。だけど全てを受け入れよう。自分が蒔《ま》いた種だ。残さず刈り取らなくちゃ。俺は二人に〈今、帰宅した。なんの用だった？〉とＬＩＮＥを送った。

うどんを食べている時にかおるお姉ちゃんが諭した言葉が、俺を奮い起こしている。

『いいこと？　個々の人生にはその人の固有の制約があるけど、その決められたルール内では自由が約束されるの。限定的な自由を楽しむのよ。やれることはいっぱいある。今朝目覚めた時に、自分が香川でうどんを食べていることを想像できた？　未来は選択可能よ。ルール内でも無限に近い可能性がある。今日は私が連れてきたけど、香川くらいなら自力で来られるでしょ？　未来はタクちゃんの気持ち一つで変えられるの。自分の未来は自分の手の中にある』

かおるお姉ちゃんはそのことを教えるためにわざわざ香川へ連れて行ってくれた。原宿でパンケーキの人気店の列に並んでいた三時間後に、香川で本場の讃岐うどんに舌鼓を打った。ベッドから起きた時には夢にも思わなかったことが、驚くほど簡単に現実のものとなった。

瞬く間に人生の可能性が広がった。数時間後に何が起こるかなんて誰にもわからない。自分がどこにいても不思議じゃない。どこへでも行けるし、なんでもできる。不自由を存分に楽しめばいい。もうやたらめったらに怖がらない。恐れるな。立ち向かわなくちゃ何も始まらない。自分の人生を切り開けるのは自分だけなんだ。

送信して一分も経たないうちに、ヨッシーから〈話したいことがあるから、今から家に行っていい？〉と返事が届いた。

〈いいけど、ユーカも来んのか？〉

〈ううん。二人きりで話したいんだ〉

〈わかった。待ってる〉

俺は母に「これからヨッシーが来るからさ、俺の部屋まで通して」と頼んで、自室で待機した。玄関先で顔を合わせたら、その場で罵られるかもしれない。母に不仲であることを知られたくない。

緊張が心臓を小刻みに叩く。何を言われるんだ？　学校でみんなに『ヨッシーは騎馬戦でタクローとグルになってイカサマを働いた』と思われていて、その濡れ衣を晴らすために決別宣言をする気か？

兎《と》にも角《かく》にも、誠心誠意接しよう。謝るべきところはきちんと謝り、彼が誤解していることはしっかり解いていくんだ。俺のことを理解した上で絶交されるのなら、諦めがつく。

インターホンが来客を報せる。玄関のドアを開錠する音、母とヨッシーの会話、階段を上ってくる足音、そしてノック。

「入れよ」と俺は応じる。

ドアが開き、初めて訪れたかのように畏《かしこ》まったヨッシーが入室する。

「具合は悪くなさそうだね」

「まあ、仮病だからな」

ヨッシーも元気みたいだ。自信を取り戻したようで漲る活力を感じる。よかった。失恋を乗り越えたんだ。

「休んで正解だよ」と彼は言いつつベッドに腰かけている俺に歩み寄り、隣に座った。

「今は不謹慎な噂が飛び交っているから」

「騎馬戦はわざとじゃない。オンダと大将を代わったのはヨッシーに有利になると思ったからなんだけど、俺がヨッシーに肩入れしたのはそこまでだ。手加減はしてない。決勝戦は本気を出して負けたんだ」

「わかっているよ。僕もみんなに『タクローはそんなことはしてない』って反論している。でもなかなか信じてもらえない。峰岸さんの求心力の方が強くて」

「やっぱユーカが拡散させているのか？」

「うん」と不恰好な頷き方をする。

「ヨッシーは俺の巻き添えに遭ってないのか？　みんなに『二人で八百長をしたんだ』って思われてないか？」

「僕は大丈夫」

普段の素行がいい人は悪い噂が立ち難い。誰もが『真面目なヨッシーが不正に加担するはずがない』と信用しているのだろう。

「それを聞いて安心したよ」

「みんな『タクローが独断でヨッシーの恋を援護射撃するために負けてあげた』って思っている。だから騎馬戦に関しては『友達のためにしたんじゃ仕方がないな』って割と寛容だ。だけど峰岸さんが『絢菜先輩の下着を盗んだ変態』ってデマを流したから、悪いイメージがついちゃっているんだ」

「デマじゃない。オンダが『峰岸の下着をくれたら大将を代わってやる』って言ったから、姉貴の下着を掴ませたんだ。俺は最低な奴なんだよ。ヨッシーから託されたサイン本をユーカに『俺から』って渡したりもした。ごめん、ヨッシー。最初からプレゼントを横取りする気はなかった。不可抗力でそういう流れになってしまったんだ。信じてくれ」

「信じるよ」と彼は俺の言葉を滑らかに受け入れた。

聞き流したかのような軽さに拍子抜けした。

「もう怒ってないのか？」

「ごめん。あの時はどうかしていた。頭の中がしっちゃかめっちゃかになっていて、心にもないことを言っちゃったんだ。本当にごめん」

「いいんだ。身から出た錆《さび》だよ」

「峰岸さんも尾鰭《おひれ》をつけて言い触らしたことを後悔している。『頭に血が上って取り返しのつかないことをしちゃった』って。それで『一緒に謝りに行こう』ってことになったんだ」

「そっか」

「明日から峰岸さんが噂の収束に努めるから、学校へ来やすくなるはずだよ。僕も微力ながら噂の根絶に協力する」

「助かるよ」

かおるお姉ちゃんが悪い流れを変えてくれたのか、気の持ちようでそう感じるだけなのか、物事が淀みなくいい方向へ転がっている。

「あのさ、お願いがあるんだ。『俺が感謝したあとに、そういう話をするのは汚いぞ』

と思われそうだけど」と言い出したそばから狡猾《こうかつ》な気配を背中に感じた。

　邪悪なものの接近に寒気を覚える。

「何？」

「お金を貸してほしい」

「なんで？」

「理由は言えない。すごく困っているんだ。タクローにしか相談できなくて」

　予想の場外にあった頼みごとに面食らったが、その衝撃を哀しみがそっくり吸収した。なんのことはない。金の無心のために頭を下げに来たんだ。内心で『友情が復活した！』と大喜びしていた俺は間抜けだった。

「親は？」

「ママにもパパにも頼れないんだ」

「いくら必要なんだ？」

「十万あれば」

　かおるお姉ちゃんに百万円の報酬の話を聞かされたせいか、十万円という金額には心がほとんど反応しなかった。でも中学生には大金だ。

「ヨッシー、前に『銀行預金が十二万くらいある』って言ってなかったっけ？」

　正月明けに仲間内でお年玉の話題になり、そこから貯金額の話へ飛んだ。だからヨッシーも俺の全財産が八万円であることを把握しているはずだ。俺が毎月の小遣いを貯蓄に回すタイプじゃないことも知っているから、八万円から増えていないことも計算に入れているに違いない。

十万円も持っていない俺に『十万あれば』と求めるのは辻褄《つじつま》が合わない。おそらく十万を借りに来たんじゃない。徐々に金額を下げていって俺に『そのくらいなら貸せるか』と思わせる魂胆だ。

「もう使った」

「何に？」

「それは訊かないで」

「カツアゲにでも遭っているのか？」

「七万でいい」と俺の質問には答えずにディスカウントする。

「ヨッシー、理由を話せ。そうしたら手持ちの金を全部やる。今からコンビニに行って全額下ろす。それでも八万ほどにしかならないけどな」

ヨッシーの友情が借金のための見せかけであっても、彼は俺の大切な友達だ。ヨッシーが危機に瀕《ひん》している。親に内緒で万単位のお金を集めなくちゃならない状況は、相当なピンチだ。

「誰にも言わない？　親友として力を貸さないわけにはいかない。

「当然だろ」

ヨッシーは苦悶の表情を浮かべる。数十秒葛藤してから「薫子さんのために必要なんだ」と重い口を開く。

「薫子さん？　どういうことだ？　もう恋は終わったんじゃ？」

「継続中。時々、会っているんだ」

「なんで？」

「タクローが薫子さんのメールを見せてくれた時に、メアドと住所を暗記したんだ」

それであの時、俺のスマホを凝視していたんだ。ヨッシーはかおるお姉ちゃんとコンタクトを取り、親しい仲になったのか。『薫子さん』と呼ぶほどに。

「けど、何に使っているんだ？　デート代くらいじゃ、十万も要らないだろ」

「薫子さんは意外とブランド好きなんだよ」

「貢いでいるのか？」

「うん」と俺と目を合わせずに認める。

「マジで？　あの辻ちゃんが男に集《たか》るのか？」

「教育実習の時のイメージとは程遠いから、嘘っぽく聞こえると思うけど事実なんだ。僕はもう何度もプライベートで会っている。だから薫子さんの素顔を知ってる」

今日、かおるお姉ちゃんはヨッシーのことには一言も触れなかった。後ろ暗いことをしているからか？　彼の言い分が真実で、本当に誑《たぶら》かしているのかも。そんな馬鹿な。彼女は中学生を食い物にするような人じゃない。

かおるお姉ちゃんからブランド志向の強さは感じない。今日の服装だってお金はかかっていなかった。アクセサリー、時計、バッグ、靴、どれも誰もが知っているハイブランドじゃなかった。第一、彼女は社長さんから高額報酬を得たばかりで潤っている。ケチでもない。かおるお姉ちゃんが守銭奴なら俺に奢らないはずだ。飛行機代とタクシー代と食事代を持ってくれた。いや、先に貸しを作って後からじわじわと毟《むし》り取っていく気なんじゃ？　風俗嬢の口止めをする際にも、骨抜きにしてから俺を手懐《てなず》けようとした。

かおるお姉ちゃんを信じたいけれど、社長さんの話の現実感のなさが俺を揺り動かす。ヨッシーの言葉の方がリアリティはある。百万円の話が虚言のように思えてきた。俺に恩を着せるための口実だったんじゃ？　俺の前では優しいお姉さんの振りをして、裏でこそこそヨッシーと会って貢がせている。ヨッシーをすっからかんにしたら、次のターゲットは俺か？

待て、待て。変だ。ヨッシーは風俗嬢の件を知っている。立場はかおるお姉ちゃんの方が弱い。貢ぐ必要はない。集ってきたら『バラすぞ』と脅せばいいのだから。

ヨッシーには好きな人が何をしていても受容できるでっかい愛があるのか？　好き過

ぎて、かおるお姉ちゃんが欲しがる物はなんでも買ってあげたくなるのか……違う！

「ヨッシー、まさか！」と俺は喚き立てるようにして言った。「辻ちゃんの客なのか？」

「そんなにびっくりすることはないでしょ。タクローも口止めでヤッたくせに」

「俺はしてない」

「空々しいな。まあ、峰岸さんに知られたら学校から抹殺されかねないから、口が裂けても言えない気持ちはわかるけどね」

「辻ちゃんが言ったのか？」

ヨッシーを唆《そそのか》す目的で『タクちゃんともヤッたから遠慮しないで』と。

「訊くまでもないことだよ。男なら誰だってヤるでしょ」

「いいか、ヨッシー」と俺は彼の両肩に手を置き、目を合わせて説得する。「一回目は簡単にヤらせて、二回目からは渋って男を手玉に取るのが辻ちゃんのやり口なんだ。騙されるな」

「タクローが一回で終われたのは、いつでもヤらせてくれる彼女がいたからだ。自分は欲望に打ち克《か》ったみたいな言い方はしないでよ。大体ね、何か勘違いしているみたいだけど、僕は客じゃない。僕たちは愛し合っているから関係を続けているんだ」

「けど、金を払っているんだろ？」

「薫子さんの配慮だよ。もし万が一、僕たちの関係が周囲にバレた時に、『大学生が体を使って中学生から小遣いを巻き上げた』っていうストーリーを用意しておけば、僕が矢面に立たされることはないでしょ？　薫子さんは本当に人格者だよね」

「そんなのは屁理屈だ。既成事実を作りたいならもういいはずだ。金はないんだろ。いつまで払い続けるつもりだ？」

「うるさいよ！」とヨッシーは苦し紛れに怒鳴った。「人の恋路に首を突っ込まないで。理由を話したんだから、お金を貸してよ」

「貸せるわけがねーだろ」

「ひどいよ。話が違う」

ヨッシーは俺の手を振り払おうとする。でも俺は抵抗して両手で彼のTシャツの首回りを摑んだ。

「おい。目を覚ませ。ヨッシーは誑《たら》し込まれてるんだ」

「嫉妬したの？」

「何？」

「タクローも薫子さんのことが好きなんでしょ？　峰岸さんと違って綺麗な歯並びだもんね。性格も激しくないし。峰岸さんのわがままに疲れていたタクローにも女神に見えたんだよね？　本当は峰岸さんから乗り換えたかったんでしょ？」

「んなわけあるか！」と叫び、両手に力を込めて彼を締め上げる。

「じゃ、峰岸さんと付き合っていなくて、僕が薫子さんに惚れていなかったら、好きになっていないって断言できる？」

「人生はどんなことが起きてもおかしくないもんだけど、仮定の話は無意味だ」

「濁さないでよ。好きなら好きって言えばいい。タクローは嘘ばっか。たまには本当の心の音《ね》を聞かせてよ。人間なら自分の気持ちに逆らうな。人には自由に人を愛する使命がある」

自分の心に目を向ける余裕はなかった。頭の中が『ヨッシーをぶん殴ろう』で犇《ひし》めいていた。殴ってでも止めなくちゃ。ヨッシーを正気に戻すんだ。俺は彼の首元から右手を離し、弓を引くみたいにして腕を後方へ。

勢いをつけてパンチを食らわせようとした直前に、躊躇が過る。もし当たりどころが悪くて歯が折れたら？　俺が迷っている隙に、ヨッシーは腕をコンパクトに振り抜いた。拳は見えなかったけれど、彼の血走った目は視界に入った。

これまで聞いたことのない鈍い音が鳴り渡ったと同時に、俺は後方へぶっ倒れる。しばらく何が起こったのか理解できなかった。左頬がズキズキする。その痛みが殴られたことを少しずつ教えてくれる。

「痛い？」とヨッシーは訊ねる。

顔を上げる。俺を気遣った言葉かと思ったが、彼の目は依然として真っ赤に燃えていた。

「でもね、友達同士の喧嘩は殴られた人よりも殴った人の方が痛いんだよ。僕の心の方がずっと痛んでる」

そう言い放って部屋を出て行った。追いかけようとする。だけど体が動かない。殴られたダメージじゃない。ヨッシーの捨てゼリフに打ちのめされた。あんな独り善がりなことを言う奴じゃなかった。思いやりに溢れるヨッシーはどこへ行ってしまったんだ？　涙が出てきた。俺だって心が痛いよ。頬の痛みなんて気にならないくらい痛い。痛くて痛くて涙が込み上げてくる。わんわん泣きたかった。そこへ母が「タクちゃん、どうしたの？」と下から呼びかけた。階段を上がってくる音がする。俺は腕で涙を拭い、スマホと財布をポケットに捩じ込んで部屋を出た。

母が階段を上りきったところで、鉢合わせになる。俺は顔を伏せた。かなり不自然だったが、潤んだ目と殴られた痕を見られたくない。

「輝純くん、慌てて帰ったけど何かあったの？」

「ちょっと口論になったんだ。言い過ぎたから謝りに行ってくる」

俺は俯いたまま母の横を通り抜けようとする。

「大丈夫？」

母が俺の肩に手を触れる。軽率だった。今、俺の心は張り裂ける寸前だ。ほんの僅かな刺激も心身に与えてはならなかったのに。

「ほっといてくれよ」と俺は母の手を払い除ける。

　母は飛び退くようにして怯んだ。

「タクちゃん……」

「もう俺に構わないでくれ。クリニックは継いでやるから、それでいいだろ。どうせ俺はそのためだけに生まれてきたんだから」

「どうしたの、急に？」

「やっとわかったんだよ。自分が東山家の道具だってことに。お母さんもそう思っているんだろ？　天然ぶって誤魔化しやがって」

　母は何かを言おうとしたけれど、俺は取り合わずに階段を駆け下りた。玄関のドアを乱暴に開けて外へ出る。すると、自転車のブレーキ音が聞こえた。家の前に自転車に乗ったユーカが現れた。

「あっ」と彼女は階段を下りかけていた俺に気がつく。「会いたくなったからすっ飛んで来ちゃった」

「悪い。急用があるんだ」

　軽くあしらってユーカの前を通り過ぎる。彼女は追ってきて「どこへ行くの？」と訊く。

「駅」

どんな言葉もヨッシーの耳には入らない。俺じゃ相手にされない。かおるお姉ちゃんに『ヨッシーを客にするのはやめてくれ』と直訴するしかない。

「じゃ、駅まで一緒に行こう」

ユーカは自転車を降りて押し始める。以前なら俺が代わってあげたところだが、気が向かないので鈍感な男の振りをしてずんずん歩いた。

「その顔、どうしたの？」とユーカが痛々しそうに指摘する。「腫れてるよ」

「ぶつけたんだ。で、用件は？」

「そうだね、時間がないから結論を先に言うね。私、やっぱりタックんじゃなきゃ駄目なんだ。どうしようもないくらい頭にきたけど、タックんが学校に来なくなってからわかったの。私にはタックんが不可欠なんだって。私たち最高の二人なのよ。さっき、私が到着した瞬間にタックんが家から出てきたでしょ。あの時、運命をこれでもかってくらいに感じた」

ただの偶然だ。なんでそう都合よく捉えられるんだ？『すっ飛んで来ちゃった』って言った割には、全然呼吸が乱れていない。汗一つ掻いていないじゃないか。俺が深夜にユーカの家へ急行した時は、喋れないくらいに息を切らし、汗びっしょりになった。

「ね、怒ってるの？私が噂を流したこと、許せない？」

「自業自得だから気にしてないよ」

「でも本当は怒っているんでしょ？　正直に言っていいんだよ。私、タックんの心の音が聞きたい」

「心の音？」

ヨッシーも同じ言葉を使っていた。『本当の心の音を聞かせてよ』と。

『本音』って本当の心の音ってことだから」

そういうことか。ヨッシーもユーカも花澤梨代から受け売りしているのだ。

「じゃ、本音を言うよ」と俺は予告して立ち止まり、彼女の方へ体を向ける。

「どうぞ」

ユーカも体の向きを俺へ。見つめ合った男女。澄み切った夜空。生暖かい風。大通りに沿った歩道。等間隔の街灯。ビュンビュン行き交う車。疎《まば》らな通行人。

俺は大きく深呼吸してから口を切る。

「ヨッシーを返してくれ！　俺が大好きだった、尊敬していたヨッシーを返せ！　ユーカのせいだ！　ユーカが花澤梨代なんか読んでるから、ヨッシーは真似たんだ！　あんな女の本を読んでなければ、ヨッシーはおかしくならなかった！」

絶叫した。車の走行音に負けない声が出たようで、周辺にいた人たちがみんなこっちを向いている。ユーカは大声に戸惑ったのか、俺の言葉を理解できなかったのか、鳩が豆鉄砲を食ったような顔をしている。

「なんのこと?」

「俺の本音だよ。花澤梨代にもユーカにも飽き飽きだ。前に『なんでこの本のテーマがわからないの?』とか、『ちゃんと花澤梨代のメッセージを読み取ってよ』とか言っていたけど、なんなんだ? 世の中に訴えたいことがあるなら、本なんかにしないで直接口で言えばいい。駅前で演説でもした方が人々の心に届く」

「効率が悪いでしょ。本なら日本中、世界中に伝わる」

「じゃ、ノンフィクションにしろよ。どうしてフィクションなんて回りくどい方法をとるんだ? メッセージ性がぼやける。架空の話に訴えたいことを盛り込んでどうするんだ? 『所詮、作り物だから』って真《ま》に受けない読者もいるはずだ。それこそ非効率的だ。そもそも小説を読んでいる人なんて、精々クラスに二、三人だ。残りのクラスメイトには届かない。本気で世の中を変えたい革命家なら、本なんてマイノリティなツールは使わない。政治家にでもなった方が手っ取り早い」

「本を馬鹿にしないで」とユーカも声を荒らげる。「私は本に育てられたと言っても過言じゃない。私は本によって想像力と読解力を育まれた。数えきれないほど本に救われてきた」

論点の掏《す》り替えだ。俺が馬鹿にしたのは花澤梨代だ。美貌と刺激的な文章で健全な少年少女を惑わせている。正しく有害人物だ。

「その自慢の想像力と読解力で『もしかしたら、タッくんは嫌々読書しているんじゃ？』『泣いている私を宥めるのを鬱陶しがっているかも？』『電話越しで愛を誓い合っているけど、本当はテレビに夢中になっていて片手間なんじゃ？』って察したか？　俺の気持ちをこれっぽっちもわかっていなかったくせして、威張って言うな」

「ひどい。そんなことを思っていたなんて」

また掏り替えようとしている。ユーカの想像力には客観性がない。だから相手の心情を汲めない。主観だけの想像力は妄想と変わらない。

「泣くなら泣けよ。いくら泣いても俺は最後まで言いたいことを言うからな。ユーカが本で育んだのは身勝手さだ。『心の赴くままに生きろ』的な本ばっか読んで自分のエゴを慰めてきた。『うん、うん。そうだね。私って自然体でいいんだよね』って自己肯定し続けた。ユーカはそれで救われても、周りは反省しないユーカから被害を受ける。いい迷惑だ」

「そんなことない！」と湿度を感じさせる声で否定する。

「あるんだ。現に、俺は被害者だ。ユーカのわがままに振り回されてきた。独り善がりな解釈に辟易《へきえき》していた。ユーカは花澤梨代のメッセージを完璧に読み取れている気でいるけど、そんなのは一方的に思っているだけだ。作家の真意を百パーセント理解できるのは、その作家だけだ。俺の気持ちがわからなかったように、誰のこともわかってない。もう一度言うぞ。ユーカが本で育んだのは、身勝手な一方通行の解釈なんだ。それが人間関係でも害になってる」

人は見たいものを見る。自分が心に描いたものを強引に現実に当て嵌めることが往々にしてある。『いい曲だな。すごい感性だ』と心を打たれてから、その歌手が作詞も作曲もしていないことを知った途端に、『なんだ、歌わされているだけか。感動して損した』とガッカリした経験をユーカだってしたことがあるはずだ。

ある世界的な映画監督がデビュー作を撮り終わったあと、尺が足りないことに気づいて、しょうがなく主人公が延々と歩いているシーンを入れて埋めた。そうしたら、映画評論家の大御所が『間が素晴らしい。歩行シーンのみで主人公の心のあり様を見事に表現している』と絶賛し、一躍新進気鋭の若手監督となった。

そんな裏話はごろごろしているのに、ユーカは目や耳に入れない。映画、音楽、小説、すぐに自分にダブらせる。『この主人公、私にそっくり』『私の恋心を切り取った歌みたい』『この物語は私のためだけに書かれた気がする』などなど。全部思い過ごしだ。

「漫画ばっかり読んできたタッくんに小説の何がわかるの？」

「わかんないよ。なんでユーカがどっぷり依存するのかちっともわからない。だって本に救われたならもう読まなくていいじゃん。一時的に救済された気分になるだけだろ。

そんなものにしがみついても無限ループだ。依存症に希望はない」

「あるよ。だって繋がれるんだもん。いっぱいの人と本を通して繋がれる。同じことを感じて、同じことを思える。どこにいても、一人でも、本があれば共感できる。物語の世界で一緒になれる。読書している時は『一人じゃない』って思えるんだよ。それの何がいけないのよ」

寂しい言葉の目白押しだった。孤独な言葉はどんなに集まっても孤独のままだ。ごめん、ユーカ。俺じゃユーカの心を癒せない。俺なりに頑張ってみたんだけど、駄目だった。やっぱり俺には釣り合いをとれるだけの力がなかった。ごめん。

「読書ってそんなに気張ってするものなのか？　娯楽の一つだろ。もっとリラックスして読めよ」

「そっか。タッくんは本に嫉妬しているんでしょ？　タッくんよりも付き合いが長いし、精神的な支えにしているから」

懲りずに独善的な受け取り方をした。

「嫉妬なんかしないよ。だって最初から好きでも嫌いでもなかった」

「なら、なんで付き合ったのよ？」

「顔」と一言で済ませた。

「可愛いから？」

「そう。けど、八重歯を可愛いと思ったことは一回もない。矯正した方がいいよ」

ユーカが乾いた笑い声を上げる。俺の本心にまるで気がつかなかった自分を自嘲しているのではない。怒りのメーターが振り切れてしまったから、笑うしかなかったのだ。激昂《げきこう》を滲ませた笑い声が空気をひりつかせる。

「私、生まれて初めてふられちゃったのかな？」と半笑いで訊く。

「ごめん」

「屈辱的ね。でもなんでか涙が出ない。いつもはすぐに流れるのに」

「ごめん」ともう一度謝る。

その一言にはたくさんの『ごめん』が入っていたけれど、声に出すと言い訳にしか聞こえない『ごめん』に変化していた。

「許さないから」と言って自転車に跨り、漕ぎだした。

あっという間に小さくなっていく彼女の背中を見つめながら『許さないでほしい』と願う。俺が一番勝手な人間だ。ユーカに許されない方が救われる。だから俺のために『許さないでほしい』と祈ったのだ。

かおるお姉ちゃんは不在だった。マンションの前で一時間ほど待っていたら、彼女のルームメイトが帰ってきて「薫子は深夜まで泡仕事よ」と教えてくれた。『泡仕事』という言葉は初耳だったが、瞬時に『ソープ』へ変換できた。

俺が「ありがとうございます」と言ってもその場を離れようとしなかったので、ルームメイトは「待つの？」と気にした。

「はい」

「親が心配するから帰りなよ」

「どうしてもかおるお姉ちゃんに話したいことがあるんです」

一刻を争う。ヨッシーは明日にでもお金をどうにか工面してかおるお姉ちゃんを買うかもしれない。

「君の親が息子の夜遊びを薫子のせいだと思ったら、煽りを受けるのは薫子よ。『教師の卵にあるまじき行為だ』って騒がれた時のことを考えているの？」

「かおるお姉ちゃんの名前は出しません」

「宜《よろ》しい」と俺が待つことを許した。「んじゃ、いらっしゃい」

色っぽく手招きしてマンションの中へ導こうとする。

「ここで平気です」

「顔、冷やした方がいいよ。腫れたままだと不審者だと疑われる。警察に補導されたくないでしょ？」

そんなにひどいのか？　鈍い痛みがずっと引かなかったけれど、大したことはないと思っていた。右手で左頬をそっと触ってみる。その瞬間に激しい痛みが！　思わず顔を顰める。

「ほら、おいで」

「はい」と素直についていく。

帰宅するなり氷嚢《ひょうのう》を用意してくれた彼女は「私は川島朋美《かわしまともみ》。薫子とは泡仲間なの」と挨拶した。そんな気がしていた。身なりが派手で強烈な色気を放っている川島さんは、かおるお姉ちゃんとの共通点は少ない。でも二人とも俺の世界から遠くで暮らす住人の空気を漂わせている。

「東山卓郎です」と俺は氷嚢を左頬に当てつつ名乗る。

この間、かおるお姉ちゃんに押し倒されたL字ソファに今日は川島さんと並んで座る。襲われることを警戒して前傾姿勢を保つ。

「知ってる。薫子から色々聞いてるよ」

「色々って？」

「薫子とはなんでも話し合える親友なの。私たちの間には秘密はない」

「あの、かおるお姉ちゃんのことを質問してもいいですか？」

「いいけど、薫子が『教えたくない』って思いそうなことは答えないわよ」

「はい」と返事してから、ずっと引っかかっていたことを訊く。「かおるお姉ちゃんはお金に困っているんですか?」

「自分で生活費と学費を稼がなくちゃいけないのよ」

「親は?」

「嫌っているから頼りたくないんだって」

「再婚相手の父親と馬が合わなかったんですか?」

「そんな生やさしいものじゃない」

その言い方には心の一番深いところまで抉《えぐ》るような鋭さがあった。理不尽な暴力を振るわれていたのだろうか?

「母親は?」

「完全にスルー。徹頭徹尾、薫子に興味がないし、旦那にも無関心なの。元々、キャリアアップのための結婚だった。父親は人事部のお偉いさんで、母親は自分のやりたい研究ができるポストに就くために夫婦になっただけ。だから旦那が薫子に何をしようと知らん顔。むしろ薫子が身代わりになってくれて母親は助かっていた」

なんて母親だ。娘を盾にするとは、それでも実の親なのか。そして新しい父親までがクソだったなんてひど過ぎる。母親が再婚する時、十五歳のかおるお姉ちゃんは再婚相手に家族の温もりを求めたはずだ。今まで父親がいなかったから、母親に失望していたから、その分過剰に期待しないわけがない。

「三年間、薫子は耐え続けて高校を卒業すると同時に、家を出たの。ほとんど家出に近かった。お店に住み込みで働きながら大学へ通っていた。泡姫の一年先輩だった私が薫子の教育係になって、気が合ったから『一緒に住もう』ってことになったの」

「かおるお姉ちゃんは消費者金融に借金をしているんですか？」

「いえ」

「俺が子供だからか」と普段は大人の前で背伸びばかりしているのに、都合のいい時だけ子供になって言った。「家庭の事情はわかったんですけど、どうしても『他のバイトじゃ駄目だったのかな？』って思えてしまいます」

いくらお金が必要でも、自分の体を売ることには強い抵抗感を抱く。俺がセックス恐怖症じゃなかったとしても理解に苦しむことだ。借金取りに強要された、とかならまだわかるのだが。

なんで生活を切り詰めないんだろうか？　俺だったら、服も家もボロボロでいい。人気店のパンケーキなんて食べられなくても構わない。節制しないのは単に怠惰なだけじゃ？　快楽主義者なのかも？　そう思えてならない。

「大学生が風俗でバイトするのはよくあることよ。不景気で最近は増えている。仕送りを貰えない子が多いの。でも普通のバイトに明け暮れていたら勉強できない。風俗店は駆け込み寺なの」

「キャバクラとかじゃ賄《まかな》えないんですか？」

「そっちに流れる子もいるけど、キャバクラってただ座っているだけじゃいけないの。コミュニケーション能力が要るし、お客の心を摑むテクニックもないと勤められないの。泡仕事はそこまで愛想を振り撒《ま》かなくてもいいから、割と気楽に働けるのよ」

人には向き不向きがあることは知っている。だけどキャバクラよりも風俗店で働く方が気楽だ、という価値観は理解し難い。

「泡の仕事はしんどくないんですか？」

「東山くんは『睡眠時間を削ってコンビニの深夜バイトでもした方がいい』って考えているのね？」と俺の頭の中を見通す。

「はい」

「普通のバイトじゃ駄目なのよ」と言い切る。「だって辛いから」

「辛いって何が？」

風俗店で働くことよりも辛いことって？

「徹夜して丸一日コンビニで働いても、三万円も稼げない。でも風俗なら五時間で稼げる。時間とお金にゆとりができる」

「けど、体を売っているんですよね。メンタルは辛くないんですか？」

「東山くんは一日の睡眠が三時間で、あとの時間は勉強とコンビニバイト、何も息抜きがないひもじい生活を四年間続けられる？」

「何か大きな目標があれば、できると思います」

「言うのは簡単。だけど先ず不可能。人はそんなに強くない。特に、苦労知らずの東山くんにそんな根性はない。四年間よ。苛酷な労働と侘《わび》しい食事が四年間。何も楽しみがない毎日をじっくり思い浮かべてみて」

段々と想像力に奥行が出てくる。温室育ちの俺に四年間も潤いのない生活ができるだろうか？　自信が失せていく。

「夢やプライドなんて、日々の生活の中に簡単に埋もれてしまうの。いとも容易く目先の欲求に負ける。周りで普通に生きている人が眩しくて目が痛い。その痛みの方が辛いの。自分も普通に生を謳歌したいって願望には逆らえない。週に四日数時間の我慢で普通の生活を送れるなら、それでいいと思えるのよ」

何も言えない。普通以下の生活を送ったことがない俺が『他のバイトじゃ駄目だったのかな？』なんて口にしてはいけなかったのだ。

「体を売ることって、東山くんが考えているほど異常ではないの。悪魔と取引して命と同じくらい大事なものを失うような大それたことじゃない。古今東西どこにでもある商売だし、みんな割り切って働いている。女が手早く稼げるベターな手段。この商売がなくなったら、自殺する女が山ほど増えちゃうよ」

「俺は体を売ることは心を売ることだと思っていました」

「生活に追われ続けると、心は疲弊して消えてしまうけど、体を売っても心は残る。傷付いたりプライドを削ったりすることはあっても、それを感じることができる心は手元に残るの」

「ありがとうございます」

「どうしたの、いきなり？」

「俺の中の偏見を一つ取り除いてくれたから」

「ヤダ。恥ずかしくなっちゃうじゃない」と幼い子供のように体をもじもじさせて照れた。「感謝されることじゃないよ。私は薫子を擁護しただけ。東山くんが泡仕事に一定の理解を示してくれれば、薫子の夢を妨害しないかなって」

いい人だ。言葉の端々から友情を感じる。かおるお姉ちゃんは川島さんとの出会いで救われたことがいくつもあるのだろう。

「川島さんには夢がありますか？」

「あるけど、教えない。人に言ったら叶えたいエネルギーが減っちゃう気がするの」

「へー」と新鮮な意見に感銘を受ける。

「私、一度夢に破れたの。だから今度は石橋を叩いて渡っているのよ」

「以前の夢は訊いても大丈夫ですか？」

「保育士。なれたけど、一年も持たなかった。理想と現実の差が大き過ぎて夢が壊れちゃったのよ。ピュアじゃない子供。同僚のマウンティングや派閥争い。親馬鹿のモンスターペアレント。ハードな肉体労働と大量のデスクワーク。その上、薄給で休みが少ない。理想ばかりに目を向けていた私は現実とのギャップに叩きのめされた」

「そんなハードな仕事だってことは俺も知りませんでした」

将来の夢に保育士を挙げた女子が結構いたけれど、みんな判で押したように『子供が好きだから』『子供が可愛いから』と言っていた。あの子たちは現実の厳しさを知っているのか？

「でもこのまま負け組で終わりたくないの。死ぬまで挫折感を引き摺って生きていくなんてまっぴら。だから次こそは堅実な夢を追いかけて勝ち組になるんだって奮起した」

「新しい夢が見つかってよかったですね」

「うん。やりたいこと半分、待遇の良さ半分で選んだ夢なんだけど、今度は現実を直視しているから叶ったあとも続けられそうなの」

川島さんは夢の先を見据えている。彼女からまた一つ学んだ。夢は叶えることがゴールじゃないんだ。

「さてと、私のことはこれくらいにしてメインディッシュに入ろっか」と言って俺を睨む。「東山くんがここへ来たのは、友情のため？　それともジェラシー？　それって奥谷くんにやられたんでしょ?」

「違います」

男同士でトラブルを起こした場合、そのことを大人にチクったら男が廃《すた》る。自分に非がなくても相手を売ってはならない。そのルールは人や教科書やネットから教わったことじゃない。自然と学んでいた。

「薫子とは親友って言ったよね。だからおおよそのことは察しがつく。ずっと学校をズル休みしている東山くんを殴れる人は限られる。君のお父さんは横暴な人じゃない。そうなると、親しい友人の誰かと喧嘩した。殴られた直後に薫子を訪ねてきたことから、揉めたのは薫子と関係がある人。そんな中学生は奥谷くんしかいない」

「ヨッシーじゃない。あいつは温和な奴だから」

「今の奥谷くんは猛獣よ。自分の欲望のためなら親でも殴れる。そうでしょ?」

言葉に支《つか》えた。嘘を見破られた気まずさと豹変したヨッシーを受け入れたくない気持ちが喉を詰まらせる。

「友達を庇いたいのね? わかるわ。今、私も薫子を守る気で満々だから。薫子を困らせる人は私の敵よ。薫子は怒ってないけど、私は東山くんが約束を破って奥谷くんにバラしたことを許さない」

ヨッシーの借金の使用目的に愕然とした時、頭は機能不全に陥っていた。俺の裏切りがかおるお姉ちゃんに発覚したことに考えが及んでいなかった。ヨッシーが彼女の客になるには、誰かから風俗店で働いていることを聞かなければ不可能だ。その誰かとは俺しかいない。

「ごめんなさい」

「私に謝っても無駄よ。許す気はない。東山くんのせいで薫子は迷惑を被っているんだから」

「だけどヨッシーを客にしているんですよね？」

かおるお姉ちゃんは『常連さんが増えた』くらいにしか思わないいんじゃ？

「薫子は被害者。奥谷くんに肉体関係を強要されている。表向きは『愛しているから』ってことにしているけど、彼はそれとなく『如何わしいバイトのことを大学に流すぞ』って脅しているの」

「それなら、なんでヨッシーはお金を払っているんですか？　周囲にバレた時にヨッシーが加害者にならないように、とかなんとか言って騙しているんじゃないんですか？」

「心を損なわないためよ。薫子はお金で買われることは苦痛じゃないの。体を提供した分の対価を払ってくれるなら、同等な関係でいられるから」

言っている意味がよくわからない。只《ただ》でヤらせるのは癪だから詭弁《きべん》でお金を巻き上げている、ということか？

「さっき払った分じゃここまでしかできない。続きをしたかったら追加料金を払って。っていう感じでヨッシーから搾り取っているようにしか聞こえません」

「当たらずと雖《いえど》も遠からずね。確かに、オプションプレイを餌にして奥谷くんにお金を払わせている。でもね、薫子は脅迫や暴力に屈することだけは絶対に嫌なのよ。不等な関係は心に傷を残す。だから言葉巧みに誘導しているの」

そういえば、かおるお姉ちゃんがメンソレータムで嘘泣きをした理由は『見下されたように感じて』だった。尋常じゃないほど同等な関係に固執するのは、二人目の父親から受けた仕打ちが原因なのかもしれない。トラウマか？

かおるお姉ちゃんの境遇には心底同情する。しかし『凄惨なトラウマを抱えているなら目を瞑るしかないか』とはならない。ヨッシーからお金を毟り取っている事実は変わらない。親友として彼の不幸を見過ごせない。

できることなら、良いふうに解釈したい。かおるお姉ちゃんはヨッシーを加害者にしたくなくて悪役を買って出ている。後々になってヨッシーが罪悪感に苛まれないよう配慮している。そう受け取りたいけれど……。

「正直なところ、俺はかおるお姉ちゃんのことがよくわかりません。昔のような優しい顔を見せてくれることもあるけど、すごく遠い人のように、全く知らない人のようにも感じることがあるんです」

「薫子は変わっていないと思う。きっと昔から二つの顔を使い分けていたのよ」

「そうかもしれないです。実際に、穏やかに微笑みながらガキの俺を嫌っていました。今日、そう言われたばかりでした」

思い出が美化されているのか、昔のかおるお姉ちゃんは優しいイメージが強い。『大嫌いだった』と言われても払拭できない。

「半々だったんじゃないの？　人間的には好きだった。でも歯医者の息子であることが苦々しかったのよ。じゃなかったら、デートに誘わない」

「デート？」

「鈍いのね。今日、薫子が東山くんを外へ連れ出したのは元気づけるため。薫子は慈悲深い心を持っているけど、みんなに与えはしない。特定の人にだけ。東山くんを好いているのよ」

心の真ん中がポッと温かくなった。

「でも、でもなんで俺が落ち込んでいることを？」

情報源はヨッシーか？　彼がかおるお姉ちゃんに話したのか？

「薫子が東山くんの中学に教育実習のお礼状を書いたら、指導教諭から電話が来たの。その際に東山くんが学校を休んでいることを知ったのよ」

「そんなことは一言も。『退屈しているから付き合ってよ』みたいな軽いノリでした」

「薫子は人から感謝されるのが苦手なのよ。だからいっつも悪ぶる。そういうところ、私は大好きなんだけど、東山くんは？」

「俺も大好きです」

「益々惚れちゃったでしょ？」

「はい」と話の流れに乗って頷いてしまった。「あっ、いや……」

いつ恋のスイッチが入ったのかあやふやだ。ガキの頃から好きだったような、教育実習の初日に惚れたのか、裏の顔を知った時に心を奪われたような気もするし、香川へうどんを食べに行っている間に惹かれたのか……。

「私には人の恋に茶々を入れる趣味はないけど、今日はもう帰りなさい。ヒールぶる薫子は東山くんの前で本当のことは言わない。平気な顔で『奥谷くんと愛し合っているから外野は黙って』って言うわ」

「お金を貰っているのに『愛し合っている』は無理があるんじゃないんですか？」

「そう突っ込まれたら、薫子はこう言い返すはず。『どうして売春が法律で禁止されているのに、ソープで本番行為ができるか知ってる？』って。どう？　知ってる？」

「いえ」

テレビや漫画で、初体験をソープランドで済ませた、あるいは済ませるか悩む登場人物がたまに出てくるから、本番行為ができることは知っていた。でも考えたこともなかった。言われてみれば、奇妙だ。

「お店はお客から入浴料しか取らないの。入浴中にお客と入浴の手伝いをする女性店員が何をしようが関知しない。男と女が二人きりになるんだから恋愛感情が芽生えることもあるだろうが、それに口出しするのは野暮だ。お客が店員にチップを払っても恋人同士のやり取りに過ぎない。そういう建前がずっと罷《まか》り通っているの。チップはお店に納めるんだけどね」

「そんな言い分で法の網を掻い潜れるんですか？」

こじ付けも甚だしい。

「誰も困っていないから、警察は厳しく取り締まらないの。お店のオーナーは女性店員を奴隷のように扱き使ってもいないし、お客はぼったくられてもいない。被害者がいなければ警察は動かない。警察の中にもプライベートで風俗店を利用している人もいるしね」

なるほど。大人の男の娯楽として定着しているなら、お酒や煙草と同じで今更禁止にすることはできない。ひょっとしたら俺の父も泡姫のお世話になっているのかもしれない。かなり考え難いことだけれど、その可能性はゼロじゃない。

父が密かに入店している姿を想像したら、吐き気を催して頭の中に臭いにおいが漂ってきた。なんで？　自分のことじゃないのに。身内だからか？　わけがわからなかったが、俺は頭を振って邪念を追い出した。

「きっと薫子は本番行為のカラクリをレクチャーしてから『大人の建前を理解できないガキは引っ込んでなさい』って東山くんのことを窘《たしな》めるでしょうね」

「大人が恋愛感情を理由にして売春を目溢《めこぼ》ししていることはわかりました。でもヨッシーはまだガキです。大人の建前を強要しないでください。あいつはもう金欠なんです。これ以上は同等な関係をキープできない。近いうちに『只でヤらせないと大学にチクるぞ』って面と向かって脅しかねません」

「問題ない。こっちも奥谷くんを揺するネタを持っている。プレイ中を隠し撮りしていたから、『大学へリークしたらその動画を奥谷くんの学校にばら撒く』って脅し返す」

「あっ！」と思い当たった。「俺のことも盗撮していましたか？」

前にこの部屋から逃げようとドアを開けた時に、ドアの反対側にいた川島さんを突き飛ばしてしまった。あの時、彼女がビデオカメラを持っているのを見たわけではない。狼狽えていたので観察している暇などなかった。だけど、あれはドアの隙間から隠し撮りしていたんじゃ？

「薫子は自分が弱い立場になるのを病的に嫌っているの。脅されたくないし、虐げられたくもない。そういう気持ちが強い。泣き寝入りしたくないから、東山くんの弱点を押さえようとしたのよ」

川島さんはかおるお姉ちゃんの良き理解者であり、協力者なのだ。

「けど、ヨッシーが後先を考えられないほど欲情していたら、動画の脅しが効かない可能性があります」

今のヨッシーは何をしでかすかわからない。『猛獣』という喩《たと》えがぴったりだ。人間の言葉が通じない。

「そん時は、知り合いの怖いオジサンたちに『これ以上纏わりつくと、一家ごと東京湾に沈めるぞ』ってプレッシャーをかけてもらう。それで解決するでしょ」

「そのオジサンたちって本物なんですか？」

「セミプロみたいなもの」

その中途半端さがリアリティを感じさせる。俺、ヤバいんじゃや？　股間がキュッと縮み上がる。かおるお姉ちゃんを脅かしてはいないけれど、秘密を他言してしまった。

「そんな顔しないで。東山くんが奥谷くんに漏らしたことで、薫子が怖いオジサンたちを使って仕返しをすることはない。薫子は銃を構えても威嚇だけ。撃つことはない。薫子は撃てないのよ」

「どうして撃てないんですか？」

「撃たれたことがあるから。その痛みを知っている人は撃てないの」

かおるお姉ちゃんは俺の頭なんかじゃ想像が及ばないほどの傷だらけの人生を歩んで

いるんだ。またぬくぬくと生きてきた自分が無性に恥ずかしくなってきた。

「あの、素朴な疑問なんですけど」とビビりながら訊ねる。「俺のことも、ヨッシーのことも、最初から怖いオジサンたちに解決してもらえばよかったんじゃないんですか？」

東京湾の底をちらつかされていたら、俺はヨッシーに喋ることはなかった。それこそ舌を抜かれても口約束を守った。

「私たちもあまり関わり合いたくない人たちなのよ。だからお客がストーカーになった時なんかの緊急時にしか頼らない。最終手段なの」

「そうなんですか」と納得したが、更に股間が萎《しぼ》んだ。

「奥谷くんのことはこっちで処理できることよ。東山くんは無駄足だったってわけ。薫子には奥谷くんとの関係を終わらせるよう言っておくから、安心して帰りなさい」

「はい」

「でも最後にもう一度だけ訊くわ。ここへ来たのは、友情？　ジェラシー？」

「たぶんジェラシーです」と俺は言って立ち上がる。

「正直者にはサービスで助言してあげる。好きな人が不特定多数の男と体を重ねることに悶々とすると思うけど、それはエゴよ。もし彼氏になれたとしても、薫子の体は薫子のもの。薫子が好きに使っていい」

またしても川島さんの言葉に目から鱗《うろこ》が落ちた。彼氏でもないのに俺はエゴを押しつけようとしていた。かおるお姉ちゃんに会って『ヨッシーを誑かさないでくれ』と訴えたかったのは、独占欲が働いたからに他ならない。俺の胸の中には『何回寝た？』『どんなことをした？』『気持ち良かったのか？』と問い詰めたい衝動があった。

「わかりました」

「特に、薫子はちょっと変わっていて、心と体を完全に切り離すことができるのよ」

「そんなことが可能なんですか？」

「普通なら考えられないこと。どう割り切っても心と体は連動する。テクニシャンには心まで感じさせられるし、生理的に無理なお客には嫌悪感を抱く」

「かおるお姉ちゃんの心は何も感じないんですか？」

「お店で泡姫になる時に時計やアクセサリーを外すんだけど、薫子が言うには『その時に一緒に心も外しちゃうの。そうすれば、お客に何をされても何も感じないで済む』ってことみたい。わかる？」

「なんとなくしか……」

理解が追いつかない。

「子供の頃からやっていたことらしいの。『いつの間にか自然にできるようになっていた』って」

ユーカの仮説を思い出した。

「辛いことがあると子供は独特な現実逃避をするって話を聞いたことがあります。その一種なんですか？」

「そうかも。不幸せなことがあり過ぎて独自の現実逃避を編み出したのかも。二重人格みたいな」

「二重人格？」

学校帰りに寄ったミスタードーナツで聞かされたユーカの話によれば、痛ましい体験をした子は『これが本当なわけがない。ここは仮の場所だ』と現実から目を背けることがあるらしい。

そしてそれが転じて『ここにいる私も仮の私だ』と強く思い込み、心の中に身代わりのもう一人の自分を作ることも起こり得るそうだ。かおるお姉ちゃんは分身に泡仕事を引き受けさせているのか？

「勝手な憶測よ。本当のことは誰にもわからない。たぶん薫子自身にも」

そうなのだろう。彼女の心は底が見えない。とても深いことしかわからない。平凡な中学生の心とは比較にならない。深いと思いたがっているだけで、浅い。俺たちの心は底が丸見えだ。

見えないもののことは闇に任せておけばいい。陽の当たる世界にいたければ、闇の中に手を突っ込むな。引き摺り込まれたら最後だ。自分まで闇に染まってしまう。

それがわかっていても、手を伸ばしたくなる。伸ばさずにはいられない何かが俺の中に、あるいはかおるお姉ちゃんの中にある。それがなんなのか俺は知りたい。


【6月18日（木）】


両親と朝食を摂っている最中に「今日から学校へ行くよ。永遠に休んでいるわけにもいかねーし」と言ったら、二人とも賛成してくれた。よーし。学校でどんな目で見られても負けないぞ。そのための力を蓄えとかなくちゃ。

俺がガツガツ食べていると、インターホンのチャイムが鳴った。母が口の中を落ち着かせてから受話器を取る。

「あら、おはようございます。ええ、はい。はい。大丈夫ですよ。少々お待ちを」

母の知り合いのようだが、誰だ？　朝っぱらからなんの用だ？　受話器を戻した母が
「輝純くんのお母さんよ。お話があるんですって」と言う。

「ヨッシーも一緒？」と俺は訊く。

「お母さんだけよ」と答えて玄関へ向かう。

「朝から井戸端会議か」と父がジョークを飛ばす。「どっかの奥さんと若い男が二人で歩いているのを目撃したのかもな」

気が気でない俺は作り笑いを返すのが精一杯。ヨッシーは俺を殴ったことをテルママに話したのか？　わざわざ謝罪しに来なくていいよ。蒸し返さないでほしい。こっちは頬の腫れを『すっ転んで顔を強打した』と押し通して親の詰問を逃れたのに。

昨夜、帰宅後に『ごめん。興奮して、つい八つ当たりしちゃったんだ』と母に謝ろうとしたら、俺の顔を見て『輝純くんと殴り合いの喧嘩でもしたの？』と大騒ぎになった。暴言の件が『そんなことはどうでもいいわ』と軽視されたのはラッキーだったけれど、事実から遠ざけるのには相当くたびれた。俺の苦労を台無しにしないでくれ。

母の締まりのない声と複数の足音がこっちへ接近してくる。やはり玄関先で片付く話じゃないようだ。俺に用があるのだ。ドアが開き、母のあとに入ってきたテルママが「朝早くから申し訳ありません」と言って美しいお辞儀をした。

「いえいえ、構いませんよ。どうぞ席に着いてください」と父が姉用の椅子を勧める。

「今、お茶を入れますね」

母はキッチンへ行こうとしたが、テルママが「すぐに終わりますから、結構です。本当に」と制した。二人の母親が着席する。俺の隣に座ったテルママからいつも以上にカリカリした空気を感じる。ひょっとして『テルちゃんに暴力を使わせた卓郎くんが悪い』と俺を怒りに来たのかも。あー、逃げ出したい。

「近頃、テルちゃんの様子がおかしかったんです。言動が荒々しくなって、親の言うことを素直に聞かなくなって、何か私に隠し事をしているような予感がしていたんです」

「そういう年頃なんですよ」と父がやんわりと説き聞かせる。「うちの卓郎も一、二年前に反抗期がありましたし」

「私も最初はそう思ったんですけど、先々週の金曜、卓郎くんがテルちゃんの部屋から出て行ったあと、テルちゃんもあとを追うようにして大慌てで家を飛び出したから、不安になってテルちゃんの部屋を調べてみたんです」

ヨッシーが学校を休んだ日のことだ。彼は俺を追いかけようとしたのか？　いや……。

「何か異変のサインを発見できるんじゃないかと思ってテルちゃんのパソコンの履歴を見てみたら、都内のソープランドのホームページを閲覧していたんです」

「ソープランド！」と母は顔を赤らめてびっくりする。

俺はどうにか動揺を体の内側に留めた。おいおい、ヤバくね？　テルママはどこまで知っているんだ？　息子を尋問しているのか？　そんなわけはないと思うが、クソ真面目に白状してないよな、ヨッシー？

彼の部屋で俺がかおるお姉ちゃんの秘密を明かした時、ヨッシーは不用心に自室のパソコンで検索した。平静を失っていたために、履歴を消去することも頭になかったようだ。真偽を確かめずにはいられなくなって、かおるお姉ちゃんに会いに行ったのだろう。

「男の子にはよくあることです。そういうものに興味を抱く。お店のサイトを見るくらいなら、そんなに過敏にならなくても平気ですよ。中学生にしか見えない輝純くんが歳を偽って入店することは不可能なんですから」

「私もそう思ったんです」とテルママがまた同じ言葉で父の意見を受け流した。「だから、そのサイトについてテルちゃんには何も訊きませんでした。ところが、最近テルちゃんの部屋から漫画やゲームが次々になくなっていったんです。そのことを質問してみたら『飽きたから友達に売った』って言うんですよ。自分のお小遣いで買った物だからどうしようとテルちゃんの自由なんですけど、虐められているんじゃないか心配で」

「卓郎は何か知っているのか？」

「タクちゃんは何か買い取ったの？」

父と母、ダブルで質問してきた。

「虐めの話を聞いたことはないし、俺は何も買ってない」と注意深く言葉を選んだ。

体育祭前は自分好みの騎馬を編制するために、クラスメイトに漫画やゲームソフトなどを渡していた。そのことについては口にできるけれど、『なんで体育祭後もテルちゃんの物が部屋からなくなるの？』と追及されたら袋小路に追い込まれる。

おそらくヨッシーはかおるお姉ちゃんを買うお金を作るために売れる物はなんでも売

り捌いたのだろう。そのことは何があっても言えない。綱渡りのような危うい状況だ。でも話題が風俗店のサイトから虐めに移って胸が少しだけ軽くなった。我が子が虐められていることを懸念して押しかけてきたのなら問題ない。

「大丈夫です。もしヨッシーが虐められていたら、体を張って助けます」と俺はテルママの目を見て威勢よく言った。

安心して帰ってくれ。そう念じたが、彼女は殺気立った目を俺に向けた。

「その頰はどうしたの？」

頰の青痣《あおあざ》が気になってじっと見ていたのか？　ヨッシーは殴ったことを話していないらしい。テルママが知っていたら『どうしたの？』とは訊かない。

「転んだんです」

「中学生なのにみっともない奴なんですよ」と父がからかい、母も「小学生みたいでしょ。もう、あわてん坊なんだから」と乗っかる。

俺も合わせて照れ笑いを浮かべる。だけどテルママはことごとく無視する。

「昨晩、夜中の二時くらいに物音で目を覚ましたの。寝室を出て音がしたパパの書斎に行ってみたら、テルちゃんがパパの財布からお金を抜き取ろうとしていたんです」

親の財布からお金をくすねることも思春期の通過儀礼だ。でもヨッシーの場合は使い道が問題だ。風俗嬢に嵌まっていると知ったら、テルママは気が触れてしまうだろう。

「テルちゃんに『何に使おうとしたの？』と問い質しても何も答えない。悪い子たちから恐喝されている気がしてならなかった。私は涙ながらに『正直に話して』と訴えた」

俺は大きな緊張を隠して耳をそばだてている。ヨッシーが打ち明けるわけがない。どんなに泣かれても言えるものか。中学生がやってはいけないことだ。それがわからないほど彼は馬鹿になっていないはずだ。

「卓郎、本当に何も知らないのか？　知らなくても友達なら何か感じるものが……」

父の発言を遮るようにしてテルママが口を動かし続ける。

「積み重なっていた心配事を全てテルちゃんに伝えて、いかに私が我が子のことを想っているのか理解してもらおうとしたの。言動の変化も、部屋から消えた数々の物も、一つずつ挙げていった。テルちゃんは無言を通した。でも閲覧履歴のことを言うと、目が泳いだ。何かあると感じて、『テルちゃんが何をしたのかわかっている。子を愛している母親ですから、わからないわけがない』と鎌をかけたら、とうとう口を割ったんです。『その店の子と愛し合っている』と」

なんてことだ。何食わぬ顔で『なんのこと？』とすっ惚ければやり過ごせたのに、簡単な誘導尋問に引っかかるとは。肝心な時にパニクった。プレッシャーに弱い性格を克服しきれていなかったのか。

ヨッシーはバスケの試合で敵に囲まれると、焦ってパスミスをすることが多かった。

以前のままのヨッシーでいてほしいと切に願っていたが、そこはちゃんと味方にパスしろよ。ボールはテルママに渡ってしまった。

「輝純くんはお店に行っていたんですか？」と父は驚愕する。

母はあまりのことにあんぐりと口を開けていた。俺は生きた心地がしない。家を出ないと遅刻する時間が迫っている。『俺、そろそろ学校へ行かなくちゃ』を口実にして逃げ出そうか？　だけどこれからテルママが何を言うのか気になる。ヨッシーはどこまで喋ったんだ？

「いいえ、ある風俗嬢の自宅に行って行為に及んでいたそうです。辻薫子というかたをご存じでしょう？　旧姓は後藤の」

両親は頷く。俺の背筋に悪寒が走る。人知れず流れる冷や汗が体温を奪い尽くす。

「辻薫子はソープランドでアルバイトをしているんです」

「まあ！」

母はキーンとした声を上げ、『信じられない』といった具合に頭を左右に振った。それに対して父は動じずに重々しい表情で事実を受け止めていた。

「卓郎くんは知っていたのよね？」

ついに来た！　俺に責任を擦りつけるつもりなんだ。『卓郎くんがうちの子に悪い遊びを教えたばかりに』と。

「そうなの?」と母が首を前に突き出すようにして訊ねる。「どうやって知ったの?」

「それは……」

口籠った。母親に自分の性癖を言う息子がどこにいる?

「最初に卓郎くんが辻薫子の客だったんですって。テルちゃんは卓郎くんの手引きによってふしだらなことを覚えてしまったんですよ」

「違う!」と俺はテーブルに両手をついて否定し、その勢いのまま立ち上がった。

ヨッシーの奴、俺を売りやがったのか? いや、勘違いしているんだ。こんなことになるなら、恥ずかしがらずにセックス恐怖症のことを彼に相談しておくんだった。そうすれば『僕を欺いて辻先生と寝るなんて』と恨まれることはなかった。

「何が違うんですか? 『自分はしてない』とでも言いたいの?」

「はい。俺はしていません」

「つまり、卓郎くんが『お金を払えば辻薫子が大人扱いしてくれるらしい』とテルちゃんに話したら、テルちゃんだけが辻薫子の毒牙にかかった。そう言い張るのね?」

「俺は勧めてなんかいません。ヨッシーが勝手にかおるお姉ちゃんと交渉して、そういうことに及んだんです」

「全部、うちのテルちゃんが悪いと? 馬鹿おっしゃい!」とヒステリックな声を響かせた。「友達に罪を転嫁して胸は痛まないの? 卓郎くん、あなたも辻薫子の家に行ったことがあるでしょ?」

「あるけど、変なことはしていません」

「タクちゃん、もしかして昨日も行っていたの?」

ヤバい。母が思いっ切り誤解している。

「行ったけど、かおるお姉ちゃんは留守で、ルームメイトの人としか会ってない」

「そのルームメイトの人も風俗嬢なんですってね」

ヨッシーは川島さんと面識があるのか? かおるお姉ちゃんから聞いただけか? この際、どっちでもいい。ヨッシー、何もかもテルママに話すことはないだろ。心の奥にずっと親への罪悪感が蠢《うごめ》いていたのかもしれないが、辛抱しろよ。

「それは本当なの?」と母が泣きそうな顔で迫る。

「本当だけど、俺は親に言えないようなやましいことは何もしてない。信じてくれ」

母の顔がほろほろと砕けた。頬が柔らかくなり、目に力強さが宿っている。俺の願いが届いたみたいだ。ありがとう、お母さん!

「絢菜ちゃんの下着を盗んだことは、やましいことじゃないのかしら? テルちゃんから聞きましたよ。絢菜ちゃんが家を空けているのをいいことに、下着を盗ったんですってね」

「タクちゃん、本当なの?」

母はさっきよりも疑り深い目を向ける。マズいぞ。もう一度信じてもらうのは至難の業だ。どこまで話してんだよ、ヨッシー！　姉貴の下着のことはかおるお姉ちゃんと関係ないじゃないか。話すならオンダとの取引のことまできっちり伝えろよ。

「いや、違うんだ」

「アヤちゃんのことをそういう目で見ていたの？」

最悪だ。姉の下着のことで変態が認定されたら、かおるお姉ちゃんの件は俺が主犯になってしまう。

「違うって。盗んだけど、それには深い事情があって……」

弁解している途中で母が泣き出した。声を詰まらせながら「アヤちゃんのこと、心配していると思ったのに」と嘆いた。父は厳しい顔つきだったが、心ここにあらずのようにも見えた。俺に失望したのかもしれない。それでさっきから無言なのか？

「もしかしてアヤちゃんが出て行ったのは、タクちゃんが姉弟の枠を越えようとして……」と母は近親相姦《きんしんそうかん》を怪しむ。

「姉貴とはなんもないよ。それとこれとでは話は別なんだ。かおるお姉ちゃんとだって何もしてないって」

必死に、本当に必死に訴えた。

「そうやって白《しら》を切っていられるのは今のうちですよ。辻薫子をここへ呼んでいるんです。もうじき来る頃でしょう」

「かおるお姉ちゃんが、ここに！」

ヨッシーから彼女のアドレスを訊き出して呼びつけたのか。

「そうね。本人に訊くのが一番だものね」と母は目頭を押さえて毅然とした声を出す。

「黙って待ちましょう」

母に『もうタクちゃんの言い訳は聞きたくない』と突き放されたような気がした。俺は力なく着席する。これから何が起こっても余すところなく受け入れる、という覚悟が母の顔から読み取れた。腹を括った母に対して、父はすっかり落ち着きを失っていた。明らかにそわそわしている。腕を組み換えたり、口元や鼻を触ったり、視線が忙しなく動いたり。よく耳にする『緊急時には女の方が肝は据わっている』はうちの両親にも該当するようだ。

十分ほど無言が続いた。その間、俺はかおるお姉ちゃんを巻き込んでしまったことを心苦しく思っていた。顔を合わせ辛い。俺がヨッシーに漏らさなければ、こんな事態にはならなかった。全ての元凶は俺にある。ヨッシーだって快楽に溺れずに済んだ。だけどかおるお姉ちゃんが来たら、俺の潔白は証明される。それは俺にとって好都合だ。ただ、そうなるとヨッシー一人が悪者になり、テルママが恥をかくことになる。錯乱して自棄を起こさないといいが。かおるお姉ちゃんの大学へ密告することが気掛かりだ。それだけは阻止しなくちゃならない。

ふと、疑問に思う。ヨッシーの父親は何をしているんだ？　なんでこの場にいない？　家族の一大事なのに。息子の見張り役か？　いや、父親の方が逃げたのか？　テルママのヒステリーに耐えかねて『今朝は、社運を懸けた重要な会議があるから』とか理由を作って出社したのかも。

更に十分ほど経過すると、テルママが「遅いわね。何をしているのかしら？」と痺れを切らし、スマホを操作しだした。耳に当てて通話が繋がるのを待つ。

「もしもし。どうしたのよ？　はい？　行かないってどういうこと？　わかっているの？　あなたの大学へアルバイトのことを報告してもいいの？　はい？　本当にいいのね？　やるわよ。脅しじゃないわ。あなたのことは断じて許しませんから。必ず退学に追い込……ちょっと、もしもし？　もしもし？」

かおるお姉ちゃんの声は聞こえなかったけれど、テルママの言葉だけで雲行きが怪しくなったことは充分わかった。母の顔は落胆の色に。父の顔は緊張が解けたように緩んだ。

テルママが「何よ、あの女！」とがなり、スマホをテーブルに叩きつけるようにして置いた。

「かおるお姉ちゃん、来ないんですか？」

「どういうつもりなのかしら？」と俺のことはそっちのけで両親へ向かって話す。「悪気が毛ほどもないみたいね。責任感もないし、ああいう人を教師なんかにしてはいけないわ。世の中のためにならない。私、あの女の大学へ退学にするよう訴えますわ。一緒に天誅《てんちゅう》を下しません？　幼気《いたいけ》な中学生二人を惑わした罰を受けずに、おめおめと教鞭《きようべん》を執るなんて、あってはならないことですわ」

きっとテルママは『来なかったら大学にバラす』とかおるお姉ちゃんを脅迫したに違いない。でも言う通りにここに来ても告げ口して退学へ追い込もうとしたはずだ。そうしないことには、溜飲が下がらないんだ。

その親心は中学生の俺でも汲める。手塩にかけて育ててきた我が子が風俗嬢に食い物にされたのだから、並々ならない敵意を抱いてもなんら不思議じゃない。だけど、ヨッシーにだって非がある。頭ごなしにかおるお姉ちゃんだけを責めないでくれ。

「そうよね。中学生と平気でそういうことができる人は教師に相応しくないわね。退学も致し方ない措置だと思うわ」

母の賛成に大きく頷いたテルママは「ご主人は？」と父に意見を求める。

「教師には似つかわしくないアルバイトだと思うけど、退学はやり過ぎじゃないかな」

「自分の子供が商売女に誑かされたんですよ。それも一番多感な時期に。親として憤りを感じないんですか？」

「感じますが、退学は重すぎると思う。彼女の人生を塞いでしまう権利は、僕たちにはないでしょう」

いいぞ！　お父さん、頑張れ！　心の中で大声援を送る。

「何を言っているんですか！　未来ある子供たちが一生背負っていかなくてはならない傷を負わされたんですよ。風俗に身を落とした女の人生一つくらい潰したとしても、全然足り……」

「かおるお姉ちゃんにだって未来はある！」と俺は堪らず叫んだ。「あるんだ！」

俺やヨッシーよりも未来に対する気持ちはずっと強い。自分一人の力で夢を追いかけてきた。未来を抉じ開けようとひたむきに前進してきたんだ。

「子供の出る幕じゃありません」

「卓郎、今は大人たちで話し合っているんだ」と父も俺から発言権を取り上げた。「世間から見たら、彼女のしたことは非難されて然《しか》るべきだ。ただ、彼女の場合は特殊な家庭環境が彼女の倫理観を歪めてしまった。そこを考慮すれば、情状酌量の余地はあります」

「母親の育児放棄が貞操観念の低さにどう影響するんですか？　男を取っ替え引っ替え家に連れ込んでいたのならいざ知らず、母親はキャリアウーマンだったそうじゃないですか」

ヨッシーはそのことも話したのか。父と同じように温情ある裁定を狙ったのかもしれない。でもテルママは同情心を少しも刺激されなかったようだ。

「以前、東山家はあの女に施しを与えていたそうですね。未《いま》だに親しみを抱いているんだとしたら、それは過去の感情です。今の姿を直視してください。ただの商売女です。恩を仇《あだ》で返した人でなしなんですよ」

「再婚した父親もいい親じゃなかったんだ。彼女は再婚する前からその男に虐待を受けていた。そのことも今の彼女の人格形成に大きく影響していると思う」と父がかおるお姉ちゃんの背景を説明する。

胸がむかむかしてきた。調子が優れない。吐き気だ。臭いにおいが頭の中に発生し始めた。

「本当なの？」と仰天した母の声が俺の頭に突き刺さる。

頭痛まで起こってきた。

「後藤さんが最後にうちに来た時に、話してくれた」

「どうして私には？」

「彼女が『これ以上は東山家に迷惑をかけられないし、私は東山家の人間じゃないからもう放っておいてほしい。月に一度だけの家族ごっこは余計に辛いだけだった』って言ったから」

母は暗い瞳をテーブルに落とす。自分たちの施していた善意が逆効果だったことに打ちひしがれた。かおるお姉ちゃんにとってはただの偽善でしかなかったのかもしれない。

『月に一度じゃ嫌だ。残りの日も全部助けてほしい』という彼女のＳＯＳに東山家は応えられなかった。所詮は他人の家の子。踏み込むことができる範囲は限られている。

「そんなのは警察や児童相談所に任せておけばよかったんですよ」

事も無げに言ったテルママに俺ははっきりとした殺意を覚えた。仲間内で飛び交う『殺すぞ！』とは違う。俺はありありとした殺意を両手に握り締めている。

「関係機関に何度もかけあったけど、満足に動いてくれなかった。親への口頭の注意だけ。その結果、彼女の立場がより一層悪くなった」

そうなることを見越して、かおるお姉ちゃんは『放っておいてほしい』と望んだのだろう。

「不幸自慢はたくさん！」とテルママが癇癪《かんしゃく》を起こす。「不遇だったら道徳に反したことをしていい道理はありません。そういう境遇でも高潔な大人になった人はいっぱいいます」

「もちろん彼女のしたことを肯定するつもりはありません。でも彼女の貞操観念の低さは環境に因るところが大きい。性的なことに関して罪の意識がルーズなのは家庭のせいだ。だから悪気があってしたことじゃない」

これまでテルママの前ではイエスマンだったのが嘘のように、父が食らいつく。育児放棄を見破り、どうにかして救おうとした父はかおるお姉ちゃんへの思い入れが強いのだ。

予想外の父の奮闘ぶりに尊敬の念を大きくするのと一緒に、吐き気もどんどん込み上げてくる。嘔吐を誘発させるにおいが頭に充満している。胸糞《むなくそ》悪い話を聞いたからか？　だけど、おかしい。自分が直接関わっていないことなのに、なんでセックス恐怖症が発症するんだ？　かおるお姉ちゃんに恋しているのが原因か？　彼女が性の対象だからか？

「悪意がない悪が最も性質《たち》が悪いんです。尚更、野放しにできません」とテルママは正義漢ぶったことを言って譲らなかった。「もう埒《らち》が明きません。多数決をとりましょう。大人だけで。『退学』が望ましいと思うかた？」

テルママの挙手に続いて母も胸の前で手を挙げた。二票が『退学』に。

「境遇には同情するけど、お腹を痛めて子供を産んだ母親の立場からはどうしても許し難い」

お母さん、よく考えろよ。『母の愛は海より深い』的なことに酔い痴《し》れる前に、かおるお姉ちゃんの母親だって出産を経験していることを考慮してくれ。『母親』を理由にするのは狡いよ。全ての母親が子を慈しむなら、後藤薫子みたいな子は存在しなかっただろ？

「これで『退学』に決定ね」

母に裏切られる形となった父はがっくり肩を落とした。顔にはたっぷり悲愴《ひそう》の色が。まるで死を宣告されたかのように意気消沈している。

「トイレ」と俺は言って急いで立ち上がる。

駄目だ。押し戻せそうにない。慌ててトイレへ駆け込んだ。両膝をつき、便器を抱えるみたいにして逆流した朝食を便器にぶちまけた。胃袋にあった固形物を出したあとに、胃液が断続的に上ってくる。それが毎度のパターンだ。

三回目の胃液の襲来と闘っていると、心配した父が「大丈夫か？」と俺の背中を擦った。リビングダイニングへのドアを開けっ放しにしてしまったから、俺の嗚咽《おえつ》が届いたのだろう。

大丈夫だよ、と言いたいところだけれど言葉が出ない。今がピーク。マッチョな男が口の中に手を突っ込み、乱暴に胃袋を掻き回す。そんな苦しみに涙が零れ、胃液と共に便器へ落ちていく。

いつものごとく頭の中にあった異臭は激しい頭痛を引き起こし、頭を二つに引き裂く。鋭い痛みに目の前が真っ暗になるのだが、今回は頭の割れ目から父とかおるお姉ちゃんが姿を現した。あの時の場面だ。俺が治療室を覗き見した時の……。

ドアの隙間からかおるお姉ちゃんの悶え苦しむ声が聞こえた。身の毛のよだつ金切り声に慄きながらもガキの俺は音を立てないようにして中へ入って行く。怖いもの見たさに誘われて。

どんな治療をしているんだろう？　今まで耳にしたことのない悲鳴だ。かおるお姉ちゃんは中学生なのに歯医者でこんな奇妙な声を上げるなんて！

物陰からこっそり覗くと、リクライニングチェアに寝かされたかおるお姉ちゃんが手足をバタバタさせ、父が覆い被さるようにして彼女の体を押さえ込んでいた。麻酔の効きが悪いのかな？　親不知を抜いているのかも？

好奇心が湧くのと並行して恐怖に駆られた。後退りする。悪の科学者が改造人間を作っているようなおどろおどろしさを感じたのだ。見ちゃいけないものを見ちゃった。盗み見したのを見つかったら、父に激怒される気がする。

かおるお姉ちゃんだって人に見られたくないはず。中学生なのに泣くなんて恥ずかしいことだ。俺はそっと治療室を出て母のところへ戻り、『もうちょっとかかりそうだよ』と伝えた。

「向こうのドア、閉めた？」と俺は声を絞り出す。

「ああ。だから遠慮しないで吐け。泣き喚いたっていいぞ」

ピークは越えた。もう胃液の逆流も治まったっぽい。

「かおるお姉ちゃんも泣き喚いていたよな？　治療中に」

「そんなことあったかな？」

「お父さん、さっきかおるお姉ちゃんが来なくなったことを知った時、ホッとしたよな？」

「風俗店でアルバイトしている彼女とどんな顔をして会ったらいいかわからなかったから、安心しただけだ。気まずい状況での久し振りの再会は、誰だって嫌だろ？」

「前もかおるお姉ちゃんの話をした時に、会いたくなさそうだったよ。なんか弱みを握られているのか？　だからヨッシーのお母さんに歯向かったんだろ？」

「昔の好《よし》みで退学にはさせたくなかったんだ」

「俺、見たんだ。いや、思い出したんだ。治療室でお父さんとかおるお姉ちゃんがセックスしているのを」と言うと、背中を擦り続けていた父の手が止まった。

鮮明には覚えていない。今思えばそういうことだったんだろうな、という推測だ。現在の視点でその時のことを見ているから、曖昧だった部分にセックスシーンを嵌め込んだ。記憶にはないが、父はズボンを下ろして腰を動かし、かおるお姉ちゃんは悲鳴とも淫らな声とも取れる声を上げていた。

主観一つで思い出が全く別のものへと変わった。記憶とはなんていい加減なものなんだ。何から何まで俺の頭が作り出した妄想のように思える。父が「彼女にお願いされたんだ。『新しいお父さんと一緒に暮らしだしたら、もう逃げられない。初めての人はあの人だけは嫌なんです』って。本当だ」と証言しなければ、事実になり得なかった。

「どっちが誘ったかは、今はどうでもいい。ヨッシーのお母さんを説得しろ。退学の訴えを起こさせるな。できなかったら、お父さんがしたことをお母さんに話す。お母さんは知らないんだろ？」

本当はどうでもよくない。父がかおるお姉ちゃんの弱みにつけ込んで襲ったのか、彼女の願いを聞き入れて行為に及んだのかでは、天と地ほどの差がある。いや、やっぱりどうでもいい。理由はなんであっても、父が不貞を働いたことに変わりはない。

この六年間、俺は父に騙され続けてきた。愛妻家ぶりやがって。だけど、そっちの方へ意識を向けたら俺は身動きがとれなくなる。一度、憎悪のぬかるみに足をとられたら、もう一歩も動けない。ショックを受けて呆然とするのはあとでいい。今はかおるお姉ちゃんを守るんだ。

俺は「かおるお姉ちゃんはヨッシーが加害者にならないよう配慮したから、客と風俗嬢の関係を築いたんだよ。本当はヨッシーに脅されていたのに」と父に教えている最中に、川島さんが撮った証拠の動画のことが頭に浮かんだ。あれにヨッシーがセックスを強要しているところが収められているかも？

「かおるお姉ちゃんはヨッシーが脅迫している動画を持っている。隠し撮りしていたんだ。もし退学になったらうちの中学や近所にばら撒かれる。そのことをヨッシーのお母さんに話せば、なんとかなるんじゃ？」

「いい抑止力になりそうだ。ただ、卓郎の口から言ったら意地を張る可能性がある。大人は子供の前で素直になれないからな。卓郎は自分の部屋で待機していた方がいい」

子供は大人の前で素直になれない。どっちもどっちでややこしい。

「わかった」と俺は任せて自室へ向かった。

父はかおるお姉ちゃんが仕返しをしないことを知らない。だから彼女が退学になったら機嫌を損ねて過去の関係を暴露するのでは、と恐れているのだ。でも目的は俺と一致している。呉越同舟。テルママの暴走を阻止するまでは力を合わせる。目的を達成したら親子の縁は切れるだろう。


【7月2日（木）】

今日で学校に復帰して二週間。未だに周囲は俺に温度のない視線を送る。温かくも冷たくもない。みんなは俺のことが見えていないかのように振る舞う。きっとユーカが『無視しよう』と働きかけたんだ。だけど目に見える虐めは行わなかった。

机や教科書に『下着泥棒』『シスコン』『変態』『卑怯者』『八百長』などの落書き。物を隠す嫌がらせ。集団暴行。ＬＩＮＥ虐め。そういう苛酷な処罰を覚悟していたので、無視くらいでは生温《なまぬる》く感じる。ユーカは情の深い女だから、無視だけに留めたと思われる。

その優しさが反って辛い。彼女に憎まれて学校中から敵意を浴びたかった。重い罰を受けた方が、罪悪感は薄まるから。でもどんな罰でも甘んじて受ける気でいたのだから、ユーカの温情もしっかり受け止めなくてはならない。それも俺に科せられた罰の一つだ。

俺は学校で誰とも喋らない。一貫して教室の空気の一部と化している。話しかけても迷惑になるだけだし、聞こえない振りをされるのはしんどい。心に罅《ひび》が入る。かおるお姉ちゃんも母親に透明人間のような扱いをされていたのだろうか？

そうだとしたら、なんて惨《むご》いことを。幼い子供の心では耐えきれない。砕け散ってしまう。親の愛を受けられなかったかおるお姉ちゃんのことを考えると、やるせなさに沈む。だけど彼女の心情を理解できたことに喜びを見出している自分もいた。不謹慎だけれど仕方がない。そういう自分も自分だ。

部活の顧問に「俺がいると雰囲気が悪くなるから辞めます」と言ってみんなより一足早く引退した。俺の悪評は先生たちにも届いていたので、協調性を重視する顧問は強く引き留めなかった。

ヨッシーは俺と入れ替わるようにして不登校児になった。家を訪ねても彼の母親に門前払いをされる。テルママがうちへ押しかけた日を境に、両家の交流は断たれた。ヨッシーがかおるお姉ちゃんを脅している動画の存在を父に仄めかされ、息子が自らの意思で行ったことを理解したテルママは恥ずかしくて顔向けできないのだろう。

俺は毎日ヨッシーの家へ行ってインターホン越しに「お母さんとヨッシーに手紙を書いてきたんで読んでください」と言って、ポストにありったけの懺悔の気持ちを込めて綴《つづ》った手紙を入れている。テルママは読まずに破り捨てているかもしれないが、教育実習の初日から起こったこと、感じたことを嘘偽りなく書いた。

ヨッシーのスマホは解約されたようで、連絡を取る手段が他にない。だから俺は毎日毎日便箋に本音を綴り、彼と繋がろうと足掻く。それが俺に与えられた課題なんだ。またヨッシーと遊びたい。

父との関係も修復しようとしている。もちろんわだかまりはそう簡単に消えない。どんなに父が真摯に謝罪しても、『なんでそんなことを?』と軽蔑してしまう。憤りと哀しみが燻《くす》ぶり続けている。

でも俺はこの一ヶ月ほどで自分の体験を通して、『理』を押し通せない人間の弱さみたいなものを知った。その弱さは大人も子供も関係ないのだと思う。どれほどタフな人でも『情』に流される状況が揃えば、呑み込まれるしかない。激流に逆らえないのは当たり前だ。誰が悪いということじゃない。

父を許したい。今すぐには無理だけれど、和解へ舵《かじ》を取っていく。少しずつでいい。大人にならないと父の気持ちを理解できないのなら、許せる時機が訪れるのをじっくり待とう。俺も許されたいから。

両親にも洗い浚《ざら》い話した。俺がついた数々の嘘に母は傷付き、激怒した。こっ酷《ぴど》く叱られ、風呂掃除や洗車のペナルティを科せられたが、姉の下着の件は誤解がとけた。

姉からの連絡は途絶えたまま。日増しに不安感は募っていく。無事なんだろうか？

一日中スマホを気にかけている。授業中はバイブレーションの設定をオンにしてずっと握り締め、就寝中は着信音の音量を最大にして枕元に置く。

正座して『かかってこい！』と祈る夢を見るほどに姉からの電話を渇望している。姉のことを真剣に心配している一方で、かおるお姉ちゃんからの連絡も待っている。彼女の声が聞きたい。一声でもいいから。

父がテルママの説得に成功した直後、俺はかおるお姉ちゃんに喜び勇んで電話した。

「かおるお姉ちゃん、もう大丈夫だよ。大学を辞めさせられることはなくなった」

「奥谷くんを生贄《いけにえ》にしたの？」

ヨッシーが一身に罪を引き受けることを危惧しているのか？　かおるお姉ちゃんは彼

を庇うためにテルママの呼び出しに応じなかったのかもしれない。

「いや、俺のお父さんが『退学にさせることはないでしょう』ってヨッシーのお母さんを説き伏せたんだ」

「相変わらず親切なお父さんなのね。助けていただいてありがとうございますって伝えてくれる？」

「特に感謝することはないよ」と俺はムッとしながら遠慮した。「実を言うと、俺が裏でお父さんに気合を注入したから、モチベーションが上がったんだ。それまではスゲー弱腰だった」

あんな人間に恩を感じなくていい。保身のためにテルママに対抗しただけだ。かおるお姉ちゃんのピンチを救ったのは俺だ。

「ふーん。タクちゃんが頑張ってくれたんだ。ありがとう」

「いいんですよ。そもそもは俺が悪いんだから」

「ね、前に『一緒に逃げませんか？』って言っていたけど、あれって本気だった？」

「あ、はい」

ドキッとした。俺に守られて頼もしさを感じたのか？

「今も本気なら、一緒に暮らさない？」

「マジですか？」

「タクちゃんのお父さんが許してくれればってことだけど」

「問題ないよ」

父の許可なんてないも同然。過去の汚点を突っつけば、俺の言いなりだ。

「せっかちね。きちんとお父さんに話を通して」

「はい。でも平気だと思う。俺、自分の人生は自分で選ぶんで」

完全に舞い上がっていた。早くも頭の中でかおるお姉ちゃんとの生活を夢想する。学校は辞めてもいい。どうせ行ったたって四面楚歌だ。探せば中学生でも働かせてくれる仕事があるはずだ。なんだってやる。彼女のヒモにはならない。

通話を終えたあと、俺は心を躍らせてかおるお姉ちゃんの家を訪ねた。すると、川島さんが待ち構えていて「今さっき、出て行った。これ、『読んで』って」とかおるお姉ちゃんのスマホを渡される。画面にはたくさんの文字が並んでいた。


タクちゃんへ。

私とタクちゃんのお父さんとの間にあったことは、全面的に私が悪い。お父さんは被害者。どんなに詳細に語っても語らなくても、信じるか信じないかはタクちゃんに私への信頼があるかないか。そんなわけで、詳しいことはカットするね。時間もないし。

タクちゃんがここへ来るまであと一時間もない。それまでに逃げる準備をしなくちゃならないので、あんまりタクちゃんに構ってあげられないの。ごめんね。

結論を先に言っておくと、私は大学も風俗も辞めて雲隠れする。川島さんにも居場所を教えない。このスマホは川島さんが契約者なんだけど、もう解約してもらう。もちろん私からタクちゃんへ連絡することはない。

今「なんでそんなことを？」って頭を悩ませているでしょ？　親子関係を壊し、親友よりも私を優先してまで私の夢を守ったことが御破算になっちゃったね。でもまだ修復可能よ。お父さんともお父さんとも奥谷くんとも仲直りできる。

お父さんや奥谷くんに「かおるお姉ちゃんが自主退学したから、絶縁や絶交はなかったことにして」と歩み寄るのは大変だと思うけど、できないことじゃない。体を売ることよりは簡単よ。諸悪の根源は私。極悪人の私がいなくなればみんなで仲良くできるでしょ？

私が犯した過ちのためにタクちゃんが過去を捨てて、現在や未来を犠牲にすることはないよ。子供は親に甘えろ。学校で勉強しろ。友達と遊べ。タクちゃんはそれらが許されている恵まれた子供なんだから、子供であることを楽しんでほしい。私の分まで子供らしくいてくれれば、私はそれでいい。私からの宿題と思って気長に取り組んでみて。

第一、私の夢なんて守るに値するものじゃないの。タクちゃんは忘れちゃったみたいだけど、タクちゃんが「かおるお姉ちゃんの将来の夢は何？」って訊いた時、私は困り果てた。夢がなかったから。幼い頃からずっと生きることに怯えていて先のことを考えられなかった。夢を心に描く余裕なんてなかった。

だけど小さい子の前で「何もない」って言うのが恥ずかしい。何か言わなくちゃ、と焦った。ふと、脳裡を掠めたのが教師だった。タクちゃんの身近にいるし、生徒から敬われる職業だから伝わり易いはず。

　それで「先生になるのが子供の頃からの夢なの」って嘘をついたら、タクちゃんは目を輝かせて「すごいなー。ずっと夢を追いかけているなんてすごい。叶ったらもっとすごいよ」って感心した。

　自分が立派な人間になれたような気がした。こんな私でも教師になれれば、タクちゃんに尊敬されるんだ。そう思った瞬間に生きる希望ができた。私、タクちゃんが生まれた時から妬んでいたの。憎らしかった。私にないものを全て持っているから。

　でもタクちゃんは将来を選べない。私は自由だ。その点だけはタクちゃんに勝っている。その優越感を維持したくて私は教師になることを夢見ていた。タクちゃんに勝つことで自己肯定できる。恵まれた家に生まれたタクちゃんにはわからないかもしれないね。

　私はタクちゃんに一矢報いたかっただけ。タクちゃんの存在が私を全否定するような気がしたから、自分の心を慰めたかったの。「いいでしょ。私は夢を追いかけることができるのよ」ってタクちゃんに自慢するのが目的だった。

ただの強がり。負け惜しみであることはわかっていたけど、実現できたら私はタクちゃんが敵わない人間になれると思った。だから一意専心に夢へ邁進《まいしん》した。タクちゃんに負けたくなかった。

浅ましい夢ね。笑っていいのよ。少なくとも東山家を壊してまで叶えるほどの夢じゃない。『子供の頃からの夢を叶えた人は勝ち組。幸せになれる』っていうのは、陳腐な幻想でしかなかった。

みんなでうどんを作ったことは覚えてる？　東山家に交じって小麦粉を捏ねて、足でふみふみして作った。あの時が私の人生で一番幸せな時間だった。東山家の一員になれたみたいで嬉しかった。

なんで『東山家のような温かい家庭を築く』を夢にしなかったのかな？　僻《ひが》まないで素直に羨ましがればよかったのに。卑屈だった私には東山家を滅茶苦茶にしたい気持ちがあったんだろうな。その私怨もタクちゃんのお父さんを誘惑した一因になっていると思う。

ごめんね、タクちゃん。私の因果応報に巻き込んじゃって。もっと違う形で再会したかったね。教師になれたらこれ見よがしに会いに行こうと計画していたんだけど、まさかこんなことになるなんて。本当に皮肉ね。

だけど、ありがとう。タクちゃんが全てを擲《なげう》って私を守ろうとしてくれたこと、一生忘れない。死ぬまで大切にする。久々に混じりっけのない愛を感じた。心に血が通ったような感覚。ちょっとだけ本物の涙が出ちゃったよ。

今は認めたくないと思うけど、タクちゃんはお父さんによく似ているよ。二人ともあったかい心を持っている。私に無償の愛を与えてくれたお父さんが悪い人のわけがないでしょ？　ちゃんと話せばわかり合える。家に帰って話しなさい。帰るのよ。タクちゃんがいた世界に。帰って修復に励むの。

そうすれば自分が見えてくる。自分は他人がいないと成立しない。他者との関わりの中から自分を探せばいいのよ。妬んだり、羨んだり、愛したり、憎んだり、嘘をついたり、反省したり、傷付けたり、傷付けられたり。それらの一つ一つがタクちゃんを形作っていく。全部受け入れて。未来へ繋げて。

別れのメッセージを読むまで、俺は浮かれまくっていて、かおるお姉ちゃんが『一緒に暮らさない？』と訊いた真意に少しも気がつけなかった。あれは俺と父の間に亀裂が入っていることを確かめるための質問だったのだ。

そして俺が父よりも上位に立っている理由に考えが至り、失踪することにした。彼女は大人で俺が果てしなく子供だから、身を挺《てい》した。七歳差は俺が思っていたよりも、ずっとずっと大きかった。

かおるお姉ちゃんのスマホを手にしたまま言葉を失っていると、川島さんが「大人げないことを言うけど、私の前で泣いたら怒るからね。私の方が哀しいんだから」と言った。当然の主張だ。俺なんかよりも彼女の方が遥かにかおるお姉ちゃんと深い間柄だ。

泣きかけていた俺は歯を食いしばり、感傷的な気持ちを心から追い出そうとする。瞳の奥から溢れ出してくる涙を懸命に塞《せ》き止める。俺には嘆き悲しむ資格がない。川島さんが抱えている喪失感は俺の比じゃない。足元にも及ばない。

俺とかおるお姉ちゃんは愛を誓い合っていたわけでも、苦楽を共にしたわけでもない。俺が昔の知り合いの年上のお姉さんに片想いして、失恋をしただけだ。その程度では川島さんを差し置いて泣くことはできない。

川島さんは俺を恨んでいる。掛け替えのない親友を俺のせいで失った。いくら謝ってもかおるお姉ちゃんは帰ってこない。俺にできること、それは川島さんの恨みを受け止め、分相応の哀しみ方をすること。それが川島さんの科した罰だった。

悲嘆に暮れることができなかったためか、かおるお姉ちゃんが俺の心に空けた穴はなかなか塞がらない。いつまで経っても、虚無感が同じ大きさのまま居座り続ける。苛酷な罰だ。泣けないことがこんなにも苦しいとは。かおるお姉ちゃんへの想いが、成仏できなかった幽霊みたいに心の中を彷徨《さまよ》っている。

心と頭は繋がっているらしく、彼女のことが頭からも離れない。食事中も、ベッドに入っている時も、入浴中も、登下校中も、無意識に考えている。授業中にも。

スマホが震えた。真っ先に『かおるお姉ちゃん？』と思う。姉に申し訳なさを感じながら左手を机の中から出してみると、スマホの画面にメールの受信を報せるアイコンが点灯していた。姉は携帯電話を持っていない。学校に俺と連絡を取りたがる人はいないたとしても、うちの両親のようにＬＩＮＥを使う。

本当にかおるお姉ちゃんなんじゃ？　心臓を大きく弾ませて画面をタップする。送信者は辻薫子だった。しかしタイトルの〈川島です。〉に胸の高鳴りが落ち着く。どうして川島さんが？　なんで俺に？　かおるお姉ちゃんが使っていたスマホは解約するんじゃなかったのか？

ひょっとしたらかおるお姉ちゃんの居場所がわかったのかもしれない。藁《わら》にも縋るような気持ちで本文を開く。

〈薫子から連絡が来るかも、と思ってこのスマホを解約しないでいたら、さっき見覚えのないアドレスのメールが届いた。『薫子？』と期待したんだけど、見ず知らずの他人からだった。でも東山くんには関係のある人だから転送するね。

《東山絢菜です。お久し振りです。キャンプ場で親しくなった人のスマホを借りてメールしています。

かおるお姉ちゃんに「私は高校卒業まで待って家を出たけど、今になって思えば、我慢しないでとっとと逃げちゃえばよかった。時間の無駄だったし、無意味に心を消耗した。だから嫌なら今すぐにでも逃げちゃえばいいのよ。逃げた距離だけ世界が広がるし、逃げた時間だけアヤちゃんの自信になる。逃げてみないことには、どこまでが自由でどこからが不自由かわからないんだから」と言われて未来が開けた気がした。

これまでいた世界から思い切って飛び出してみたら、何かが変わりそう。確かな予感がしたから、かおるお姉ちゃんと再会した日から準備を整えて家出した。行く当てはどこにもなかったけど、幼い頃から『縄文杉を見てみたい』と望みながらも親に『連れてって』とわがままを言えなかったことを思い出した。それで屋久島を目指して自転車で南下した。

時々トラックに乗せてもらった。たまたま通りかかった人がパンクを修理してくれたこともあった。そういう親切な人の助けを借りたせいか、辿り着いてみたら『呆気ないな』と感じた。もっと大変なことだと思っていたから、なんだか肩透かしを食ったようだった。

世の中は私が考えていたよりも生き辛くないのかも。その気になれば、意外となんでもできちゃうのかも。太古から続く大自然を前にしているからか、それまで私がいた世界や自分自身やずっと背負っていたものがすごくちっちゃいものに思えた。私は何を恐れていたんだろう？

私は小さい。けど、世界もそんなには広くない。小さな私でも『世界は私のもの』って自惚れられるくらいの大きさしかない。そのことを知るきっかけを与えてくれたかおるお姉ちゃんに一言「ありがとうございました」と伝えたくてメールしたんです。

駅でばったり出くわした時に、かおるお姉ちゃんが「ちょっとお茶しない？」と声をかけてくれなければ、スタバで私の相談に乗ってくれなければ、今も私は捻くれ者のままだった。家族の前で自分を押し殺して死んだように生きていたと思う。

私は卓郎の姉であることに囚《とら》われ、自分で自分を縛っていた。子供の頃、『卓郎はかおるお姉ちゃんみたいな姉が欲しいんだろうな』と自分を卑しめていたから、かおるお姉ちゃんのことが嫌いだった。勘付いていたかもしれないけど、敵視していた。ごめんなさい。

再会した時にも、思わず睨みつけちゃった。でもかおるお姉ちゃんは私の凝り固まった心を察して助けようとしてくれた。その優しさに私は救われた。かおるお姉ちゃんの方が色々と抱えていそうなのに、人のことを思いやれるなんて！

縄文杉を仰ぎ見た時に、かおるお姉ちゃんの顔が眼前に浮かんで、『すごい人だな！』と尊敬した。そして感化された。私もかおるお姉ちゃんみたいな懐の深い人間になりたいって。

もし何か力になれることがあるなら、できる限りのことをしたい。けど、私に相談することなんかないかもね。それなら、またお茶しましょう。スイーツを食べながら雑談したい。聞いてほしい話がいっぱいある。屋久島の山をもう二つ、三つ登ったらそっちへ戻る予定なので、また連絡します。》

東山くんのお姉ちゃんのことは薫子から聞いていた。「浮かない顔をしていたから、無理やりスタバに誘って根掘り葉掘り訊いて、アドレスを教えた」って。本当に薫子は東山家に甘いんだから！　その時は軽く嫉妬しちゃったけど、今は『薫子っぽいな』って誇らしく思える。

私が《薫子は蒸発した。》って返信したら、徒らに混乱させそうだから、東山くんから事情を伝えておいてくれない？　嫌とは言わせないよ。自分の胸に手を当てて。東山くんは私に腐るほど借りがあるでしょ？　そういうわけでよろしくね。〉

メールには、縄文杉をバックにして撮った姉の画像が添付されていた。それを撮影したのもキャンプ場で知り合ってスマホを貸してくれた人なのだろう。姉はその人とずっと行動を共にしているのか？

家族の心配をよそに溌剌とした笑顔を弾けさせていたが、怒る気にはなれなかった。無事であることに安堵もしなかった。ただ単に驚いた。口を大きく開けて笑っている姉を今まで一度も見たことがなかったから。

姉は『世界もそんなには広くない』と感じたけれど、俺は姉がすごく遠くへ行ってしまったように思えた。遣り切れない寂しさに襲われながらも頭を働かせる。川島さんは俺に姉との接点を与えてくれた。これはチャンスだ。最後のチャンスかもしれない。慎重にならなくちゃ。

俺は〈東山絢菜の弟です。〉とタイトルをつけてから、本文の作成に取りかかる。〈東山卓郎と言います。一ヶ月前に、姉の絢菜が家出して、家族は心配しています。姉に『早く帰ってきてほしい』と伝えてください。可能でしたら、家族に連絡を〉

そこまで文章を作ったところで、寂しさが恐怖へと変わる。姉のメールに『そっちへ戻る』とあったが、それが『家に帰る』とは限らない。もう家族に会う気はないのかも？

そう思った瞬間、立ち上がっていた。

「どうした、東山？」

英文を読み上げていた西邑ティーチャーが怪訝《けげん》な顔をして訊いた。

「あ……えーと、早退します」と俺は言って鞄《かばん》を持たずに駆け足でドアへ向かう。西邑ティーチャーが「おい！」と呼び止めようとしたけれど、俺はそのまま廊下へ飛び出した。居ても立っても居られない。早くしないと姉がもっと遠くへ行ってしまう。寂しがったり、怖がったりしている場合じゃない。『姉貴が俺たちの知らない姉貴になっちゃった』と嘆いている暇があったら、一歩でも距離を詰めるんだ。

単純なことだ。どんなに遠くに感じても、会いたいなら会いに行けばいい。姉の居場所はわかっているのだから、何も迷うことはない。屋久島にあるキャンプ場を虱潰しに当たっていけば、何かしらの情報を得られるはずだ。どこまでも姉のあとを追おう。会って許しを請うんだ。家に帰ってきてほしい。

俺だって姉に聞いてほしいことがいっぱいある。相談したい。愚痴りたいし、窘められたい。その代わり、姉の悩みも聞く。俺なんかじゃ大した助言はできないと思うけれど、捌《は》け口《ぐち》にはなれる。なんでも受け止めるから、お願いだから俺の姉でいてくれ。俺にとって東山絢菜は欠かせない存在なんだよ。

スマホを堅く握って廊下を全速力で突っ走る。小刻みな足音を立てて階段を駆け下り、下駄箱に到着した。でも履き替えるのももどかしい。一秒でも早く姉に会いたくて、下駄箱の前を素通りする。

自分のクラスの下駄箱と隣のクラスの下駄箱の間を走り抜ける。扉に貼られた無数の名札が左右を流れていく。ほとんどが馴染みのある名前だ。仲が良かった人もいれば、一言も話したことがない人もいる。友達と単なるクラスメイトの中間だった人も。元カノの名前も目に入った。

この人たちも取り替えの利かない存在だ。姉だけじゃない。誰にでも言えることだ。お父さん。お母さん。祖父母。ヨッシー。テルママ。ユーカ。オンダ。クラスメイト。小早川や西邑などの教師。部員たち。川島さん。そしてかおるお姉ちゃん。誰一人欠かせない存在だ。これまで関わった全ての人が俺に大小様々な影響を与えている。

出会わなかったら。あんなことを言わなければ。あれをやったばかりに。過去に想いを馳せて後悔したりすることもあるが、受け入れるしかない。良いことも悪いこともみんなで作り上げたものだから、自分一人ではどうすることもできないんだ。

みんなのおかげで俺は存在している。一度関わったら、その繋がりは絶てない。想い。縁。思い出。しがらみ。運命。それらはずっと付き纏う。切り離せない。なかったことにするのは不可能だ。延々と自分を構成するピースとなり続ける。

みんながいるから自分が成り立っている。『変わりたい』『不甲斐ない』『成長したい』『自分が嫌い』と思う前に、そう思わせてくれたみんなの存在に少しでいいから感謝しよう。

かおるお姉ちゃんが『自分探しなんて不毛よ』と言ったのは、『自分』というものはどこかに隠れていたり、落ちていたりするものじゃないからだ。みんなとの関係性の中でちょっとずつ出来あがっていくものなんだ。

姉はそのことを知っているだろうか？　俺が得意気に語ったら、姉は『とっくに知ってた。私は自分探しの旅に出たわけじゃないから』と無下にあしらうかもしれない。だけど、それでもいい。姉に話したい。発見したばかりの『自分』を聞いてほしい。

スマホを握る手に、上履きを履いたままの足に力が入る。もっと速く。もっと。もっと。早く会いたい。成長した姉の姿が早く見たくて、一歩大人に近付いた俺を見てほしくて、がむしゃらに手足を前後に振って、十五歳の自分を追い抜いていった。

解説

吉田伸子

白河さんの物語を読む時は、いつもわくわくする。デビュー作から白河さんの才能にいち早く注目したのは、文芸評論家の北上次郎氏で、『私を知らないで』刊行時の書評では、「鬼才、久々の登場である」とまで言わしめたほどだ。「物語がどこへ向かって転がっていくのか、絶対に予想はつかない。これこそが白河三兎の特色だ」と。この、わくわく感というのは、物語を読むことの根源的な喜びではないか、と思う。幼い頃、「昔むかし、あるところに〜」で始まるお話に胸をときめかせた、あの感じ。白河さんの物語には、それがあるのだと思う。

加えて、パズルを解く時のようなどきどきも、白河さんの物語を楽しむ大きな要素だ。昨年刊行された『ふたえ』などはその最たる作品だと思う。そもそものタイトルからして含みのあるものなのだが、物語の構成、伏線、全てが実に実に緻密で、ちりばめられたヒントを読み逃さないように細心の注意を払いながら読んでいたのにもかかわらず、最後に「！」となった時の、あの小気味良さ。やられた！　という爽快感。そして何よりも、あの切なさ。

『ふたえ』が素晴らしかったのは、それほどまでに緻密なミステリでありながら、そういうミステリ的な仕掛けを全てとりはらったとしても、青春小説の傑作として立ち上がってくることだ。異分子のような転校生がやってくることで、それまでは「ぼっち」(ひとりぼっち、の意)だった高校生男子、高校生女子たちが起こす〝化学変化〟のようなものを、実に鮮やかに、しなやかに描き出しているのだ。

白河さんのど真ん中の青春小説が読みたい！　むしろ、ミステリではない、まんまの青春小説が読みたい！『ふたえ』を読んで以来、ずっと思っていた私の願いが叶《かな》えられたのが、本書だ。しかも、今度は十五歳！　中学生男子と女子、である。読む前から、わくわくどころか、わくわくの二乗、である。

主人公は、中三の東山卓郎《ひがしやまたくろう》だ。彼自身が自分に下した五段階評価を借りるなら、「勉強『3』、スポーツ『4』、容姿『3』、ユーモア『2』となる。平均『3』の男子」、それが卓郎だ。どこにでもいる、目立ちもしないかわりに、ハブられもしないタイプだ。ただし、卓郎にはユーカという彼女(！)がいて、このユーカが、成績は学年トップクラスだわ、帰宅部だけど運動神経抜群だわ、芸能事務所からスカウトされるほどのルックスだわ、で「全てを兼ね備えた無敵の女子中学生」であり、オール「5」の彼女、なのである。このユーカが彼女だ、というところに、卓郎の〝恍惚《こうこつ》と不安〟がある。この設定が、もう抜群。

このユーカがね、もう、男子のハハからすれば、絶対に息子が引っかかって欲しくないタイプなんですよ。何せ、頭も顔もスタイルもパーフェクト。でも性格はめちゃくちゃ情緒不安定かつ女王様。これね、高校生なら彼女の薄っぺらさというか傲岸さに気づいて、敬して遠ざける、みたいな対応ができる子も出てくるのだけど、何せ中学生。男子のみならず女子も、まずユーカには逆らえない。逆らおうとすら思わない。天上天下ユーカ独尊状態。

卓郎は卓郎で、ユーカに振り回されることに疲弊しつつも、平均「3」の自分がユーカに選ばれたことを〝僥倖《ぎようこう》〟だと思っているし、その恩恵も知っているから、ウザイなぁ、と思っても、メンドいなぁ、と思っても、ましてやユーカから肉弾戦（！）を挑まれて、勘弁してくれよ、と思っても、自らユーカの手を離したりはしない。それどころか、常に常にユーカさまのご機嫌に一喜一憂する次第。卓郎とユーカは、クラスの学級委員でもある。

物語は、卓郎のクラスに一人の教育実習生がやってくることから始まる。実物を見る前は、「現役女子大生」というその言葉だけで、妄想を逞《たくま》しくしていた卓郎たち、中学生男子だったのだが、現れたのは「頭の天辺《てつぺん》から足の爪先《つまさき》まで人並み」な、平々凡々な女子大生。おまけに、「どんよりとした雰囲気を醸し出しているから、平均点以下の印象」だ。そんな彼女、辻薫子《つじかおるこ》に、卓郎はどこかで見たことがあるような印象を受ける。帰りのホームルーム、それぞれが「辻ちゃん」のために自己紹介をしている時、辻ちゃんの笑顔からこぼれた美しい歯並びを見て、卓郎は思い出す。目の前にいる「辻薫子」が、卓郎が物心ついた時から、月に一度一緒に夕食を摂っていた「かおるお姉ちゃん」だと。思わずその名を叫んで立ち上がった卓郎だったが、当の辻ちゃんは、再会を喜ぶどころか、むしろ知り合いであったことを隠したげな様子。卓郎が知っていた頃は後藤だった名字が、辻に変わっていることとも、何か関係があるのかも……。

ここから、まさに物語はころころ、ころころと転がり始める。予測不能な展開に翻弄される心地良さは、実際に読んで味わってみて欲しい。辻薫子とは一体何者なのか、という〝謎〟はあるけれど、本書はまぎれもない、中学生青春小説である。ユーカを頂点とするクラス内での力関係とか、辻ちゃんに運命的な出会いを感じ、それまではおとなしく目立たなかったヨッシーが明後日《あさって》の方向に暴走し始めたりとか、読みどころはてんこ盛り。

とはいえ、そこはそれ、白河さんの青春小説ですからね。一癖も二癖も、ある。なかでも特筆しておきたいのは、本書の中にぽつりぽつりと埋め込まれている〝笑いの地雷〟である。例えば、卓郎の姉の絢菜《あやな》。卓郎の二つ上の絢菜は、家族と距離を置きたがるクールな少女で、今時の高校生女子にしては、これっぽっちも色気に対する興味がない。髪の毛はベリーショートだし、スカートを穿《は》くのが嫌で、制服のない私立の高校を選んだほど。七歳から相撲を始め、「関東圏の小学生の女子相撲大会では敵なし」だった絢菜は、中学では「スパッツ番長」と呼ばれるようになる。その理由は、「いつ何時でも相撲をとれるようにスカートの下にショートスパッツを穿き、気に入らない奴は女でも男でも教師でも『相撲でケリをつけよう』と勝負を吹っかけて片っ端からぶん投げているから」である。

物語自体は、結構ヘビーな内容だったりもするのだけど、この「スパッツ番長」に象徴されるような、オフビートな味わいの笑いがちりばめられていて、そこが本書のミソ。歯科クリニックの息子だからと、卓郎が美しい歯フェチである、というのも、そこはかことなく変で、おかしいし（物語の中で、この卓郎の歯フェチは、重要な鍵にもなっています）、ある重要な場面で、卓郎が初めて並んだパンケーキ屋のメニューに目を白黒させ、結局は『シェフのおすすめ』にします」というところとか。シェフのおすすめ！思わず吹き出してしまいました、私。

そして何よりも、本書が素晴らしいのは、読者を物語の波で翻弄しつつも、ちゃんとメッセージが込められているところだ。自我に目覚めた卓郎は、今までの自分は歯科クリニックの跡取り息子というポジションに胡座《あぐら》をかいていたことに気がつき、そんな自分を恥じる。

その卓郎に向かって、辻ちゃんはこう言い放つのだ。
「『今更、落ち込んだって無駄。タクちゃんはずっといけ好かない奴だったんだから』って感じよ」と(ここでも、私、吹き出しました)。その後、けれど辻ちゃんはこんなふうに言う。「まだ十五歳でしょ。自分がなくて当たり前よ。心に芯がある中学生なんて気持ち悪い。言うこととやることがいい加減のフニャフニャな精神でいていいの。それが中学生の特典なんだから」

あぁ、この辻ちゃんの言葉、自意識でがんじがらめになっている、全ての十五歳に届けたい。本書のラストで、ようやく卓郎は自分で答えを見つける。「みんながいるから自分が成り立っている。『変わりたい』『不甲斐ない』『成長したい』『自分が嫌い』と思う前に、そう思わせてくれたみんなの存在に少しでいいから感謝しよう」と。「かおるお姉ちゃんが『自分探しなんて不毛よ』と言ったのは、『自分』というものはどこかに隠れていたり、落ちていたりするものじゃないからだ。みんなとの関係性の中でちょっとずつ出来あがっていくものなんだ」。

世界中の十五歳にとって、本書が特別な「課外授業」となりますように!

(よしだ・のぶこ　文芸評論家)

本書は、集英社文庫のために書き下ろされた作品です。

集英社文庫　目録（日本文学）

集英社文庫 目録（日本文学）

集英社文庫

十五歳《じゅうごさい》の課外授業《かがいじゅぎょう》

2016年4月25日　第1刷　定価はカバーに表示してあります。

著　者　白河三兎《しらかわみと》
発行者　村田登志江
発行所　株式会社　集英社
東京都千代田区一ツ橋2-5-10　〒101-8050
電話　【編集部】03-3230-6095
【読者係】03-3230-6080
【販売部】03-3230-6393(書店専用)
印　刷　図書印刷株式会社
製　本　図書印刷株式会社

フォーマットデザイン　アリヤマデザインストア　マークデザイン　居山浩二

ISBN978-4-08-745434-5 C0193